TODA A MINHA IRA

TODA A MINHA IRA

SABAA TAHIR

Tradução
Jorge Ritter

1ª edição
Rio de Janeiro-RJ / São Paulo-SP, 2022

VERUS EDITORA

Copidesque
Lígia Alves

Revisão
Cleide Salme

Título original
All My Rage

ISBN: 978-65-5924-077-7

Copyright © Sabaa Tahir, 2022
Todos os direitos reservados.

Tradução © Verus Editora, 2022
Direitos reservados em língua portuguesa, no Brasil, por Verus Editora. Nenhuma parte desta obra pode ser reproduzida ou transmitida por qualquer forma e/ou quaisquer meios (eletrônico ou mecânico, incluindo fotocópia e gravação) ou arquivada em qualquer sistema ou banco de dados sem permissão escrita da editora.

"Uma arte", de Elizabeth Bishop, reproduzido com permissão.
Elizabeth Bishop, *Poemas escolhidos*. Seleção, tradução e textos introdutórios Paulo Henriques Britto. São Paulo: Companhia das Letras, 2012, p. 363.

Verus Editora Ltda.
Rua Argentina, 171, São Cristóvão, Rio de Janeiro/RJ, 20921-380
www.veruseditora.com.br

CIP-BRASIL. CATALOGAÇÃO NA FONTE
SINDICATO NACIONAL DOS EDITORES DE LIVROS, RJ

T136t

Tahir, Sabaa
  Toda a minha ira / Sabaa Tahir ; tradução Jorge Ritter. - 1. ed. - Rio de Janeiro : Verus, 2022.

  Tradução de: All my rage
  ISBN 978-65-5924-077-7

  1. Romance americano. I. Ritter, Jorge. II. Título.

22-77762   CDD: 823
                        CDU: 83-31(410.1)

Meri Gleice Rodrigues de Souza - Bibliotecária - CRB-7/6439

Revisado conforme o novo acordo ortográfico.

Seja um leitor preferencial Record.
Cadastre-se no site www.record.com.br e receba informações sobre nossos lançamentos e nossas promoções.

Atendimento e venda direta ao leitor:
sac@record.com.br

Para aqueles que sobrevivem.
Para aqueles que não.

Caro leitor,
Toda a minha ira fala de assuntos que podem ser gatilhos. Por favor, veja a lista desses temas no fim da próxima página.

Toda a minha ira aborda os seguintes assuntos: dependência de drogas e álcool, abuso físico, islamofobia, menções a violência sexual, conflitos com a polícia, morte.

PARTE I

A arte de perder não é nenhum mistério;
tantas coisas contêm em si o acidente
de perdê-las, que perder não é nada sério.

— *Elizabeth Bishop*,
"Uma arte"

CAPÍTULO 1
Misbah

Junho, antes
LAHORE, PAQUISTÃO

As nuvens sobre Lahore estavam arroxeadas como a língua de uma fofoqueira no dia em que minha mãe me disse que eu iria me casar.

Depois que ela me deu a notícia, encontrei meu pai na varanda. Ele bebericava uma xícara de chá e examinava a tempestade pairando acima do céu salpicado de pipas.

Faça-a mudar de ideia!, *eu queria gritar. Diga a ela que não estou pronta.*

Em vez disso, fiquei parada a seu lado, uma criança novamente, esperando que ele cuidasse de mim. Eu não precisei falar. Meu pai olhou para mim e soube.

— Vamos, borboletinha. — Ele virou seus olhos marrons como uma mariposa para os meus e deu um tapinha no meu ombro. — Você é forte como eu. Vai se sair bem dessa. E pelo menos vai se livrar da sua mãe. — Ele sorriu, brincando até certo ponto.

A chuva de monção varreu Lahore alguns minutos depois, mandando galinhas e crianças aos guinchos em busca de abrigo e alagando o piso de cimento da nossa casa. Curvei a cabeça até o chão para rezar mesmo assim.

Que o meu futuro marido seja gentil, pensei, lembrando dos hematomas em minha prima Amna, que se casou com um empresário inglês loiro contra a vontade dos pais. *Que ele seja um homem bom.*

Eu tinha dezoito anos. Cheia de medo. Em vez disso, deveria ter rezado por um homem inteiro.

CAPÍTULO 2
Sal

Fevereiro, agora
JUNIPER, CALIFÓRNIA

São 6h37 e meu pai não quer que eu perceba como ele está bêbado.
— Sal? Está me ouvindo?
Ele me chama de Sal em vez de Salahudin para que eu não ouça sua fala arrastada. E se agarra ao volante do nosso Civic como se o carro fosse roubar sua carteira e desaparecer.
Na manhã escura, tudo que vejo dos olhos de Abu são seus óculos. As luzes traseiras do tráfego indo para a escola refletem em suas lentes quadradas e grossas. Ele tem esses óculos há tanto tempo que voltaram à moda. Uma rajada forte do deserto de Mojave sacode o carro — um daqueles ventos de três dias que castigam sua pele e colonizam seus ventrículos. Eu me encolho no casaco de lã, a respiração formando uma névoa.
— Estarei lá — diz Abu. — Não se preocupe. Certo, Sal?
Meu apelido em seus lábios soa completamente errado. É como se, ao dizê-lo, ele estivesse tentando me fazer sentir que é um amigo, em vez de um caos disfarçado de pai.
Se Ama estivesse aqui, limparia a garganta e enunciaria "Sa-lah-ud--din", a pronúncia precisa, um lembrete carinhoso de que ela homenageou um famoso general muçulmano com meu nome, e de que é melhor eu não esquecer isso.
— Você disse que ia na consulta anterior também — lembro a Abu.

— O dr. Rothman me ligou ontem à noite para me lembrar — diz Abu. — Você não precisa ir se tiver o... clube de redação, ou futebol.

— A temporada de futebol terminou. E eu saí do jornal no semestre passado. Eu vou à consulta. Ama não está se cuidando e alguém precisa contar isso ao dr. Rothman... de preferência em uma frase coerente. — Observo as palavras o atingirem, afiadas como pedrinhas.

Abu para o carro na calçada em frente à escola Juniper High. Uma cabeça com o cabelo descolorido enfiada em uma parca se materializa das sombras do Prédio C. Ashlee. Ela avança, desviando do mastro da bandeira e da aglomeração de estudantes, em direção ao Civic. A faixa pálida de suas pernas é corajosa para a temperatura abaixo de zero.

E também distrai a gente.

Ashlee está perto o suficiente do carro para que eu veja o esmalte roxo em suas unhas. Abu não a viu. Ele e Ama nunca disseram que eu não podia ter uma namorada. No entanto, da mesma maneira que as girafas nascem sabendo correr, eu nasci com a compreensão inata de que ter uma namorada enquanto ainda moro com meus pais é proibido.

Abu pressiona os dedos nos olhos. Os óculos entalharam uma marca vermelha reluzente no seu nariz. Ele dormiu com eles esta noite na poltrona reclinável. Ama estava cansada demais para notar.

Ou não queria notar.

— Putar... — *Filho*.

Ashlee bate na janela. Sua parca está aberta o suficiente para mostrar a diáfana camiseta BEM-VINDO A TATOOINE por baixo. Ela deve estar congelando.

Dois anos atrás, as sobrancelhas de Abu estariam na linha do cabelo. Ele teria dito: "Quem é essa, Putar?" O silêncio dele parece mais brutal, como um vidro se despedaçando na minha cabeça.

— Como você vai para o hospital? — pergunta Abu. — Venho pegar você?

— Só leve Ama até lá — respondo. — Eu arrumo uma carona.

— Tudo bem, mas me mande uma mensagem se...

— Meu celular não está funcionando. — *Porque você tem que pagar a companhia telefônica, Abu. A única coisa que está sob sua responsa-*

bilidade, e nem isso ele consegue fazer. Normalmente é Ama quem se curva sobre a pilha de contas, perguntando para a companhia elétrica, o hospital, a operadora de TV a cabo se eles podem parcelar. Murmurando "ullu de pathay" — *filhos de uma coruja* — se eles dizem que não.

Eu me inclino na direção dele, farejo o ar e quase engasgo. É como se ele tivesse tomado um banho de uísque Old Crow e então jogado mais um pouco como loção pós-barba.

— Nos vemos às três — digo. — Tome um banho antes de ela acordar. Ela vai sentir o cheiro em você.

Nenhum dos dois diz que isso não importa. Que, mesmo que Ama sinta o bafo de uísque dele, não vai comentar nada. Antes que Abu responda, já estou na calçada, segurando meu diário gasto para que não caia do bolso de trás. Ao bater a porta do carro, meus olhos ficam úmidos com o frio.

Ashlee se abriga sob meu braço. *Respire. Cinco segundos inspirando. Sete expirando.* Se ela sente meu corpo tenso, não me deixa perceber.

— Me aqueça. — Ashlee me puxa para um beijo, e o cheiro do seu cigarro matinal enche minhas narinas. *Cinco segundos inspirando. Sete expirando.* Carros buzinam. Ouço o ruído surdo da porta de um carro batendo em algum lugar próximo e acho que é Abu. Acho que vou sentir o peso de sua desaprovação. *Tenha mais juízo, Putar.* Vejo isso em minha mente. Bem que eu gostaria.

Porém, quando solto Ashlee, o pisca-pisca do Civic está ligado e ele está se juntando ao tráfego.

Se Noor estivesse aqui em vez de Ashlee, teria me olhado de rabo de olho e me passado seu telefone. *Nem todo mundo tem pai, idiota. Ligue para ele e engula o orgulho. Vai.*

Ela não está aqui, no entanto. Noor e eu não nos falamos há meses.

Ashlee me leva na direção do campus e se lança em uma história sobre sua filha de dois anos, Kaya. As palavras dela se entrelaçam e há um brilho vítreo em seus olhos que me faz lembrar Abu depois de um longo dia.

Eu me afasto. Conheci Ashlee no segundo ano, depois que Ama ficou doente e eu abandonei a maioria das minhas aulas avançadas por um currículo regular. No outono passado, após a Briga com Noor, passei um longo tempo sozinho. Eu poderia ter passado mais tempo com os caras do time de futebol, mas odiava o fato de muitos deles usarem termos como "cabeça de trapo",* "vagabunda" e "Apu".**

Ashlee tinha acabado de terminar com a namorada e começou a vir ver os meus jogos, esperando por mim em seu velho Mustang preto com capô fosco. Nós ficávamos batendo papo. Um dia, para minha surpresa, ela me convidou para sair.

Eu sabia que seria um desastre. Mas pelo menos seria um desastre que eu escolhi.

Ela me chama de namorado, embora estejamos juntos há dois meses somente. Levei três semanas para criar coragem e beijá-la. De qualquer forma, quando ela não está chapada, nós rimos e falamos sobre *Guerra nas estrelas* ou *Saga* ou essa série *Crown of Fates* que nós dois adoramos. Não penso muito em Ama. Ou no motel. Ou em Noor.

— SR. MALIK. — O diretor Ernst, um pino de boliche com um nariz que mais parece uma berinjela passada, surge em meio às hordas de estudantes que se dirigem para a aula.

Atrás de Ernst vem o oficial de segurança Derek Higgins, também conhecido como Darth Derek, um imbecil opressivo que patrulha a Juniper High como se ela fosse a sua Destróier Estelar pessoal.

Ashlee escapa de Ernst com um olhar firme, mas esta é a segunda vez que atravesso o caminho dele em uma semana, então sinto um dedo esquelético fincado no meu peito.

— Você anda faltando. Mas não vai mais faltar. Detenção se chegar atrasado. Primeiro e único aviso.

Não encoste em mim, quero dizer. Mas isso convidaria Darth Derek a intervir, e não estou a fim de ser massacrado hoje.

---

* "Cabeça de trapo" (*raghead*, no original) é uma referência pejorativa ao costume dos muçulmanos de cobrir a cabeça com um turbante, hijab, niqab ou outro tipo de véu. (N. do T.)
** Referência ao personagem indiano Apu Nahasapeemapetilon, do desenho *Os Simpsons*, que representa de maneira estereotipada pessoas de ascendência indiana. (N. do E.)

Ernst segue em frente e Ashlee me procura de novo. Enfio as mãos nos bolsos do moletom, a tensão em meu peito se esvaindo com o contato do algodão e não da pele. Mais tarde vou escrever sobre isso. Tento imaginar o estalo do diário se abrindo, a percussão uniforme e previsível da caneta atingindo o papel.

— Não fique com essa cara — diz Ashlee.

— Que cara?

— De quem gostaria de estar em outro lugar.

Uma resposta direta seria mentira, então me esquivo.

— Ei... hum, preciso ir ao banheiro — eu digo a ela. — Nos vemos mais tarde.

— Eu te espero.

— Nem, vá indo. — Já estou me afastando. — Não quero que você se complique com o Ernst.

A Juniper High é enorme, mas não de um jeito bacana, como uma escola de ensino médio da TV. É um amontoado de blocos cinzentos com portas em cada extremidade e nada a não ser terra entre eles. O ginásio parece um hangar. Tudo é de um branco empoeirado pela areia. As únicas coisas verdes por aqui são o nosso mascote — um papa-léguas gigante pintado perto da secretaria — e as paredes do banheiro, que, de acordo com Noor, são precisamente da mesma cor de merda de ganso.

O banheiro está vazio, mas me enfio em uma cabine do mesmo jeito. Eu me pergunto se todo cara com uma namorada acaba se escondendo dela ao lado de uma privada em algum momento.

Se eu estivesse andando com Noor em vez de Ashlee, já estaria sentado na aula de inglês, porque ela insiste em ser pontual para tudo.

Ouço o roçar de botas contra o ladrilho sujo quando alguém entra no banheiro. Através da brecha na porta da cabine, distingo Atticus, o namorado de Jamie Jensen. Ele curte futebol, rappers brancos e racismo descontraído.

— Eu preciso de dez — diz Atticus. — Mas só tenho cem pilas.

Uma figura magricela entra no meu campo de visão: Art Britman, alto e pálido como Atticus, mas encovado pelo excesso de maconha de má qualidade. Ele usa sua camisa xadrez vermelha típica e botas de caminhada pretas.

Eu conheço Art desde o jardim de infância. Embora ande com os garotos brancos supremacistas, ele se dá com todo mundo. Provavelmente porque abastece a maior parte da escola com narcóticos.

— Com cem você compra cinco. Não dez. — Art tem um sorriso na voz, porque realmente é o traficante mais legal que já existiu. — Eu te vendo o que você consegue comprar, Atty!

— Libera aí, Art...

— Eu também tenho que comer, irmão! — Art enfia a mão no bolso e segura um saco de pequenas pílulas brancas fora do alcance de Atticus. Cem pilas? Por isso? Não admira que Art esteja sorrindo o tempo inteiro.

Atticus xinga e passa o dinheiro. Alguns segundos mais tarde, ele e as pílulas desapareceram.

Art olha para minha cabine.

— Quem está aí? Está cagando ou me espionando?

— Sou eu, Art. O Sal.

Para um sujeito que vai de uma atividade ilegal a outra, Art é estranhamente desatento.

— Sal! — ele grita. — Se escondendo da Ashlee? — O riso dele ecoa e eu me encolho. — Ela já foi, pode sair daí.

Penso em ficar em silêncio. Se um cara está soltando um barro no banheiro, é falta de educação conversar com ele. Todo mundo sabe disso.

Pelo visto Art não sabe. Faço uma careta e saio para lavar as mãos.

— Você está bem, cara? — Art ajeita o gorro no espelho, o cabelo loiro saindo para fora como os galhinhos de uma planta teimosa. — A Ashlee me contou que a sua mãe está na merda.

Ashlee e Art são primos. E, apesar de serem brancos — e eu estupidamente achava que pessoas brancas ignorassem seus familiares mais distantes —, eles são próximos. Mais próximos do que eu sou do meu primo, que mora em Los Angeles e insiste que todos os moradores de rua deveriam "simplesmente arrumar um emprego". Isso enquanto bebe água mineral Pellegrino em um copo de cerâmica que comprou porque um anúncio no Pixtagram disse que ajudaria a salvar os golfinhos.

— É — digo para Art. — Minha mãe não está bem.

— Câncer é foda, cara.

Ela não está com câncer.

— Quando a minha vó Ethel ficou doente, foi horrível — diz Art. — Um dia ela estava bem, no outro parecia um cadáver. Achei que ela fosse bater as botas. Mas ela está legal agora. E pega receita de um remédio para dor que ela nunca usa, então é lucrativo. — O riso de Art ecoa pelas paredes. — Você está bem? Porque eu posso te dar um desconto de amigo.

— Estou bem. — E sem a menor vontade. Uma pessoa chapada em casa é o suficiente.

Saio apressado no exato momento em que toca o sinal. O pátio de terra se esvazia mais rápido que água escoando por um dreno. Quando viro a esquina no prédio de inglês, Noor aparece do outro lado.

O sol reflete nas janelas, pintando seu cabelo trançado com uma dúzia de cores. Penso nas fotos que ela tem espalhadas pelo seu quarto na casa do tio babaca, tiradas por um telescópio espacial gigante do qual ela me falou uma vez. É assim que o cabelo dela parece, preto e vermelho e dourado, o coração do espaço sideral iluminado por dentro. A cabeça dela está baixa e ela não me vê, correndo para não se atrasar.

Chegamos juntos à porta da sra. Michaels. O rosto de Noor parece diferente, e percebo após um segundo que ela está usando maquiagem. Ela tira os fones de ouvido, escondidos no capuz, e um som baixinho escapa. Reconheço porque Ama adora essa música. "The Wanderer." Johnny Cash e U2.

— Oi — digo.

Ela faz um sinal com a cabeça para mim, do jeito que você faz quando parou de se encontrar com alguém porque tem os próprios problemas para cuidar. Então se enfia na sala de aula, um borrão de pulseiras, jeans escuro e o sabão barato e adstringente que o tio dela vende na loja de bebidas.

Por um segundo, a Briga paira entre nós, versões espectrais de nós mesmos seis meses atrás encarando um ao outro em um acampamento em Veil Meadows. Noor confessando que estava apaixonada por mim. Me beijando.

Eu a empurrando, dizendo a ela que não sentia o mesmo. Despejando cada palavra dolorosa em que pude pensar, porque o beijo dela foi como uma lâmina rasgando algo dentro de mim.

Noor olhando fixamente para mim, como se eu tivesse me transformado em um monstro raivoso. Ela tinha uma pinha nas mãos. Fiquei esperando que me acertasse com ela.

A porta bate atrás de Noor e eu pego a maçaneta para segui-la. Então paro. O sinal toca. O relógio no corredor atrás de mim segue sua marcha, cada tique um haltere batendo no chão. Um minuto se passa. Leio e releio o aviso na porta sobre o concurso de redação que a sra. Michaels está me enchendo o saco para participar.

No entanto, embora eu tenha ido às aulas de inglês todos os dias por cinco meses, hoje não consigo criar coragem para fazê-lo. Não consigo me sentar na sala de aula na frente de Noor, sabendo que ela nunca mais vai implicar com as minhas meias de lhama, ou acabar comigo no *Night Ops 4*, ou aparecer nas manhãs de sábado e comer paratha comigo e Ama.

Tento me lembrar do sorriso de Ama quando ela estava bem e me pegava depois da aula. Da maneira como seu rosto se iluminava e ela perguntava sobre a minha vida, como se eu tivesse escalado o Everest em vez de meramente sobrevivido a mais um dia na escola.

"Mera putar, undar ja", ela diria agora. *Meu filho, entre.* Eu suspiro e, quando estendo a mão para a maçaneta, dedos ossudos agarram meu braço.

— Sr. Malik. — A maçaneta escorrega do meu aperto. Os olhos verde-claros de Ernst me atravessam, me desafiando a retrucar, ou querendo que eu faça isso. — O que foi que eu falei? — ele pergunta.

— Não. — Eu me desvencilho dele. *Cale-se, Salahudin.* — Não encoste em mim.

Fico esperando que ele me segure novamente. Me dê uma suspensão. Chame Darth Derek. Em vez disso, ele me deixa ir e balança a cabeça, um homem seriamente desapontado com um cão rebelde, dando um puxão na coleira dele.

— Incorreto — diz Ernst. — Eu falei "primeiro e único aviso". Detenção. Na minha sala. Às três em ponto.

CAPÍTULO 3

Noor

Meu tio adora teoremas. Ele adora explicá-los para outras pessoas. Mas o público é limitado para sua genialidade. Sou eu; sua esposa, Brooke; ou os bêbados que entram na loja de bebidas. Ele prefere os bêbados, porque sempre o acham brilhante.

Debaixo da caixa registradora, ao lado do bastão de beisebol, ele mantém uma pilha de papel milimetrado e uma lapiseira. E recarrega as duas todo domingo.

Ouço o tinido da porta e o sr. Collins entra na loja. Ele é engenheiro na base militar na saída da cidade e gosta de um uisquinho no café. O ar frio o segue. O céu lá fora está escuro. Não consigo nem ver as montanhas que cercam Juniper. Ainda há tempo de fazer o Fajr — a oração do amanhecer.

Mas não faço. Chachu não iria gostar. "Deus", ele gosta de discursar, inflamado, "é uma construção para pessoas de mente fraca."

Sinto a cabeça doer enquanto reabasteço o corredor dos doces. De acordo com o passaporte paquistanês e o green card norte-americano que levo na mochila o tempo todo, é meu aniversário de dezoito anos.

Meu telefone vibra. Olho para Chachu, mas sua figura magricela está de costas para mim. Seu cabelo castanho cai sobre o rosto enquanto ele rabisca o papel milimetrado aberto sobre o balcão, entre isqueiros e tíquetes de loteria. Espio minha tela.

A mensagem é de tia Misbah. Ela não é minha tia de verdade. Mas é paquistanesa, e chamá-la apenas de Misbah deixaria "meus ancestrais putos da vida", como Salahudin gosta de dizer.

Tia Misbah: Feliz aniversário de 18 anos, querida Noor. ☆🌷☆🌷
Você traz tanta luz para a minha vida. Espero que venha me visitar. Preparei o seu prato favorito. 😊😊

Acima dessa mensagem há uma série de outras. De janeiro. Dezembro. Novembro. Setembro.

Tia Misbah: Você está brava comigo também? 😟

Tia Misbah: Estou com saudade, minha dhi. Vou fazer paratha para você no sábado. Por favor apareça.

Tia Misbah: Noor, está chovendo! Lembrei que você ama a chuva. Estou com saudade.

Tia Misbah: Noor, fale comigo.

Tia Misbah: Noor, por favor. Eu sei que você está brava com o Salahudin. Mas você não poderia falar com ele?

Já li essa última mensagem um milhão de vezes. E ela ainda me deixa chateada. Salahudin é o filho de tia Misbah.

Ele também é o meu ex-melhor amigo. Meu primeiro amor. Minha primeira decepção amorosa. Tão clichê e tão, tão idiota.

Tia Misbah veio à loja uns dois domingos atrás. Eu queria abraçá-la. Dizer a ela que Sal me magoou e que eu estava perdida. Conversar com ela do jeito que fazia antes da Briga, mesmo com medo de ela me rejeitar.

Mas eu congelei quando ela falou comigo. Não a vejo desde aquele dia.

— Noor. — A voz de Chachu me faz dar um salto. Enfio o celular de volta no bolso, mas ele não está olhando para mim. — Termine de reabastecer.

— Desculpe, Chachu.

Meu tio franze a testa. Ele odeia que eu o chame de Chachu. É o título em urdu para *irmão do pai*. Depois de um segundo, ele se volta novamente para o sr. Collins, com quem está discutindo o Último Teorema de Fermat.

O homem assente enquanto Chachu termina sua explicação. A melodia do coro "Aleluia", de Handel, preenche minha mente enquanto o rosto do sr. Collins se ilumina. Um homem das cavernas descobrindo o fogo. Por mais obscuro que seja o teorema, Chachu consegue explicar. É um dom.

— Você poderia fazer o meu trabalho — diz o sr. Collins. — Caramba, você não tem nem sotaque, como alguns dos caras que trabalham na base. Por que está vendendo bebida e mantimentos?

— Os caprichos do destino — diz Chachu. Sinto um arrepio na espinha. A voz dele tem aquele tom.

O sr. Collins olha para onde estou trabalhando.

— Noor, não é? — Às vezes ele aparece nas manhãs de domingo, quando estou abrindo a loja. — Você é tão inteligente como o seu tio?

Dou de ombros. *Por favor, cale a boca.*

O sr. Collins não cala a boca.

— Bom, não desperdice isso — diz. — Se você for minimamente parecida com ele, vai conseguir entrar na universidade que quiser.

— Ah. — Chachu embala a garrafa do sr. Collins e cruza o olhar com o meu. — A Noor tem falado sobre faculdade?

Fico contente de não ter tomado café da manhã. Eu me sinto enjoada e sem ar.

— Não — diz o sr. Collins. Respiro de novo. — Mas deveria. Você está no último ano do ensino médio, certo?

Diante do meu menear de ombros, ele balança a cabeça.

— Meu filho era como você. Agora ele trabalha como homem-sanduíche para um prédio de apartamentos em Palmview.

O sr. Collins está olhando para mim como se eu fosse me juntar ao filho dele a qualquer momento. Sinto vontade de jogar um Snickers nele. Acertá-lo bem no meio dos olhos.

Mas isso seria desperdiçar um bom chocolate.

Quando ele vai embora, Chachu amassa o papel milimetrado. *Ligue o rádio.* O amor pela música dos anos 90 é a única coisa que temos em comum, fora o parentesco. Nem somos parecidos — meu cabelo e minha pele são mais escuros, meus traços mais delicados. *Ligue o rádio. Vá se distrair.*

Em vez disso, ele aponta com a cabeça para o outro lado da loja.

— Tem uma coisa para você lá nos fundos — diz.

Fico tão surpresa que o encaro fixamente, até ele gesticular para que eu vá até lá. Um presente de aniversário? Faz cinco anos que Chachu não se lembra do meu aniversário. O último presente que ele me deu foi um laptop riscado que deixou no meu quarto um ano e meio atrás sem nenhuma explicação.

Abro caminho em meio ao depósito. Lá fora, o vento arranca a maçaneta da porta dos fundos da minha mão e eu a fecho com dificuldade. O deserto além da viela é uma sombra azul plana, e levo um segundo para ver meu presente encostado na parede de estuque da loja. Uma bicicleta prateada velha.

Enquanto corro as mãos pelo quadro de aço, ouço o ruído do isqueiro de Chachu e dou um salto.

— Depois que se formar — ele diz entre tragadas do cigarro —, você vai poder assumir o turno do dia aqui enquanto eu estiver na aula. Vai facilitar a nossa vida.

As pessoas adoram falar sobre a grandeza do coração humano. Menor que um punho, bombeia milhares de litros de sangue por dia. Et cetera.

Mas o coração humano também é burro. Pelo menos o meu é. Não importa quantas vezes eu diga para ele não ter esperança de que Chachu se preocupe comigo, ele ainda a mantém.

De volta à loja, Chachu liga o rádio na estação de rock e aumenta o volume quando "Heart-Shaped Box", do Nirvana, começa a tocar. Minha cabeça está rachando e, enquanto pego a mochila, penso em pedir uma cartela de aspirina.

Não teste a sorte. O pensamento me deixa com raiva. Por que eu não posso pedir uma aspirina para o meu próprio tio? Por que, quando...

Pare, Noor. Não posso ficar brava com Chachu. Ele é a única razão de eu estar aqui.

Eu tinha seis anos quando um terremoto atingiu meu vilarejo no Paquistão. Chachu dirigiu por dois dias, desde Karachi, porque os voos para a região norte do Punjab não estavam operando. Quando chegou ao vilarejo, ele engatinhou sobre as ruínas da casa dos meus avós, onde meus pais e eu morávamos também. Ele arrancou as pedras com as próprias mãos. Os homens da defesa civil disseram que era inútil.

A palma de suas mãos sangrava. As unhas foram arrancadas. Todos estavam mortos. Mas Chachu continuou escavando. Ele me ouviu chorar, presa em um armário. E me tirou de lá. Me levou para o hospital e não saiu do meu lado.

Chachu me trouxe para os Estados Unidos, onde fazia faculdade. Deixou o estágio de engenharia na base militar e comprou uma loja de bebidas falida com o pouco dinheiro que havia poupado. E foi nessa loja que ele ficou pelos últimos onze anos, para nós dois conseguirmos viver.

Ele abriu mão de tudo por mim. Agora é a minha vez.

Chachu limpa a garganta, sua atenção flanando para minhas tranças, uma sobre cada ombro, depois para o lenço verde amarrado atrás da franja.

— Você parece uma imigrante sem noção com essas tranças.

Não respondo. Estou usando tranças na foto do meu passaporte também. Eu gosto delas. Elas me fazem lembrar de quem eu sou. Das pessoas que me amavam.

— O seu turno começa às três e quinze — diz Chachu. — Tenho que dar uma saída. Não se atrase.

Para ele, um atraso é ilógico, e, se há uma coisa que ele odeia, é o ilógico.

Às vezes penso em jogar o Teorema da Incompletude de Kurt Gödel na cara dele. É a ideia de que qualquer sistema lógico que exista é inconsistente ou incompleto.

Basicamente, Gödel afirma que a maioria dos teoremas é uma bobagem. O que eu espero que seja verdade. Porque Chachu tem um teorema a meu respeito, também. O Teorema do Futuro de Chachu, eu chamo assim. É bastante simples:

Noor + Universidade = Jamais vai acontecer.

Meu rosto está congelando quando prendo a bicicleta no suporte da escola e sigo para a aula de inglês. Mas não me importo. Pedalar até ali me deu tempo para pensar. Sobre tia Misbah e o hospital onde faço trabalho voluntário. Sobre Salahudin e a escola. Agora mesmo, estou pensando em números.

Sete pedidos de inscrição enviados para faculdades.

Uma rejeição.

Seis em aberto.

A Universidade da Virgínia foi a minha primeira escolha. Tentei lá porque eles têm um bom programa de biologia, e porque achei que seria aceita. A recusa chegou ontem.

Meu rosto esquenta de raiva. Forço o pensamento para longe. Eu iria precisar de uma bolsa de estudos de qualquer forma. E é uma universidade. Uma de sete não é grande coisa.

— Noor... — A sra. Michaels limpa a garganta na frente da sala. Não me lembro de ter aberto a porta. Quero desaparecer, mas estou congelada na soleira. Jamie Jensen me encara, o rabo de cavalo balançando. Seus olhos azuis estão fixos em mim, da mesma forma que os de todos os outros.

Ovelhas.

— As luzes, Noor. — A sra. Michaels posiciona sua cadeira de rodas perto do laptop. Eu as apago e balbucio um *obrigada* para ela enquanto todos desviam a atenção para o poema projetado no quadro branco. Afundo em minha cadeira na última fileira, ao lado de Jamie. Que ainda está me olhando.

A bizarra "Every Breath You Take", do The Police, começa a tocar em minha mente. Aposto dez dólares que um dia Jamie vai ter uma banda tocando essa música no casamento dela.

— Que nota você tirou? — Ela se inclina em minha direção. Aponta com a cabeça o papel virado para baixo em minha mesa. A redação da semana passada. A sra. Michaels deve ter devolvido antes de eu chegar. Ela queria que falássemos sobre os temas de um poema de Dylan Thomas chamado "A luz rompe onde o sol não brilha". Fiz o melhor que consegui. Mas sei que não ficou bom.

Jamie me encara. Esperando. Quando se dá conta de que não vou responder, ela se recosta na cadeira. Abre seu sorriso falso e contido.

— ... se dediquem ao trabalho final, que vale metade da nota este semestre — a sra. Michaels está dizendo. — Vocês vão precisar escolher uma obra de um poeta norte-americano...

Dou uma olhada para uma cadeira do outro lado da sala. Fica perto do alarme de incêndio vermelho. E está vazia. Mas não deveria estar. Salahudin estava atrás de mim. Achei que ele tivesse entrado na sala logo depois.

— *Sr. Malik* — diz uma voz no corredor. O diretor Ernst, pegando Salahudin por estar atrasado de novo. Ernst diz "Malik" como "Mlk", porque as vogais estão fora do seu alcance.

Pego meu caderno. Salahudin não é problema meu. Eu tenho problemas maiores. Como a recusa da Universidade da Virgínia. Como garantir que eu passe nessa matéria, embora seja péssima em inglês sem Salahudin para me dar uma força nas redações. Como o Teorema do Futuro de Chachu e o que significa desafiá-lo.

⁂

Jamie me encurrala na aula de educação física. Ela espera que Grace e Sophie, suas seguidoras bizarramente idênticas, deixem o curto trecho de terra junto ao vestiário para se aproximar de mim.

— Ei... Noor!

A pronúncia do meu nome é "Nur". Não é tão difícil. Não espero que as pessoas carreguem o R no fim, como tia Misbah. Mas Jamie sempre pronunciou "Nór". Eu a conheço desde que me mudei para Juniper, na primeira série, e durante todo esse tempo ela se recusou a falar meu nome direito, mesmo depois que eu pedi.

Pelos primeiros cinco ou seis anos da minha vida aqui, Jamie praticamente ignorou a minha existência.

Então, na sétima série, fui escolhida Aluna do Mês. Venci um concurso de oratória. Passei a participar das aulas avançadas. Ela não fez amizade comigo. Isso jamais. Mas começou a ficar de olho em mim.

— Você parece cansada. — Os olhos dela se demoram em meu rosto. — Os problemas da aula de cálculo foram de matar, hein?

Na superfície, Jamie é inocente. Presidente da turma. Nota A o tempo todo. Sorriso largo. Uma simpatia que a colocou na corte da rainha da escola, mesmo que não tenha lhe rendido a coroa.

E no entanto.

— Já teve algum retorno das universidades? — Ela não quer perguntar, mas seu instinto competitivo fala mais alto. — Eu sei que estamos em fevereiro ainda, mas você já está se mexendo, não está? Minha irmã disse que eu já devia ter recebido alguma resposta de Princeton a essa altura...

Não me lembro de ter contado a Jamie que já estava indo atrás dos pedidos de inscrição. Não contei para ninguém na escola sobre tentar entrar em uma universidade. Não há ninguém para contar. Até seis meses atrás, Salahudin era o único amigo de que eu precisava na vida.

Há uma pausa desconfortável. Quando Jamie percebe que não vou dizer nada, dá um passo para trás. Seu rosto endurece. Como daquela vez que fiquei entre as dez melhores na Feira de Engenharia e Ciências do estado e ela nem se classificou.

— Tudo bem. Aham. Tudo bem. Ok. Claro. — Ela soa um pouco como uma foca latindo. Assim que essa imagem se forma em minha mente, não consigo me livrar dela. O que quer dizer que dou um sorriso. O que a deixa mais brava ainda, porque ela acha que estou rindo dela.

Uma turma de alunos do último ano passa por nós, Grace e Sophie entre eles. Elas nos olham com curiosidade — sabem que não somos amigas. Jamie dá uma corridinha até elas, o sorriso de mil quilowatts grudado no rosto. Ela daria uma ótima política. Ou serial killer.

Quando ela desaparece em direção ao campo, Salahudin sai do vestiário, ainda colocando a camiseta. Vejo de relance o abdome marrom sarado.

— O que a psicopata queria?

O jeito casual como ele fala. Como se não tivéssemos nos evitado nos últimos seis meses, duas semanas e cinco dias.

Meu cérebro se recusa a formular uma resposta. Depois da Briga, eu me deitava imaginando todas as coisas que deveria ter gritado de volta quando ele me disse que nunca poderia se apaixonar por mim. Quando disse que eu havia estragado a nossa amizade.

Agora não consigo me lembrar de uma única palavra. Eu deveria ignorá-lo. Mas o jeito que ele olha para mim — cuidadoso e esperançoso — é como um soco. E eu me entrego.

— Le-Lembra quando ela disse para você se fantasiar de terrorista para o Halloween?

— Sexta série. Nunca mais confiei nela.

Olhamos feio para Jamie, que se afasta. Por um momento, voltamos a ser crianças. Unidos contra o mal invisível.

Ele levanta o braço, coçando a nuca, e vejo seu bíceps de passagem. *Olhe para o outro lado, Noor.*

— Meu Deus, eu gostaria que ela tivesse um ponto fraco. — Olho para o céu de maneira acusadora, embora Deus provavelmente não viva lá. — Insegurança. Pais imbecis. Cabelo feio. Gases. *Alguma coisa*.

— Ela tem um gosto horroroso para sapatos. Olhe só aquilo. — Ele aponta com a cabeça os Nikes neon de Jamie. — Parece que os pés dela foram comidos por cones de trânsito.

Normalmente humor não é o forte de Salahudin, mas essa não foi nada mau. Quase lhe digo isso. Ele olha para o meu rosto. Quero me esconder. Ou sair correndo. Ele se aproxima.

— Noor. — Ele vê demais. Eu preferiria que não visse tanto.

— É melhor você ir. — Ashlee nos observa do campo. — A sua namorada está te esperando.

Essa palavra ainda me dá vontade de chutá-lo na boca. *Namorada.* Quero lançar um olhar fuzilante para ele, mas teria que dobrar o pescoço para fazer isso. Da última vez que ficamos tão perto, ele era uns cinco centímetros mais baixo. E tinha uma pele pior.

Se o universo fosse justo, ele teria encolhido. Deixado crescer uma barba questionável. Uma verruga seria bom. Talvez um transplante de personalidade também. Uma barriga de cerveja em vez de um tanquinho.

Mas o universo não é justo.

— Certo — diz Salahudin. — Hum... eu queria te pedir um favor.

Cruzo os braços. Um papinho é uma coisa. Mas nós dois sabemos que ele não deveria estar me pedindo favores.

— Você pode mandar uma mensagem para a minha mãe? — ele diz. — Pedir para ela marcar outro dia com o médico? O Ernst me deixou de detenção porque eu cheguei atrasado e... — Ele ergue o celular. — Não está funcionando.

— Eu tenho carregador.

— Não, é que... — Ele fica sem jeito, o que é estranho, porque Salahudin não é de ficar sem jeito. — Teve um problema com a nossa conta. Um lance... com a cobrança. Ama tem um plano separado, então o telefone dela está normal. Mas deixa pra lá. Esquece o que eu pedi.

Ele se vira. A tensão em seu pescoço me diz que está incomodado. Tão logo penso nisso, fico brava. Eu o conheço tão bem. Gostaria de não conhecer.

— Ei... — Estendo a mão para seu braço, e rapidamente o solto quando ele dá um pulo. Eu não deveria ter segurado Salahudin. Ele odeia ser tocado.

Embora tão logo eu o toque sinta vontade de fazer isso de novo. Porque tocá-lo o torna real. E isso me faz lembrar como eu me sentia a respeito dele.

Como ainda me sinto.

— Vou mandar uma mensagem para a tia — digo, pensando na mensagem dela para mim esta manhã. Sobre a comida que ela preparou. Ela me ama. Eu sinto isso em meus ossos. Salahudin ser um idiota não é culpa dela. — E vou dar uma passada lá depois que terminar no hospital. Como ela está?

Uma longa pausa. Ele poderia dizer centenas de coisas. Mas seus ombros ficam tensos. Os olhos castanhos se desviam para longe.

— Não muito bem.

— Como assim? — pergunto. — O que aconteceu?

Salahudin me dá um meio sorriso triste. Não o reconheço.

— *Nele colocamos nossa confiança* — ele diz.

Um dos ditados religiosos da tia. Salahudin discutia com ela sobre isso.

— E a nossa vontade? — ele dizia. — E o que nós queremos?

Ela respondia com sua voz não-me-faça-te-dar-uma-palmada.

— O que você quer é o que você quer. O que você faz é o que Deus quer que você faça. Agora peça perdão, Putar. Não quero que os portões do céu se fechem para mim porque o meu filho foi desrespeitoso.

Salahudin resmungava. E então pedia perdão. Sempre. A tia sabia como responder às perguntas dele. Ela sabia o que dizer a ele.

Mas eu não sei. Ele se afasta. Eu o deixo ir.

CAPÍTULO 4
Misbah

Novembro, antes

Em meio às sedas brilhantes do Bazar Anarkali, a vidente era um pardal. Seus pés pequenos batiam impacientemente no chão em sandálias de borracha velhas.

— Ela é mais nova que você, Misbah — minha prima Fozia me disse —, mas vai acalmar a sua mente.

A vidente sinalizou para que eu me sentasse do outro lado de uma mesa de madeira instável e pegou minhas mãos. A cruz em seu pescoço a marcava como cristã.

— Você vai se casar — disse a vidente.

— Não estou pagando cem rúpias para você me dizer que as vacas dão leite. — Ergui a sacola da Sahib Artigos para Casamentos em minha mão. A risada da garota saiu como um guincho. Talvez ela fosse mais velha do que parecia.

— O seu noivo é uma alma inquieta. — Ela percorreu as linhas das minhas mãos e cutucou os calos. — Você vai viajar pelo mar.

— Meu noivo é filho único. Ele não vai abandonar os pais.

— Mesmo assim você vai deixar o Paquistão — ela disse. — Vai ter seus filhos longe daqui. Três.

— Três!

— Um menino. Uma menina. E um terceiro que não é nem ela nem ele, tampouco do terceiro gênero. Você vai fracassar com todos eles.

— Como assim vou fracassar com todos eles? Como? Eles... vão morrer? Vão ficar doentes?

A vidente cruzou o olhar com o meu. Os olhos dela eram pequenos e de cílios longos, com o tom castanho-escuro das folhas caídas.

— Você vai fracassar com todos eles.

Ofereci a ela cem rúpias para mudar a leitura. Depois duzentas. Mas, não importava quanto oferecesse, ela não disse mais nada.

CAPÍTULO 5
Noor

Chachu me quer de volta na loja às três e quinze da tarde, mas a tia não respondeu minha mensagem, o que me deixa preocupada.

Passo os últimos dois períodos de cada dia letivo em um programa voluntário no Hospital Regional de Juniper. Chachu não gosta, mas é durante o horário escolar, então ele não pode fazer muito a respeito. Quando termino meu turno, saio em direção ao motel. De bicicleta, fica a dez minutos de distância. Eu devo ter tempo para conferir como ela está e chegar à loja no horário.

O motel está em silêncio quando rodo pelo concreto trincado da garagem junto ao apartamento principal, onde a família de Sal mora. A tia nunca tranca a porta, e, quando entro, o cheiro acolhedor da semolina com açúcar enche meu nariz. Eu a chamo, mas não há ninguém ali. Passo pela garagem até a piscina cercada e o abrigo de ferramentas, mas está tudo vazio. "Cold Moon", do The Zolas, toca em meus fones. Desligo quando o coro vai perdendo a força.

A ala leste do motel está quieta, o estacionamento vazio. Pelo visto os negócios não vão muito bem. Nenhum dos quartos na ala oeste está aberto. Mas o azul brilhante da porta da lavanderia range com o vento.

Eu a abro e encontro a tia apoiada contra a parede lá dentro. Está segurando uma toalha junto ao peito.

Ela está com uma aparência horrível. Sua pele marrom tem um tom cinzento doentio. Ela está respirando rápido demais. Vejo seu pulso saltando. O nó do hijab rosa, que ela normalmente usa puxado para trás e enrolado na nuca, está se desfazendo.

— Tia? — Estou ao seu lado em um segundo.

— Oh! — Ela dá um salto. — Asalaam-o-alaikum. Kithay rehndhi, meri dhi? — *Que a paz esteja com você. Por onde andou, filha?*

— Tia, você precisa se sentar. Pegue o meu braço. Recebeu a minha mensagem? Sobre a detenção do Salahudin?

— Sim, eu desmarquei a consulta. — Tento oferecer o braço, mas ela o recusa com um aceno. — E não ache que por eu estar falando com você eu a perdoei. Depois de todas aquelas parathas, você não podia vir visitar a sua velha tia? — Ela sorri. Mas eu sinto sua tristeza.

— Mafi dede, tia — peço perdão apressadamente. *Metade do perdão é pedir desculpas*, ela me disse uma vez. — Eu sou uma idiota. Vamos para o apartamento. — Sua pele está tão cinza que me surpreendo que ela ainda esteja de pé. Preciso levá-la ao médico. Mas ela só vai se eu convencê-la de um jeito sutil... provavelmente tomando um chá.

— Não achei que você viria. — Ela estreita os olhos na luz clara do sol de inverno. — Mas preparei halva e puri para o caso de você aparecer.

Pensar no pão frito estufado me deixa com água na boca.

— Não precisava...

— Hoje é seu aniversário, não é? Dezoito anos! Muito... Muito importante... — Ela para a fim de recuperar o fôlego, e finalmente consigo que se apoie em meu braço. Eu poderia carregá-la de tão leve que está.

Depois que entramos, um pouco de cor volta ao seu rosto e ela me solta. Abre caminho em meio à sala de estar mal iluminada, dando tapinhas na parede do apartamento como se ele fosse um velho amigo. Ela adora este lugar. Mesmo que tenha sugado toda a vida de dentro dela.

A cozinha fica de um lado e tem formato de L. Uma janela grande se volta para a ala leste. Três vasilhas de cerâmica descansam sobre a velha bancada ao lado da mesa de jantar para quatro pessoas, onde já fiz centenas de refeições.

Estou quase me servindo do cholay — o grão-de-bico com açafrão e cominho da tia — quando ela acende o fogão para aquecer o puri. Suas mãos tremem.

Eu a levo até uma cadeira.

— Vou preparar um chá para você. Depois vou ligar para o médico, tia. O halva de aniversário pode esperar.

— Eu remarquei para amanhã, então pare de se preocupar. Nós temos tempo para o chá.

Enquanto pego duas xícaras diferentes e saquinhos de chá, eu relaxo. A recusa da Universidade da Virgínia não parece tão importante. A redação de inglês também não. Algo a respeito da tia me faz sentir que posso enfrentar essas coisas.

Eu quero dizer tudo isso para ela. *Este é o meu lar. Você e Salahudin são o meu lar. Desculpe ter andado longe por tanto tempo.* Abro algumas bagas de cardamomo com os dentes, planejando e abandonando uma dúzia de desculpas. É como quando tento escrever. Só que pior.

— Está tudo bem — diz a tia, e olho de relance para ela. Seus olhos são cor de avelã, bem mais claros que os de Salahudin. E estão fixos em mim. Ela coloca a mão sobre o coração. — Eu sei.

O nó que viveu no meu peito por meses se afrouxa. Deixamos um silêncio confortável cair enquanto o halva crepita e os puris incham. Depois que me junto a ela à mesa, a tia não encosta em sua comida, e estou quase terminando a minha quando ela dá um golinho de chá.

— Uau. — Eu finalmente respiro. — Você se superou, tia.

— Você não tem comido direito. — O vinco entre seus olhos se aprofunda. — Eu me ofereci para ensinar o Riaz a cozinhar, sabe? — Ela sempre chamou Chachu pelo sobrenome. — Quando ele trouxe você para Juniper.

Largo meu puri. Chachu odeia comida paquistanesa. Ele odeia tudo que é paquistanês.

— Ele, hum, prefere sanduíches, eu acho.

— A Brooke queria aprender — diz a tia. — Sabia?

Balanço a cabeça. Tecnicamente, eu deveria chamar Brooke de "Chachee", tendo em vista que ela é a esposa de Chachu. Ela achou bonitinho quando eu disse isso pela primeira vez. Mas Chachu acabou com a história rapidamente. Ele só me deixou chamá-lo de Chachu porque aos seis anos eu não conseguia dizer "tio" direito, e ele odiava palavras mal pronunciadas, mais que palavras em urdu.

— Enfim, o seu chachu ficou sabendo. Então ela não voltou mais. — Ela toma um bom gole de chá.

— Tia, por que você não tem ido...

— Sabe, Noor, agora que você fez dezoito anos...

Nós duas paramos e ela gesticula para que eu prossiga.

— Você não tem ido às sessões de hemodiálise, tia.

A expressão dela se torna sombria.

— Ah, não vale a pena — ela diz. — Elas não me fazem sentir melhor e custam um dinheirão. Eu tomo leite com açafrão...

— Não se brinca com uma doença renal, tia — argumento. — Você não pode se curar com açafrão. Precisa fazer hemodiálise. E o seu seguro-saúde?

— Não tenho seguro. — Ela olha de relance para a escrivaninha, tomada por contas. — Preciso voltar para a limpeza. Ponha uma canção antes de eu ir, Noor Jehan.

Ela usa o apelido que me deu quando eu era pequena e ela percebeu que eu amava música. Noor Jehan é uma homenagem à famosa cantora de playback paquistanesa.

— Tudo bem, sabe aquela música que você adora do Johnny Cash e do U2? — Pego o celular que ela me deu ano passado, que disse que um hóspede tinha esquecido, mas suspeito que ela mesma comprou. — Bom, eu tenho outra parceria do Johnny Cash. O nome é "Bridge Over Troubled Water". Dessa vez com a Fiona Apple. Você gosta dela também.

Encontro a canção e os primeiros acordes do violão de Johnny ressoam. A tia fecha os olhos. Quando chega o ponto em que os dois cantam juntos, ela estende a mão para a minha.

— Isso é você, Noor — ela diz. — Minha ponte sobre as águas agitadas. E do Salahudin também. Mas...

Ela se inclina para a frente para olhar para mim. Para realmente olhar para mim. Baixo a cabeça, deixando que a franja caia sobre meu rosto.

— Noor — ela diz. — Eu preciso... Eu preciso dizer a você...

Mas então para de falar. Como se estivesse cansada demais.

— Não estou me sentindo bem, Dhi — ela sussurra. Consigo me colocar à sua frente enquanto ela cai, o corpo subitamente amolecido.

— Tia... Ah, não... Tudo bem...

Tento pegar meu celular sem soltá-la. Mas ele escorrega da mesa, repica no piso de linóleo e cai longe demais para que eu possa alcançá-lo. A porta da frente se abre.

— Salahudin? — chamo. — A tia não está bem!

Mas não é Salahudin. É o pai dele, e consigo sentir o cheiro da bebida antes que ele apareça na porta da cozinha.

— Noor? — ele balbucia. Então vê a esposa e sua voz estremece. — Misbah?

— Ligue para a emergência, tio Toufiq — peço. A tia desabou sobre mim, o coração batendo de um jeito estranho contra meu ombro. — Agora!

Juniper é pequena e a ambulância não demora para chegar ao motel. Tio Toufiq olha fixamente enquanto os paramédicos colocam a tia na parte de trás do veículo, o terror da doença de sua esposa cortando brevemente o efeito da bebedeira.

Ele tenta empurrar as chaves do carro na minha mão, mas eu balanço a cabeça.

— Não sei dirigir — digo, aliviada por ele não tentar fazer isso ele mesmo. — Vá na ambulância. Vou escrever um bilhete para o Salahudin e depois vou para lá de bicicleta.

Pego uma folha de papel.

Oi, IMBECIL, escrevo, mas imediatamente risco isso.

Sua mãe desmaiou. Não. Isso vai deixá-lo desesperado.

Vá para o hospital assim que puder. Na emergência. Sua mãe está bem. Mas precisou ser internada.

Meu telefone toca enquanto subo na bicicleta. Uma olhada rápida me diz que é Chachu. São 3h17 da tarde. Estou dois minutos atrasada.

A loja de bebidas fica a cinco minutos de distância. Porém, assim que eu chegar lá, Chachu vai para o compromisso dele. Ele não vai se importar se a tia está doente. Ele nunca quis que eu me aproximasse deles, para começo de conversa.

Enfio o celular no bolso, pego minha mochila e sigo a ambulância.

CAPÍTULO 6

Sal

Quando chego ao hospital, são quase sete horas da noite e estou suando tanto que parece que atravessei correndo um lava-rápido automático. Encontrei o bilhete de Noor, mas não a chave reserva do carro. Quando liguei para ela do motel, ela não atendeu. Então eu corri.

— Onde você se meteu? — Noor está andando de um lado para o outro na entrada da emergência. — Ela está na UTI... Vamos.

Enquanto caminhamos apressados pelo Hospital de Juniper, Noor me atualiza. Eu me encolho com sua voz, uma metralhadora disparando um fato após o outro. *A sua ama está fraca. Alucinando. A falta da hemodiálise cobrou um preço altíssimo. Altos níveis de potássio no sangue... Ela está correndo o risco de sofrer uma arritmia no coração...*

Algumas enfermeiras cumprimentam Noor quando ela passa, mas ela mal as percebe. Enquanto fala, junta e solta as mãos, espremendo-as como se as estivesse ensaboando. Está apavorada.

Uma parte de mim quer dizer a ela: *Pare. Olhe para mim. Vai ficar tudo bem.* É o que Ama diria.

Mas eu odeio mentir. Odeio mentir especialmente para Noor. O medo dela me pega, me infectando. Quando paramos na porta da UTI, estou suando de novo, e não por causa da corrida.

— Dê o seu nome quando entrar. Eles só deixam entrar um visitante de cada vez, e já expulsaram o seu pai. — A voz dela se suaviza diante da expressão em meu rosto. — Ele... ficou um pouco enjoado. Vou ver como ele está.

Ama está ligada a um milhão de máquinas. Ela só tem quarenta e três anos. Mas parece ter envelhecido vinte. Ajeito o cabelo dela por baixo do hijab e endireito a camisola que colocaram nela, puxando o cobertor sobre suas pernas descobertas. Ama não mostra as pernas em público. Os médicos aqui a conhecem. Sabem que ela prefere se vestir com pudor. Não tiveram nem a decência de cobri-la adequadamente? Imbecis.

— Por que você não fez a hemodiálise? — sussurro para ela. — Por que não ouviu os médicos?

— Putar. — *Filho.*

Seguro a mão de Ama — a única pessoa cujas mãos sempre pareceram seguras. Ela pousa o olhar no meu.

— Como está se sentindo, Ama?

— Onde está o seu abu?

Passando a maior vergonha, vomitando no corredor.

— Está lá fora. — Não digo mais do que isso, mas ela se encolhe diante do veneno em minha voz.

— Ele está doente, Putar — ela diz baixinho. — Ele...

Ele não está doente. Nunca esteve doente. Fraco, talvez. Patético.

— Ele está bêbado, Ama. Como sempre.

A dor no rosto dela faz com que eu me odeie. Mas não me desculpo. Essa raiva deve ter pairado dentro de mim por muito tempo, encolhida como uma serpente faminta.

Ama aperta a minha mão.

— O seu pai... Ele...

— Não invente desculpas para ele. Ele está lá fora decorando a emergência com o que comeu no almoço enquanto você está aqui... — Balanço a cabeça. — Mas não se preocupe. Está tudo sob controle...

— Onde está Noor?

— Na sala de espera. — Não posso falar sobre Noor com Ama. Não de novo.

— Putar, você tem que fazer as pazes com ela. A Noor precisa de você. Mais do que você imagina. E você precisa dela.

— Ama... Não se preocupe comigo e com a Noor, certo? — Eu gostaria de poder me livrar do tom aflito em minha voz. Estou tentando. Estou tentando ficar calmo, mas meu corpo não se parece com corpo algum, e sim com uma caverna escura de estresse, incerteza e medo, ejetando palavras que não são palavras, mas águias, com lâminas no lugar de asas e facas no lugar de bicos. — A Noor está bem — digo. — Ela ficou bem sem a gente por seis meses. Você sempre...

— Você vai precisar ligar para os meus primos no Paquistão — ela sussurra.

— Por que... — Minha voz se parte e eu a imagino como palavras em uma página, cutucadas, moldadas, curvadas à minha vontade. Quando falo de novo, soo normal. — Você mesma vai ligar para eles, Ama.

— Você vai ter que pagar as contas, Putar. O seu pai esquece — ela diz. — Molhe as flores. Peça... Peça ajuda ao tio Faisal...

— Ama, quando ele nos visitou no verão, me deu um saco de lixo com as roupas velhas de almofadinha do filho dele, para que eu não "parecesse tanto um daku". — *Um criminoso.* — Não vou pedir nada para ele.

— Eu sinto... saudade dele. — A voz de Ama é fraca, mas ela mira além de mim de maneira tão clara que eu olho por sobre o ombro.

— Você está com saudade do tio Faisal?

— Não — Ama sussurra. — Do meu pai. "Borboletinha", ele me chamava. Ele jogava carrom com Toufiq e o pai dele. Ele adorava as piadas de Toufiq.

Faço que sim com a cabeça, embora, a última vez que me lembro de Abu contando uma piada, eu ainda usasse cuecas do Hulk.

— Senhor?

Uma enfermeira entra no quarto, alta e de cabelos escuros.

— O seu, ah... pai. Acho que ele precisa de você.

Meu pai, quero dizer, *não é a pessoa que precisa de mim agora.*

— Tá. — Eu me viro para Ama, mas a enfermeira estende a mão, como se para tocar meu ombro. Eu me afasto antes que ela possa fazer contato, e ela ergue as sobrancelhas.

— Olha, sinto muito, mas o seu pai não pode ficar aqui. Ele está incomodando os pacientes na emergência. Falando uma língua estranha...

— É punjabi — eu digo. — A língua nativa dele.

— Você precisa cuidar dele. Ou vamos ter que chamar a polícia.

Noor entra a tempo de ouvir o fim da conversa.

— Eu peguei as chaves do seu pai — ela diz enquanto a enfermeira nos deixa. — O imã Shafiq trouxe o seu carro.

O jovem imã/engenheiro que lidera a minúscula mesquita de Juniper é amigo de Ama. Mas eu não telefonei para ele.

— Como...

— Eu liguei para ele mais cedo. Ele teve que ir embora, mas, hum, o seu pai provavelmente precisa de uma carona para casa. — Noor se balança de um pé para o outro. Achei que ela não soubesse como a minha relação com Abu anda ruim. Mas pelo visto ela percebeu. — Eu o levaria, mas a tia só me deu algumas aulas de direção antes de...

Antes de eu gritar coisas horríveis para Noor e ela correr de mim, como qualquer pessoa sensata faria.

— Eu levo ele para casa — digo. Maldito Abu. Eu preciso estar aqui com Ama. Preciso me certificar de que ela esteja bem. Mas ele vai estar um caco hoje à noite, e não quero que Noor tenha que lidar com ele... ou que ele se machuque. — Eu volto mais tarde. Só... fique com ela. Por favor.

— Eu vou ficar bem — diz Ama. — Leve o seu pai para casa. Dê água para ele. Deite-o de lado. E não fique bravo com ele, Putar. Por favor, ele...

— Não o defenda, Ama. — Saio antes de dizer algo de que possa me arrepender.

O dr. Rothman está no corredor e eu vou até ele.

— Devo trazer alguma coisa para ela? — pergunto. — Remédios ou...

— Ela não está com dor — ele diz. — Nós vamos transferi-la para um quarto em breve, para que ela possa terminar a hemodiálise com mais conforto. Um pijama, talvez. Artigos de higiene. E... — Ele confere a prancheta. — Estou vendo que não temos um cartão de seguro na ficha dela...

Gritos escapam através das portas e chegam à UTI. Reconheço a voz de Abu.

— Desculpe. — Não consigo cruzar o olhar com o do dr. Rothman. — Eu... Eu preciso ir.

A emergência, no fim do corredor, está curiosamente em silêncio. Com exceção do meu pai, que rosna para dois policiais que o observam cautelosamente da porta.

— Senhor... — Um deles, uma mulher de cabelos castanhos, parece cansada. — Apenas saia conosco, está bem? Não é preciso...

— Haramzada kutta! — *Cão de um bastardo*. Abu está mais para um bêbado sonolento que raivoso. Nunca o tinha visto xingar alguém em inglês, muito menos em punjabi.

Ele me vê e gesticula, veemente, como um Perry Mason embriagado.

— Esse é o meu filho. Ele vai falar para vocês. Minha esposa está lá dentro. Eu preciso ir até ela, mas ninguém deixa...

Mesmo incomodado como está, o sotaque de Abu é suave como o ondular do oceano. Nunca tinha percebido isso, até dois anos atrás, quando o coloquei no viva-voz no supermercado. Enquanto ele falava, fiquei paralisado no corredor, porque ele soava subitamente estranho. Seus Rs se enrolavam e ele se demorava nos Ls e Ds, tornando cada palavra mais poética.

Mas esses policiais não se importam com isso. Para eles, Abu é um estrangeiro de porre que fede a desespero.

Todos na sala de espera estão nos encarando. Deixando de lado as doenças e a miséria, observar alguém ainda pior que você é um alívio. Ou serve de entretenimento, pelo menos.

Sinto coceira e calor diante dos olhares fixos e, embora queira amordaçar Abu, eu me vejo estranhamente protetor em relação a ele também. Curvado como está, com as mãos cerradas em punhos, ele parece tão pequeno.

— Abu. — Eu me coloco entre ele e os policiais. — Nós precisamos ir para casa. Ama nos quer em casa. — Eu me viro para os policiais. — Desculpem... Ele está transtornado porque a minha mãe está doente.

— Eu conheço ele. — O policial de cabelo curto e loiro e bigode olha Abu de cima a baixo. A tarja de identificação dele diz MARKS. Eu gostaria de saber o que ele está pensando. Mas talvez seja melhor não. — Nós já o colocamos no tanque antes.

Por um momento, imagino Abu em um tanque do exército vestindo uma roupa camuflada. A imagem é tão bizarra que eu rio, um guincho esquisito que jamais emiti antes. Então me dou conta do que o policial quis dizer: uma cela para bêbados. Meu riso morre.

O rosto de Marks muda do neutro para o irritado.

— Eu vou... Eu vou levá-lo para casa — digo. — Abu, vamos. — Não quero fazer isso, mas pego a mão dele. Ele é pele e osso, e lembro da época em que não era. Quando ele conseguia me jogar sobre o ombro como se eu fosse um travesseiro de penas.

— Não... — Ele se desvencilha de mim, os braços agitados. Quando sua mão acerta meu rosto, em um primeiro momento penso que foi Marks quem me bateu, tamanha a improbabilidade de que meu pai fosse um dia encostar um dedo em mim. Então percebo o que aconteceu. Dói pra diabo e meus olhos se enchem de água, enquanto meu pânico aumenta. Um policial vendo o meu pai me bater não é o que precisamos agora.

Vai ficar tudo bem. Enxugo os olhos. *Daqui a algumas horas você vai estar escrevendo sobre isso no seu diário, porque esse evento vai estar no passado em vez de agora, e tudo vai estar bem.*

— Ah... Ah, não. Desculpe, Salahudin. — Meu pai parece abalado, mas não é nele que estou concentrado agora.

Marks dá um passo à frente, a voz dura como aço.

— Chega, senhor. Afaste-se, filho...

— Ele não teve a intenção — digo rapidamente, tentando evitar que a situação saia de controle. Algo no jeito como estou falando me faz lembrar de Ama e eu me encolho com o pensamento. — Foi um acidente. Por favor, acredite em mim... Ele não é assim. — Ama me acertaria com uma colher se achasse que eu estava sendo desrespeitoso. Mas nunca Abu.

A outra policial — Ortiz — coloca a mão no braço do parceiro. Dessa vez, quando pego a mão de Abu, ele não se debate.

— Nós já vamos, tudo bem? — Eu o arrasto para fora e ele obedece, murmurando.

— Desculpe, desculpe, Putar. Eu sinto muito.

Marks balança a cabeça.

— Leve ele para casa — diz. Ele e Ortiz, e o restante da sala de emergência, nos observam enquanto nos afastamos em direção à noite gelada do deserto.

Minha ira desperta novamente, porque consigo sentir o desprezo deles. O julgamento. Tenho vontade de me virar e gritar. *Ele não é essa pessoa. Nós não somos isso.*

Nem sempre fomos assim.

CAPÍTULO 7

Noor

A tia fecha os olhos depois que Salahudin vai embora. Os dedos dela se mexem enquanto ela dorme. Ela geme, como se estivesse com dor. Uma hora se passa. Depois outra. Pego meus fones de ouvido. Fiz dois meses de hora extra na loja para pagar por eles. Chachu não acredita exatamente em um salário justo. Mas os fones valeram cada centavo.

Ela não ouve, mas ponho para tocar os artistas que ela ama. Reshma e Masuma Anwar. Mohammed Rafi, o favorito do pai dela quando ele era pequeno, e Abrar-ul-Haq, o favorito dela.

Confiro para ver se Sal ligou — mas ele não ligou e imediatamente me arrependo de ter olhado para o celular. Tenho vinte e cinco mensagens não lidas e dez chamadas perdidas. Todas de Chachu.

Emergência no hospital, escrevo finalmente em uma mensagem para ele. Precisei ficar até mais tarde.

Tia Misbah murmura e abre os olhos, então eu desligo a música.

— Salaam, tia. — Pego as mãos dela cuidadosamente. O toque pode ser assustador para um paciente quando ele acorda na UTI.

— Pani — ela sussurra. *Água*.

Há um copo sobre a bandeja ao lado da cama. Levo o canudo até seus lábios. Ela consegue dar um golinho, mas sua garganta não está funcionando direito.

— Tou... Toufiq.

— Ele está seguro em casa — digo. — O Salahudin vai estar aqui a qualquer momento.

Minhas mãos tremem, mas o medo só vai perturbar a tia, então me endireito e forço um sorriso.

— Você está com uma boa aparência, tia Misbah. — Arrumo o cabelo dela que escapou do hijab e enxugo o suor em sua testa com um lenço. — Eu gostaria que você estivesse em casa. Eu ia te preparar uma xícara de chá e nós poderíamos ver *Dilan dey Soudeh*. — É a novela favorita dela. *Coisas do coração*. — O que aconteceu no último capítulo?

Ela responde tão baixinho que tenho de me inclinar em sua direção para ouvi-la.

— A irmã do Akbar disse para ele que o diploma da Saira é falso — ela conta.

— *O quê?* Que absurdo! A Saira se formou em Oxford! E ela ainda o amava depois que ele perdeu tudo!

— Não sei o que aconteceu depois — sussurra a tia. — Não tem graça ver sem você.

— Nós vamos fazer uma festa e tanto quando você voltar para casa, viu? — digo. — Xícaras e mais xícaras de chai com muito açúcar. Eu contei para você que segui o seu conselho e coloquei *Nach Punjaban* para tocar inteiro na loja domingo passado?

Ela sorri e eu sinto alívio ao ver a cor em seu rosto.

— Vou dar o braço a torcer — comento. — Abrar-ul-Haq é bom mesmo. "Wangan Chappan" me fez chorar. E "Tere Rang Rang" é um clássico. Na verdade...

Limpo meus fones com um lenço de papel e os coloco nos ouvidos dela. Os acordes da cítara e o ressoar do dholak se manifestam e ela fecha os olhos. No corredor mais adiante, uma máquina soa o alarme. Os sinais vitais de alguém entraram em descompasso.

— Código azul — uma voz fria ressoa nos alto-falantes, abafando a voz de Abrar-ul-Haq. — UTI, código azul. — Umas dez pessoas passam correndo. *Por favor, que quem quer que tenha enfartado sobreviva*, eu rezo.

— Noor. — A tia me passa os fones e eu desligo a música. — Você não está no lugar certo aqui em Juniper, meri dhi. — *Minha filha*. Ela me chama assim desde que a conheci, aos seis anos, incapaz de falar ou ler em inglês, em luto por uma família cujos rostos não consigo mais lembrar. Tia Misbah nem me conhecia e me chamava de "dhi". É assim que ela é. — Você é melhor do que este lugar. Mais do que este lugar.

— Eu... Eu estou tentando, tia — respondo. — Me inscrevi em um monte de universidades. Estou com medo de não ser aceita em nenhuma. Eu me sinto um pouco perdida...

Parece algo estúpido de dizer para uma pessoa deitada em uma cama de hospital. Mas ela fica olhando para mim, o olhar atento.

— Se estamos perdidos, Deus é como a água, encontrando o caminho incognoscível quando não conseguimos. — Ela aperta a minha mão. A sua está fria. A pele parece a de uma idosa, embora ela seja tão jovem. — Eu sei que você está brava com Salahudin — ela diz. — Mas deveria estar brava com...

Ela mexe a boca, incapaz de falar. Seus olhos tremulam. A máquina que monitora a pressão apita rapidamente. Os números dela caem. Lentamente em um primeiro momento. Então mais rápido.

— Enfermeira? — Solto a mão da tia por um segundo e saio para o corredor. — Enfermeira!

Mas o posto está vazio. O Hospital de Juniper tem pouco pessoal, e o código azul deve ter ocupado a maioria dos médicos. *Merda*. Confiro meu celular, mas Salahudin ainda não ligou.

Digito uma mensagem às pressas.

KD VC, VEM PRA UTI AGORA.

Mais uma máquina da tia dispara.

— Noor. — Os olhos dela estão fundos. Sinto um nó no estômago. Algo está acontecendo. Algo ruim. Algo além do meu alcance. O ar está carregado e tenso. — Noor. — Tudo que ela consegue dizer é o meu nome, mas não há muito nisso.

— Tia... você vai ficar bem. Vou chamar o méd...

Os sinais vitais dela enlouquecem. A pressão despenca. O sensor de oxigênio dispara o alarme.

— Um médico — chamo sobre meu ombro, porque não quero deixá-la partir. — *Um médico!* — Eu me levanto, ainda segurando sua mão, e berro porta afora. — Eu preciso de ajuda!

— Noor. — É um cântico. — Noor.

— Estou aqui, tia Misbah. — *Fique calma, Noor. Calma.* — Fique comigo, está bem? — peço. — Fique comigo para que você possa me mostrar mais dos seus grandes álbuns em punjabi, e possamos finalmente convencer o Salahudin a tomar chai, e...

Tento me lembrar de uma oração, uma que ela me ensinou porque Chachu se recusou a fazê-lo. Eu a digo em voz alta, embora a esteja deturpando, porque estou em pânico. Não estou nem na metade quando a tia aperta minha mão tão forte que por um segundo acho que tudo vai ficar bem. Ninguém com um aperto desses poderia morrer.

Retribuo o aperto, tentando lhe passar força. Tentando lhe devolver tudo que ela me deu. *Tire alguns anos de mim por ela, Deus. Eu não preciso deles.*

— Noor — ela sussurra. — Per... Perdoe.

— Tia Misbah? *Tia.*

As enfermeiras e os médicos lotam o quarto. Eles me empurram para fora. Quando olho de volta para ela, seus olhos estão fixos no meu rosto.

Mas ela já não me vê.

PARTE II

∾

Perca um pouquinho a cada dia. Aceite, austero,
a chave perdida, a hora gasta bestamente.
A arte de perder não é nenhum mistério.

— *Elizabeth Bishop,*
"Uma arte"

CAPÍTULO 8

Misbah

Janeiro, antes

— O que você gosta de fazer?

As mãos de Toufiq se mexiam ansiosamente, fechando, abrindo, brincando com seu chai, puxando a gravata. Ele era bonito, longos cílios emoldurando olhos bem escuros, as maçãs do rosto proeminentes como as do seu pai calado, um policial e o único membro da família que eu conhecia até então. A beleza dele seria intimidante, mas suas mãos contavam a verdade.

— Eu gosto de ler — respondi, olhando de relance para meu irmão, Faisal, nossa companhia nessa saída. Ainda bem que Faisal era um péssimo acompanhante, mais interessado em seu Suzuki novo que no *izzat* da irmã. — Gosto de colecionar histórias. Adoraria ter um restaurante ou uma pousada. Para reunir as histórias de todos que passassem por ali. Mas... minha mãe prefere que eu me case.

— Por que não fazer as duas coisas? — Toufiq inclinou a cabeça e sorriu. — Reunir histórias e se casar?

Os olhos dele se ergueram nos cantos, mas ele estava triste. Eu podia sentir. Talvez, se nos casássemos, os anos juntos revelassem por quê. Ficaríamos sabendo os segredos um do outro. Um arrepio percorreu meu corpo ao pensar nele me descobrindo — a verdadeira Misbah. A Misbah que sonhava, tinha esperança e voava longe em sua imaginação.

— O que você está lendo? — Apontei com a cabeça para o livro que aparecia em sua sacola.

— The Yosemite. É de um autor norte-americano chamado John Muir — disse Toufiq. — Um dos meus colegas da engenharia em Londres trouxe para mim da Califórnia. Espero ir para lá um dia.

Peguei o livro, deixando que meu pulso tocasse a manga de sua camisa, e o abri em uma passagem sublinhada.

— "O cenho do El Capitan estava coberto por nuvens de neve, como fios de cabelo" — eu li. — "O Clouds' Rest estava ligeiramente envolto em uma névoa passageira, e o Half Dome pairava na luz brilhante como uma majestosa criatura viva..."

As palavras me levaram até lá. Tão frequentemente eu evitava livros em inglês, embora meu pai insistisse que eu os lesse. O inglês era como os cacos de vidro que encimavam os muros altos dos bairros ricos. O urdu era melódico. Uma névoa passageira, como disse o tal John Muir.

— Clouds' Rest — repeti. Descanso das nuvens. — Que nome lindo.

— Sim. Lindo. — Ele me olhou rápido de cima a baixo novamente, e meu rosto corou. Achei que diria mais alguma coisa, mas apenas pediu chá.

— Você... — Suas mãos se mexeram de novo. — Você quer ter filhos?

Fiquei surpresa. Mesmo que as mulheres não quisessem ter filhos, sempre achei que a maioria dos homens quisesse. Tanto que nem se davam o trabalho de fazer a pergunta. Assenti.

— E você?

Ele tamborilou os dedos sobre a mesa e olhou para o chaiwallah, ainda preparando o nosso chá. Olhou para as pessoas nas outras mesas. Olhou para toda parte, menos para mim.

— Eu amo meu pai, mas não sou próximo da minha mãe. Eu me preocupo... Eu me pergunto... se vou ser mais como ele ou como ela. — Toufiq riu com um charme pesaroso. — Desculpe. É uma coisa idiota de se dizer.

O chaiwallah nos trouxe o sabz chai, no estilo da Caxemira. Era rosado e leitoso, salpicado de cardamomo e transbordando de pistache e amêndoa em pedaços. Um chá romântico, sempre achei. Talvez porque quase sempre o saboreei em casamentos.

Arrisquei um olhar de relance sobre o ombro para Faisal. Ele se exibia para o chaiwallah sobre o porta-malas do Suzuki, alisando-o enquanto o homem assentia respeitosamente.

— Não é idiota — protestei. — Talvez o fato de isso importar tanto para você seja o suficiente para você ser um bom pai.

Toufiq pareceu ficar sem jeito, suas mãos incessantes como a maré. Eu me inclinei para a frente a fim de segurá-las, e, pela primeira vez desde que nos sentamos à mesa, elas não se mexeram.

CAPÍTULO 9

Sal

Fevereiro, agora

Quando Abu e eu chegamos ao cemitério no Civic, levo dez minutos para encontrar uma vaga, porque o estacionamento está cheio. *Desculpe me atrasar para o seu funeral, Ama.*

Ha! Imagino sua voz carinhosa em minha cabeça. *Se você tivesse chegado na hora, eu saberia que era um dhokay baz.* Um impostor.

Por dois dias tentei conjurar a voz de Ama. Esta manhã, enquanto colocava o shalwar-kameez que ela me deu no último Eid: *Use um jeans em vez do shalwar, Putar*, ela sussurrou. *A não ser que você queira que seus tornozelos apareçam.*

E de novo quando pensei em não me barbear: *Você não tem tamiz? Não ouse aparecer com a barba por fazer no meu funeral!*

Funeral. A palavra machuca. Me faz sentir em uma praia que desaparece, observando uma onda crescer em minha direção. Uma onda que é alta demais para evitar inteiramente, mas tão lenta que por ora posso dar as costas para ela.

Eu sei que pareço um avestruz. Sei que preciso encarar esta merda de cabeça erguida. Mas também preciso passar por este dia sem desmoronar completamente. Posso escrever mais tarde sobre a palavra *funeral* e o que ela significa. *Respire. Cinco segundos inspirando. Sete expirando.*

O imã Shafiq nos recebe no carro, o vento gelado quase arrancando o topi de sua cabeça. Ele é paquistanês também, perto dos trinta anos —

um líder discreto. Ele foi ao motel logo após o amanhecer para rezar o Janāzah — a oração do funeral — com Abu e comigo. Agora explica para Abu, baixinho e em urdu, o que vai acontecer em seguida.

Meu pai — sóbrio por enquanto — olha para o grupo de pessoas que vai se reunindo. Ele fecha os olhos por um longo tempo. Odeio o fato de que, quando os abrir, ainda estaremos todos lá.

Ao mesmo tempo, olhar para ele me dá vontade de quebrar o vidro de um carro. Ele é o motivo de eu não estar no hospital quando Ama morreu. Em vez disso eu estava em casa, arrastando-o para dentro após ele ter apagado no carro. Colocando-o na cama. Trocando suas roupas quando ele molhou as calças porque havia bebido até cair, e eu sabia que Ama me daria uma chinelada se eu o deixasse dormir em uma poça de urina.

— Asalaam-o-alaikum, Salahudin. — A irmã Khadija, esposa do imã Shafiq, abre a minha porta. Sua pele marrom-escura parece cinza contra o hijab azul-marinho. Os olhos fundos me dizem que ela dormiu tanto quanto eu. — Sinto muito, muito mesmo. — O sotaque sulista é caloroso como um abraço. Meus olhos se enchem de lágrimas.

Não chore, Salahudin. Se você começar, não há mais volta. Na quinta-feira, depois que Noor não conseguiu falar comigo e pediu que o imã Shafiq fosse ao hospital, foi Khadija quem se dispôs a lavar o corpo de Ama e prepará-la para o enterro. Elas se encontraram vezes suficientes na minúscula mesquita de Juniper para que Khadija soubesse que as regras religiosas eram importantes para Ama.

Quase pergunto para Khadija se ela tem *certeza* de que era o corpo de Ama que ela lavou. Quando finalmente cheguei ao quarto do hospital, o soro havia sido tirado de seu braço e as máquinas estavam amontoadas à sua volta como sentinelas enlutadas, tendo falhado em sua missão de mantê-la viva. Ama estava deitada embaixo de um lençol, e, embora sua pulseira do hospital dissesse MISBAH MALIK, aquela pessoa não lembrava em nada Ama. Pequena demais. Apagada demais.

Morta demais.

Procuro Noor, mas não a vejo. Minha garganta se aperta. Noor é a única pessoa no planeta de quem eu suportaria ficar perto neste instante. Ela estava lá com Ama, no fim.

Ao contrário de mim. Uma pontada de ódio de mim mesmo me atinge, e eu danço com ela. Melhor que aquela onda lambendo meus calcanhares.

A grama do cemitério é amarela, interrompida por túmulos e por uma ocasional árvore atrofiada. As pessoas se aproximam para me contar como conheceram Ama: um mecânico que discutia com ela sobre os preços de pneus. Uma antiga hóspede que se escondia do namorado viciado em metanfetamina com a ajuda de Ama.

Minha antiga pediatra, dra. Ellis, e a esposa dela, minha diretora na escola do fundamental, estão aqui. A madrinha de Abu nos Alcoólicos Anônimos, uma mulher pragmática chamada Janice, acena para mim com tristeza. Eu não a via fazia um tempo. Mas ela adorava Ama.

Enquanto o imã Shafiq conduz meu pai na direção do túmulo, Ashlee abre caminho até mim, a saia preta se arrastando pela grama. Eu não queria que ela viesse. Ama não sabia que eu estava saindo com Ashlee. Eu tinha um argumento todo planejado para quando ela descobrisse. *Você não pode ficar brava comigo por beijar alguém, já que não diz merda nenhuma sobre Abu ser um bêbado.*

— Oi. — Ashlee me abraça. O nariz dela está frio em meu pescoço e eu lembro a mim mesmo que ela já me tocou uma centena de vezes. Está tudo bem. Eu estou bem. Enquanto tento me concentrar mais no corpo dela que no meu, noto que seus braços estão pesados, o pescoço mole, e ela está se apoiando em mim como se eu fosse a única terra sólida neste cemitério. Cuidadosamente, eu me afasto e sussurro em seu ouvido:

— Ashlee... o que você tomou?

— Nada. Eu estava com dor nas costas. Meu cóccix...

Quebrou durante o parto e em alguns dias dói que é um inferno. Ela já me contou isso centenas de vezes.

Alguns dos remédios para dor de Ashlee a deixam temperamental e outros a relaxam completamente. Se eu a soltar, ela talvez desmorone lentamente até o chão. Ou talvez fique brava e faça um escândalo. Não saber o que vai ser deixa a minha garganta seca de ansiedade.

Abu é assim às vezes. Incompreensível... imprevisível. Talvez seja por isso que eu esteja com Ashlee. Ela é familiar.

— Oi. — Khadija dá um tapinha no ombro de Ashlee. — Nós já vamos começar. O pai de Salahudin precisa dele. Você ficaria comigo?

Antes que Ashlee possa protestar, Khadija a leva consigo com aquela competência gentil que ela deve usar nos tribunais quando está defendendo seus clientes. O imã Shafiq coloca Abu do meu lado esquerdo e meu pai olha fixamente para seus sapatos pretos, incapaz de erguer o olhar para o caixão.

Então o imã invoca o nome de Deus e o mundo gira, pois ele fala de Ama como alguém que *foi*, em vez de alguém que *é*.

A onda se aproxima. Não consigo ouvir isso. Se ouvir, vou gritar. Ou partir ao meio. Vou me afogar.

Deve haver algum jeito de sair desta situação com graça. Eu poderia tampar os ouvidos. Cantarolar para mim mesmo. Uma risada queima minha garganta. Uma risada maluca, trinada, como a de Gollum no fim de O Senhor dos Anéis, um instante antes de ele mergulhar na lava.

O que há de errado comigo? Este é o funeral de Ama. *O funeral de Ama*. A pior combinação de palavras de todos os tempos.

Então há um ruído atrás de mim, o calor de outro corpo, e estou olhando para os olhos escuros como um poço de Noor. Meu alívio quase me faz cair de joelhos.

Ela enfia algo em minha mão. Um fone preto — sem fio, quase imperceptível. O outro está escondido atrás de uma cortina de cabelo.

Finjo coçar a cabeça e coloco o fone no meu ouvido, deixando que o meu cabelo o cubra. As notas de um baixo ressoam, seguidas por uma voz grave. Johnny Cash e U2 cantando "The Wanderer".

Ama adorava essa canção. Noor colocou a música para ouvirmos pela primeira vez quando tínhamos treze anos, sentados na cozinha do motel. Fingíamos fazer o dever de casa, mas na realidade estávamos roubando os chapli kabobs que Ama estava fritando.

Ele é um peregrino, disse Ama. *Como eu*. Brinquei com ela sobre o que Johnny Cash diria de uma mulher punjabi de hijab ouvindo uma música sobre um pregador.

Se você preparasse esses kabobs para o Johnny, aposto que ele não iria reclamar, disse Noor. Volto para aquele dia, para o ghee quente chiando na panela, o odor forte da cebola com uma pitada de alho, o friozinho agradável do ar-condicionado. Volto para o riso de Ama, o de Noor e o meu.

Olho fixamente para as montanhas azuis ao longe enquanto Noor põe a música para tocar uma vez. Duas vezes. Eu ficaria feliz se ela simplesmente continuasse. Mas o imã Shafiq termina o discurso e Noor desliga a música. O silêncio é um monstro no meu peito, me sufocando lentamente. O caixão é baixado na terra, e o som que sai do meu abu me faz sentir um arrepio na nuca.

Não sei se acredito no inferno, mas, se ele tiver um som, seria o uivo estrangulado do seu pai finalmente percebendo que o amor da vida dele está sendo enterrado.

O corpo de Noor treme. Meus olhos estão secos. A onda está esperando, mas não vou encará-la. Agora não. Não vou chorar, porra.

Não me custaria nada me aproximar de Abu. De Noor. Segurar a mão deles. Dar a eles a pouca força que eu tenho.

Mas meus braços não se movem. As lágrimas não vêm. Fico parado como uma estátua, congelando porque esqueci o casaco, olhando fixamente para o caixão. Me perguntando como alguém que enchia a sala pode caber em uma caixa tão pequena.

～

Quando tio Faisal, o único irmão de Ama, e seu filho babaca, Arsalan, chegam de Los Angeles para prestar condolências, Abu está silenciosamente bêbado.

Conseguimos juntar dezoito muçulmanos de Juniper e outras cidades do deserto próximas para a oração do pôr do sol. A voz do imã Shafiq se eleva quando ele faz o chamado para a prece — e Abu incrivelmente permanece de pé. Mas, quando todos encostam a testa nos tapetes de oração espalhados, Abu deixa os olhos fechados um pouquinho mais do que deveria.

Quando se levanta, ele oscila. Estende a mão como se estivesse para cair. Mas não cai, então parece simplesmente que está praticando alguma dança interpretativa esquisita. Tio Faisal e Arsalan trocam um olhar furtivo. Beber álcool é proibido no Islã. Rezar tendo bebido? Fico surpreso que o diabo não esteja na nossa porta.

Tento não odiar Abu. Ele está sofrendo. Eu sei disso.

Noor, em um shalwar-kameez preto e com seu dupatta enrolado justo em torno da cabeça e do pescoço, abre caminho até Abu e coloca uma cadeira dobrável atrás dele. Ela o empurra gentilmente para a cadeira e ele para de balançar. Dezoito pessoas soltam um suspiro coletivo de alívio e o imã Shafiq termina rapidamente a oração.

Depois, escapo para o depósito ao lado da cozinha e fico parado ali, no escuro, como um psicopata. Se eu acender as luzes, sei o que verei. A letra cursiva perfeita de Ama, aprimorada em uma escola para meninas no Paquistão, meio apagada em etiquetas impecáveis coladas em caixas: *Chaves. Maçanetas. Ferramentas. Fios.* Ela adorava trazer ordem ao mundo. Deve ter sido dela que peguei esse hábito.

Tiro meu diário do bolso de trás. Ele é pequeno o suficiente para carregar por aí e bagunçado o suficiente para que eu seja a única pessoa que consegue ler. Não escrevo desde que Ama morreu, pois o que está na minha cabeça sairia apenas como um grito. Não um grito *aaaaa*, mas cada centímetro de cada página coberto de tinta pura.

Me parece um desperdício de papel.

Não seja esquisito. Volte lá para dentro. Ama me ensinou a hospitalidade paquistanesa há muito tempo. Mesmo no meio de Fim de Mundo, Califórnia, há regras. Uma delas é que você não deixa um monte de pessoas na sua casa se virarem sozinhas, não importa qual seja a ocasião.

No apartamento, o cheiro de flores mortas é inescapável. Todos estão na sala de estar, servindo-se dos pratos que o imã Shafiq e Khadija prepararam. Olho pela janela ampla da cozinha, para a ala leste do motel. Um único quarto está iluminado. O quarto 4, reservado por Curtis Franklin, nosso único hóspede semanal.

Bem no meio, entre o quarto 3 e o 4, uma porta azul brilha sob as luzes fluorescentes. A lavanderia.

Meu estômago revira diante da visão e eu volto a atenção para as ervas daninhas brotando das rachaduras no concreto. Vou ter que cuidar delas. Ama odiava ervas daninhas.

O telefone toca, uma distração estridente, e o atendo rapidamente.

— Clouds' Rest Inn Motel, como posso ajudar?

A maioria das ligações tem sido do Paquistão. Os primos de Ama, suas tias e tios — uma confusão de rostos marrons de que eu deveria me lembrar melhor daquela única visita dez anos atrás. Alguns não acreditam. Outros dizem que a morte de Ama é coisa do mau-olhado — nazar. Todos querem falar com meu pai.

Esta ligação é diferente.

— Misbah Malik? — diz uma voz severa. — Estou ligando do Setor de Cobranças do Condado de Yona...

Antes de ouvir mais, eu desligo, o coração acelerado. Então dou um salto, porque meu primo Arsalan se materializou ao meu lado, como em um filme de terror.

— Cara, "inn" e "motel" são a mesma coisa — ele diz. — Então, quando você fala "Clouds' Rest Inn Motel", é...

— Não preciso de lições de gramática no funeral da minha mãe.

— Desculpa. Foi estupidez minha — diz Arsalan em um raro acesso de autoconsciência. — Sinto muito pela tia. Ela era ótima. Uma mulher tão gentil.

Sim, Ama era muito gentil. Razão pela qual mantinha seus comentários a um mínimo sempre que Arsalan ou a família dele apareciam. Isso é o mais próximo de um xingamento a que ela chegou sobre o irmão que vive a três horas daqui mas nunca visitava, que poderia ter doado um rim para ela mas se recusou, embora eles fossem compatíveis.

— ... um monte de ótimas lembranças — Arsalan prossegue em sua lenga-lenga. — Uma vez, quando vocês nos visitaram para o Eid...

Eu me lembro. Peguei uns carrinhos Hot Wheels dele. Enfiei na mochila que tinha levado para passar a noite, enrolados no meu pijama usado, porque sabia que ninguém ia procurar ali. Nunca me senti culpado por aquele roubo. Até contar para Noor, pelo menos.

Ele tem dois quartos de brincar, além do quarto normal. Nem percebeu, eu me defendi após lhe mostrar os carros, irritado por ela não ter ficado impressionada com meu tesouro.

Mas você sabe que isso é roubo. Noor parecia tão perplexa com a minha trapaça que comecei a me contorcer. Na vez seguinte que fui à casa de Arsalan, devolvi os malditos carrinhos.

Examino os sapatos do meu primo. São aqueles mocassins feios com o nome da grife gravado nas laterais. Ele se daria bem com Jamie. Abro um sorriso e olho em volta à procura de Noor. Ela está brincando com as pontas de seu cabelo comprido e olhando fixamente para uma foto que Ama pendurou alguns meses atrás. É uma foto que tirei antes da Briga: as duas tomando chá, capturadas enquanto assistiam a um drama paquistanês.

Arsalan sorri para ela e eu adentro seu campo de visão.

— Então, está no último ano, não é? — Ele tenta de outro jeito. — Já escolheu uma universidade?

O que eu não daria por um botão de mute para humanos.

— Ama está morta — digo. — Meu pai é um bêbado. Eu não vou para a universidade, Arsalambão.

Zoar com o nome dele é golpe baixo. Ama me olharia feio se estivesse aqui. Arsalan fica em silêncio, a boca aberta.

Neste instante a sineta do motel ressoa com um BZZZZZ irado, como um míssil guinchando no céu. Não consigo fugir dele rápido o suficiente.

A porta que liga o escritório ao nosso apartamento se abre silenciosamente. Atrás do balcão alto da recepção, o rapaz do quarto 11 tamborila os dedos, impaciente. Reservei o quarto para ele na noite passada em um borrão e não o vi mais.

— Cara, você pode me conseguir umas toalhas? Já liguei, tipo, cinco vezes.

Eu o encaro.

— Toalhas? — pergunto. Um nó se forma dentro de mim, retorcendo-se cada vez mais apertado. As toalhas estão na lavanderia.

— Merda, achei que você falasse inglês. — O Quarto 11 tira a camisa e finge estar secando as mãos com ela. — To-a-lhas? — Ele ergue a voz. — Para en-xu-gar?

— Vou pegar. — Noor deve ter me seguido, embora eu não a tenha ouvido. Ela está tão próxima que me encolho. Mas ela não encosta em mim. Dá a volta, pega a chave-mestra que fica pendurada em um gancho perto da mesa e desaparece lá fora. O Quarto 11 a segue e o nó em meu estômago se desfaz.

Eu me recosto no balcão do escritório e penso em todas as pessoas esperando no apartamento.

Sem chance de voltar para lá. Eu prefiro ser acorrentado no topo de uma montanha com uma águia bicando meu fígado.

Tendo em vista que essa não é uma opção, pego a jaqueta da minha mãe do gancho perto da porta e saio.

O frio me dá um tapa na cara. Mas é um tapa bom — do tipo que a gente vê em um faroeste preto e branco, que tira um idiota gaguejante de sua histeria.

Eu me dirijo à piscina atrás do estacionamento. Ama passou um cadeado no portão da cerca meses atrás, preocupada que um garoto qualquer perambulasse lá para dentro e caísse na piscina. A cerca estremece com um ruído quando pulo sobre ela, o único som em uma noite silenciosa e gélida. Eu me sento no concreto, jogo as pernas sobre a beira na parte mais funda e olho para baixo. Com os holofotes desligados, é como olhar fixamente para um buraco negro.

Vamos consertar a piscina no ano que vem, disse Ama no verão passado. *Eu vou estar melhor e o seu abu vai ter voltado a trabalhar. Você pode finalmente me ensinar a nadar.*

Quando eu era pequeno, a piscina estava sempre cheia. Parecia um alegre feijão azul, ou a pegada de um gigante. Nós fazíamos festa todo mês de setembro para o meu aniversário. Às vezes Noor era a única criança que aparecia, mas isso significava que ninguém reclamava quando dávamos bombas do trampolim. Depois de nos secar, devorávamos o kulfi de manga que Ama preparava em sua velha máquina de sorvete.

Então, um ano e meio atrás, alguns meses depois que Ama ficou doente, me deparei com Abu resmungando sozinho e mijando na piscina. Achei que fosse outra pessoa, em um primeiro momento. Não me ocorreu que ele estivesse bêbado porque, desde que eu me entendia por gente, Ama deixou claro que eu não deveria nem encostar em bebida.

Ama me ajudou a trazer Abu para dentro. Pela maneira como ela o acalmava, o virava de lado e colocava um balde junto à cama, entendi que ela já tinha feito isso antes.

Depois dessa noite, nós drenamos a água da piscina. Ama queria consertá-la antes de enchermos novamente. Ela queria vedar as rachaduras e pintá-la inteira de azul-pervinca para combinar com o céu.

A cerca tilinta atrás de mim e Noor pula sobre ela. Eu me levanto para encontrá-la.

— O imã Shafiq estava procurando você — ela diz. — E acho que eu preciso ir para casa.

O imã vai ter que esperar.

— Eu acompanho você.

As ruas de Juniper ficam vazias em torno das nove da noite, então caminhamos bem no meio de uma, Noor do lado direito da linha branca e eu do lado esquerdo. O vento está soprando forte novamente, mordendo a pele através das nossas roupas finas e trazendo com ele a fragrância terrosa de creosoto. Noor está tremendo, então dou a ela a jaqueta de Ama e me aproximo. Nossos braços se tocam. Breve. Elétrico. Não sei dizer se acho bom ou ruim. Não consigo ver sentido em nada disso. *Você está bem*, digo a mim mesmo. *Cinco segundos inspirando. Sete expirando.*

Noor ergue o olhar, surpresa com o toque. Talvez esteja pensando em como a ponta de seus dedos tocou meu queixo um pouco antes de ela me beijar, meses atrás.

Eu queria o beijo e não queria, e isso me aterrorizou. Em vez de tentar explicar, gritei que ela estava estragando a nossa amizade. Não entendo por que perdi a cabeça daquele jeito, exceto pelo fato de eu ser estranho por dentro. E, quando ela me beijou, o beijo fez vibrar essa estranheza até ela se transformar em um acorde que não consegui suportar.

— Sabe, eu fiquei brava de verdade com você — ela diz quando já nos distanciamos bastante do motel.

— Eu mereci.

— Sim, mereceu. — Ela olha para as nossas mãos, quase se tocando. Penso em pegar a mão dela. Um pedido de desculpa de certa forma. Tenho muito a me desculpar em relação a Noor. Mas ela enfia a mão no bolso do casaco de Ama e é tarde demais. "Darpok!", Ama me chamaria. *Medroso.*

— Viu... sobre a Briga...

— Deixe a Briga pra lá, Salahudin — ela diz. — A tia não ia querer nenhum dos dois pensando sobre isso esta noite.

— Tudo bem... Hum, como vai a procura por uma universidade? — É uma mudança de assunto desajeitada, e Noor me olha de lado, sorrindo ligeiramente.

— Você não zoou o seu primo por tocar no mesmo assunto?

— Ele mereceu.

— Ele é péssimo — ela concorda. — Acredita que ele não parava de falar da coleção de relógios dele? Depois pediu o meu telefone.

— Aff — resmungo. — O que você respondeu?

— Falei para ele que era 862-3346-8636.

Diante da minha confusão, ela dá uma risadinha pelos dois.

— Os números formam a frase "você é imundo". Não que ele vá se dar conta disso.

Alguns segundos mais tarde, diminuímos o passo quando a casa do tio dela aparece à nossa frente. Fica em um conjunto habitacional próximo de um trecho vazio de deserto, baixa e descorada, como todo o resto em Juniper. Uma lâmpada na sala da frente projeta um círculo de luz sobre o canteiro descuidado. Faz meses que não venho aqui, mas o aviso CUIDADO COM O CACHORRO que Riaz pendurou anos atrás para evitar arrombamentos ainda está na fachada. Nada de cachorro por enquanto.

— Obrigado por tudo hoje — digo. Noor olha de relance para a porta da frente, os ombros caídos, como se já pudesse ouvir a censura do tio. Riaz é o oposto de Ama: frio e analítico e sempre lembrando Noor de que ela vai trabalhar no negócio da família após se formar no ensino médio. Eu o conheço desde que era garoto, mas toda vez que ele me vê — ou Ama, ou Abu — é como se sentisse o cheiro da carniça de uma cabra.

Normalmente Noor e eu daríamos algumas voltas no quarteirão. Mas o dia que passou pressiona meu cérebro, a onda alta demais agora, próxima demais.

— Ligue ou mande uma mensagem se precisar de qualquer coisa — diz Noor. — Não fique sozinho com seus pensamentos. Estou aqui e... — Ela brinca com as lantejoulas de seu kameez. As unhas dela estão pintadas de preto, o que eu não tinha notado antes. — Tudo aquilo que aconteceu ano passado foi esquecido, está bem? — Ela tenta sorrir, mas sem convencer. — Não precisa se preocupar que eu vá dizer ou fazer alguma coisa que... te deixe sem graça. Já superei você.

— Tudo bem. Sim — digo rápido demais, ignorando o revirar desapontado em meu estômago. Quando olho para ela, o olhar de Noor não cruza com o meu, mas não me importo. Por um segundo, penso que vou abraçá-la. Mas tenho medo de como seria isso. — Só para constar — digo —, eu sinto muito.

Não levo muito tempo para estar de volta à minha rua, e, quando o motel entra em meu campo de visão, eu paro. Porque, quando entrar ali, não será minha casa. Ama não estará esperando por mim. Haverá a bagunça deixada depois do jantar. Lençóis para lavar. Meu pai apagado.

Mais tarde, quando eu não conseguir dormir, quando me levantar às três da manhã para perambular pela casa como uma sombra, não vou ouvir Ama tagarelando comigo nem vou ver seu rosto brilhando no escuro.

Chai, beta? Ela era tão delicada quando perguntava. *Estou preparando um pouco e não tem graça beber sozinha. Venha, vou te contar a história da mulher com o coração de prata e rubi que roubou um quarto inteiro bem debaixo do nosso nariz!*

Ama, eu odeio chá.

Eu sei, ela diria. *Mas não perco a esperança.*

A esperança não a ajudou, no entanto. Ela teve esperança de que Abu não virasse um bêbado. Teve esperança de melhorar. A esperança foi, na realidade, uma estratégia de merda.

Eu me sento no meio da rua e a onda desaba sobre mim, derramando-se dos meus olhos tão rápido que não consigo ver. Eu achava que acabaria escrevendo sobre hoje. Ordenaria os pensamentos, colocaria minha dor em palavras. Agora percebo que não consigo. O dia de hoje é um fantasma que vou acorrentar no fundo do meu cérebro, um fantasma para sempre vinculado ao vento gelado do deserto, ao asfalto sujo e a uma solidão tão profunda que não deveria pertencer a este mundo.

Nos últimos meses, à medida que Ama foi piorando, à medida que finalmente caiu a ficha sobre a condição dela, eu pensei: *Um dia minha ama vai morrer. Tudo que ela foi vai morrer com ela. O jeito rápido como ela andava, a farinha no cabelo dela quando preparava roti, as linhas em sua testa quando ela gritava comigo por fazer algo estúpido. As parathas de sábado de manhã e o cheiro dela, de cardamomo, Pinho Sol e hidratante.*

Eu acreditei que esses pensamentos me prepaririam para a morte dela. Não prepararam.

Eu vou sobreviver a isso. Vou viver. Mas há um buraco em mim que jamais será preenchido. Talvez seja essa a razão pela qual as pessoas morrem de velhice. Talvez pudéssemos viver para sempre se não amássemos tão completamente. Mas nós amamos. E, quando a idade chega, estamos cheios de buracos, tantos que fica difícil demais respirar. Tantos que nossas entranhas não são mais nossas. Somos apenas um grande espaço vazio, esperando para ser preenchido pela escuridão. Esperando para ser livre.

CAPÍTULO 10

Noor

Quando Salahudin e eu tínhamos dez anos, entramos sem permissão no escritório de Chachu nos fundos da casa. Eu sabia que não era uma boa ideia entrar lá. Mas Salahudin me fez sentir corajosa.

Ou idiota.

Ele havia decidido que Chachu tinha uma reserva escondida de Kit Kats grandes. Disse que tinha sonhado com isso. Não encontramos chocolate algum. Apenas pilhas de papéis e envelopes onde Chachu mantinha cada correspondência que recebeu na vida. Na prateleira, com os CDs do Depeche Mode, Pixies e Snoop Dogg, encontramos livros didáticos de matemática. Abri um. A página estava coberta de anotações meticulosas e riscos de marca-texto meio apagados.

Estar ali me deixou uma sensação horrível. Como se eu fosse uma ladra.

Aquele mesmo sentimento me ocorreu na casa da tia Misbah. A culinária paquistanesa não deveria existir se tia Misbah não está aqui brigando comigo por roubar um pedacinho. As orações não parecem reais sem ela para rir de mim por enrolar meu lenço justo demais. *Como uma vovó grisalha de vilarejo preocupada com a virtude*, ela costumava dizer.

Estar no motel sem ela é errado. Anormal.

Coloco os fones de ouvido. Vou entrar na casa de Chachu após ouvir uma música. Só uma. Encontro "Untitled #8", do Sigur Rós. Tem quase doze minutos.

Parada na escuridão da varanda, observo as estrelas e penso que não vi meus pais morrerem. Mal me lembro deles.

Até ter visto o caixão da tia, penso que a garotinha em mim tinha esperança de que meus pais estivessem vivos. Sentados em uma casa caiada de tijolos a quinze mil quilômetros de distância. Jantando no pátio, suspirando quando a energia caía, mandando um primo ligar o gerador. Esperando por mim em um vilarejo que se perdeu para sempre.

Mas hoje — o funeral, o caixão — me lembrou o que é a morte: final.

Tia Misbah fazia kofta para mim quando eu tirava um dez. Ela me contou por que "ullu da patha" — *filho de uma coruja* — era seu xingamento favorito em punjabi. Me falou sobre ouvir a lendária Noor Jehan quando era pequena. *A voz dela era tão poderosa que achei que iria partir minha alma. Talvez os seus pais a tenham batizado em homenagem a ela. É por isso que você ama música.*

Tudo que Chachu se recusava a fazer porque era paquistanês demais? Ela fazia *porque* era paquistanês.

Mas eu não a visitei quando ela precisou de mim. Tudo por causa de uma briga estúpida com Salahudin.

Há algumas coisas na vida que eu jamais serei capaz de desfazer. Evitar a única pessoa no mundo que me amava como se eu fosse sua filha é uma delas.

"Set the Fire to the Third Bar", do Snow Patrol, começa a tocar. O acorde de uma guitarra. Um piano se junta a ela. Um homem e uma mulher cantam sobre a distância e a saudade. Enfio a chave na fechadura e abro a porta lentamente. Brooke não acorda com facilidade, mas Chachu tem o sono leve.

— Noor.

Dou um salto. Eu me apresso para desligar a música. Chachu está sentado na sala de estar. O cabelo castanho aparece acima do encosto do sofá. A TV está ligada baixinho ao fundo. Ele se vira, seus traços de perfil. O rosto do meu pai aparece de relance em minha mente. Tento me apegar à imagem.

Meu peito dói. Sinto falta... de algo. Um lugar? Uma pessoa? Não lembro muita coisa de antes do terremoto. Não quero lembrar. Aquelas lembranças me despertam no meio da noite. Elas me persuadem a pensar que estou presa naquele armário, de volta ao vilarejo.

Mas essa lembrança não é assim. Ela é calorosa. Doces luddoo grudentos em um casamento. O ranger de uma cama de cordas enquanto durmo juntinho da minha avó. Perseguir uma galinha magra pelo pátio. O verde-claro da hookah do meu avô. Uma voz menor. Irmão? Irmã? Primo?

Não sei. Chachu não me conta nada e não há ninguém mais no Paquistão para perguntar. O vilarejo foi completamente destruído. O terremoto matou todo mundo, exceto a mim.

A lembrança se esvai. Eu me sinto vazia. É esse vazio que me leva para a sala de estar com Chachu. A necessidade de olhar para outro ser humano que compartilha meu sangue. Meu tio larga o jornal que está lendo. "Don't Come Around Here No More", de Tom Petty, toca ao fundo. O disco com os maiores sucessos dos Heartbreakers foi o primeiro que ele pôs para eu ouvir depois que me mudei para cá.

— Vai ajudar você a aprender inglês — ele disse. Talvez tenha ajudado. Mas, sobretudo, me ensinou que a música pode parecer mais o seu lar do que quatro paredes e um telhado.

— Como foi? — A voz de Chachu me traz de volta. Ele quer saber sobre o funeral.

— Triste. Mas um monte de gente apareceu.

— Eles não ficaram assustados com a cantoria e as reverências?

Eu deveria ter ido para o meu quarto.

— Eles vieram para o enterro — digo. — Não ficaram para a oração.

— Mas você ficou. — Chachu se coloca de pé. Desliga a música e larga o jornal sem dobrá-lo.

Estou calada. Imóvel.

— Não entendo por que você acredita naquele lixo. — O sotaque dele normalmente é indetectável. Quando o ouço, é melhor desaparecer. Como agora. Mas às vezes ir embora piora as coisas. Então eu fico. Tento não sentir raiva. Antes de morrer, tia Misbah disse para "perdoar".

Eu tento perdoar.

— Você por acaso compreende o que eles dizem em árabe? — pergunta Chachu. — É uma coisa atrasada e ilógica, Noor. — Ele balança a cabeça, desapontado. — "A religião é o suspiro da criatura oprimida. É o ópio do povo." Karl Marx. Misbah foi uma idiota de encorajar você.

— A fé não é idiota — eu digo, porque alguém tem que defender tia Misbah. — A tia sabia que a oração me faz sentir melhor. Ela sabia que a oração me deixa com menos saudade do Paquistão.

Chachu ri.

— Se você tivesse crescido no Paquistão, teria vontade de sair de lá. A nossa família vivia em uma cabana. O seu avô ia para a masjid todos os dias, todas as cinco orações, o homem mais crente no maldito ilaqa inteiro...

Ilaqa. *Bairro.*

— ... pagri branco perfeitamente passado todos os dias. — Chachu continua. — Ele chegava a *parecer* um santo. Que vantagem isso trouxe? Um casebre que desmoronou em cima dele e matou todo mundo que ele amava.

Exceto eu.

Uma porta range mais adiante no corredor. Brooke, ouvindo. Chachu não se dá conta.

— Você sabe, nós os encontramos juntos. A família inteira. Meus pais abraçados. O seu pai com o Alcorão na mão. Eu poderia ter dito ao meu irmão que um livro não ia segurar uma jhompri construída de esperança e barro.

Tento lembrar o que significa *jhompri*. Casa? Cabana? Não pergunto. Chachu nunca fala da nossa família. Nada de fotos. Nada de vídeos. Nada de histórias. Isso é o máximo que ele já compartilhou. O que ele está dizendo machuca. Mas nem pisco, porque quero que ele conte mais.

— Ele discutia comigo, o seu pai — diz Chachu. — Porque eu queria fazer alguma coisa com a minha vida. Já ele...

Chachu está lá agora, naquele instante, anos e quilômetros atrás, com um irmão mais velho que não aprovava suas escolhas. Seus punhos se fecham. Abrem. Fecham.

Abrem.

Respiro de novo.

— Preciso que você pegue o turno inteiro da manhã. — Ele se vira para o quarto. — Tenho que me matricular para as aulas de verão amanhã. Volto ao meio-dia.

Normalmente eu trabalho só até as dez aos domingos. Razão pela qual marquei uma entrevista por telefone com a Universidade da Pensilvânia às 11h45. Não quero remarcar. Mas também não quero imaginar a cara de Chachu se ele entrar na loja e eu estiver no meio do telefonema.

— Eu prometi para a, hum, Jamie que íamos repassar... íamos revisar uma redação para a aula de inglês amanhã de manhã. — O truque é escolher alguém de quem ele já ouviu falar, mas que não vai encontrar na rua.

Chachu se vira. Lentamente.

— Misbah ensinou tanta coisa para você, mas não que mentir é errado?

No corredor, a porta do quarto de Chachu e Brooke se fecha. Dou um passo para trás.

Chachu é a única razão de eu estar aqui.

Eu tinha seis anos quando um terremoto atingiu meu vilarejo no Paquistão. Chachu dirigiu por dois dias, desde Karachi, porque os voos para a região norte do Punjab não estavam operando. Quando chegou ao vilarejo, ele engatinhou sobre as ruínas da casa dos meus avós, onde meus pais e eu morávamos também. Ele arrancou as pedras com as próprias mãos. Os homens da defesa civil disseram que era inútil.

A palma de suas mãos sangrava. As unhas foram arrancadas. Todos estavam mortos. Mas Chachu continuou escavando. Ele me ouviu chorar, presa em um armário. E me tirou de lá. Me levou para o hospital e não saiu do meu lado.

Chachu estudava matemática e engenharia na universidade. Conseguiu um estágio no centro de armamentos em Juniper — uma posição disputada. Ele tinha talento. Mas abriu mão de tudo isso com vinte e um anos. Porque tinha que cuidar de mim.

Esse é Chachu. Ele me salvou.

A porta da frente bate. Ele saiu. Brooke aparece. Ela caminha do mesmo jeito desde que se mudou para cá, anos atrás. Como se estivesse pisando em cacos de vidro.

Ela conheceu Chachu na loja em um sábado, alguns meses após eu ter chegado aos Estados Unidos. O namorado dela na época jogou uma garrafa de uísque nela no estacionamento. Eu gritei quando ele fez isso. Chachu chamou a polícia.

Brooke entrou aos tropeços na loja, mais alta que nós dois. Ombros caídos de um trabalho mal pago no departamento de trânsito. Olhos vazios de uma série de namorados lixo.

Chachu secou o sangue do rosto dela e limpou o ferimento. Ela trouxe um cheesecake sem cobertura no fim de semana seguinte para agradecer. Um ano depois, eles se casaram na prefeitura enquanto eu estava na escola.

Seus olhos continuam vazios.

Nunca fomos próximas. Mas às vezes ela me deixa presentes, como um gloss da NYX que encontrei na frente da minha porta algumas semanas atrás, ou uma sacola de camisetas do brechó. Quando Chachu vai para Los Angeles fazer compras para a loja, Brooke e eu preparamos pipoca e vemos um filme. Mas ela não fala muito. Nunca falou.

Ela passa ao largo e dobra silenciosamente o jornal. Endireita um abajur inclinado. Leva o prato de Chachu, com um sanduíche comido pela metade, até a pia.

Eu vou para o meu quarto. Meus braços doem. Minha cabeça. Ouço passos no corredor e fico tensa.

— Sou eu. — Brooke. Ela fecha a porta atrás de si e se recosta nela, trocando o peso de um pé para o outro. — Você recebeu sua carta uns dias atrás?

A recusa da Universidade da Virgínia. Percebi que não nos falamos desde o dia em que a tia morreu.

— Sim. Obrigada por me entregar.

— Você abriu?

— Não fui aceita, se é isso que você quer saber.

Brooke anui. Ela jamais pressiona. Às vezes eu gostaria que ela fizesse isso.

— Você pode pedir para as universidades enviarem as respostas por e-mail? Não quero que o seu tio veja uma dessas cartas.

— Ele não olha a correspondência há uma década mais ou menos.

— Eu sei. Mas para o caso de ele olhar. — Quando não respondo, ela dá um passo à frente. — Você está...

Bem? Triste? Com medo? Qualquer que seja a palavra, ela não a encontra. Brooke apenas balança ligeiramente a cabeça e deixa o quarto. Tranco a porta e pego a carta da Universidade da Virgínia.

Eu me imagino mandando uma mensagem para tia Misbah. *Recebi uma recusa semana passada. Estou tão triste.* Eu sairia furtivamente pela janela e caminharia os quinze minutos até o motel. Ela estaria esperando, sorvete na mão.

"Ben aur Jerry tay ter-reh chang-ay tay pehreh vakth tay prah vah", ela diria. *Ben e Jerry são seus irmãos, nos dias bons e nos ruins.*

Mas meus "irmãos" não estão aqui agora. Tampouco tia Misbah. Meu quarto — meus pôsteres de galáxias distantes onde eu preferiria viver, as biografias que conheço de cor — vai ter que bastar.

Rasgo a carta em pedacinhos e penso no que tia Misbah disse.

Você é melhor do que este lugar. Mais do que este lugar.

Tenho que cair fora daqui. Pela tia. Por mim. Tenho que me tornar alguma coisa. Não sobrevivi a um terremoto, aprendi inglês, perdi tudo e reconstruí tudo para apodrecer em Juniper. Existe alguma coisa melhor para mim. A tia acreditava nisso. Então eu preciso acreditar também.

Coloco os fones de ouvido. Fecho os olhos enquanto Ani DiFranco canta "Swan Dive". Sobre o fato de ela só precisar de uma chance — uma forcinha — para fazer algo da sua vida.

Você é melhor do que este lugar. Mais do que este lugar.

Uma faculdade se foi. Restam seis.

CAPÍTULO 11

Sal

A última vez que chorei como se a minha alma estivesse sendo arrancada foi há anos, quando Noor, Ama e eu assistimos a um filme que Ama adorava quando criança: *A história sem fim*. Tem uma parte em que um cavalo chamado Artax afunda devagar em um pântano enquanto o cavaleiro tenta desesperadamente tirá-lo dali. É brutal. Acabou comigo.

Eu tinha esquecido como chorar esvazia você, joga fora toda a merda e deixa tudo mais claro.

Quando chego em casa, não estou me sentindo melhor, exatamente. Apenas desejando menos que um tornado me pegue e me jogue para o espaço sideral.

No entanto, quando vejo Ashlee largada contra a porta do escritório, o vento bagunçando seu cabelo, repenso esse sentimento. Ela vem até mim para um abraço, e estou cansado demais para desviar.

Embora eu estremeça com a proximidade, ela me abraça forte. Quando ficamos juntos pela primeira vez, Ashlee percebeu de cara que eu não sou muito chegado ao toque. Eu disse a ela que sofria de alodinia.

— "Uma condição severa relacionada ao sistema nervoso" — ela pesquisou no celular — "na qual o paciente sente dor por estímulos que normalmente não a provocam."

Eu não tenho alodinia. Dizer que sofro disso é sacanagem, já que existem pessoas que realmente têm essa condição e sofrem com ela. Mas é a única coisa que faz as pessoas se afastarem. De que outra forma eu explicaria que os abraços de Ama eram um carinho bem-vindo, mas o tapinha de um estranho nas minhas costas parece um ataque? Que Noor, ao tocar meu braço hoje, me passou uma corrente calorosa, mas uma dividida no campo de futebol pode me deixar enjoado? Que se eu tocar acidentalmente outras pessoas não tenho problemas, mas se elas fizerem o mesmo minha vontade é enfiá-las em um canhão e atirar na estratosfera?

Não faz nenhum sentido. Daí a alodinia.

Finalmente, não suporto mais e me afasto.

— Onde está a Kaya? — pergunto.

— Em casa com a minha mãe. — Ashlee está alerta agora. O que quer que ela tenha tomado esta manhã, o efeito passou. — Você está bem, Sal?

Dou um passo para trás. Ela deve saber a resposta.

Quando não digo nada, ela tenta me abraçar novamente, mas dou um passo para o lado e sento no banco de ferro forjado que Ama colocou do lado de fora do escritório. Ele é estranhamente chique, incongruente diante dos blocos de concreto caiados e das roseiras encolhidas pelo inverno.

— Ashlee, você disse para o Art que a minha mãe tinha câncer?

— Sim — ela responde. — Achei que não tinha problema. Ele é meu primo...

— Ela não tinha câncer — eu digo. — Ela tinha uma doença grave nos rins. Câncer é imprevisível. Às vezes você consegue vencê-lo e às vezes não. Mas Ama poderia ter continuado saudável. Ela só precisava descansar e fazer hemodiálise, e não fez.

— Por que... Por que ela não fez?

— Coisas demais para fazer no motel — digo. — Caro demais. Não temos seguro-saúde. Eu devia ter obrigado ela a ir. Abu devia ter ajudado com o motel. Meu tio imbecil devia ter doado um rim. Mas nenhum de nós fez o que devia ter feito.

— Talvez doesse — diz Ashlee. — E ela tivesse medo.

Não sei. Jamais vou saber. Não conversei o suficiente com a minha ama. Não a ouvi.

— Ei — ela diz. — A sua... mãe. Ela tinha receita para remédios para dor, certo?

— Sim — respondo. — Por quê?

— Você se importa... Você se importaria se eu...

Ah. *Ah.* Demoro um segundo, mas então entendo.

— A minha receita venceu — ela diz diante da expressão em meu rosto. — E as minhas costas estão realmente...

— Que é isso, Ashlee? — Uma vez li em uma revista que você jamais deve terminar ou começar um relacionamento depois de um evento importante na sua vida. Mas quem quer que tenha escrito isso provavelmente não teve uma namorada pedindo os remédios para dor da sua mãe no dia do funeral dela.

A raiva queima meu peito — direcionada a Ashlee, mas é maior que isso. Estou com raiva de Abu, pelo jeito como ele tenta se aniquilar em uma garrafa. De Ama, por não ter ouvido os médicos nem o seu corpo. De mim, por não ter consertado a situação.

— Nós... Eu não consigo mais continuar assim. — No momento em que digo isso, eu me sinto mais calmo. No controle. — Não posso mais ficar com você.

Ashlee me encara como se eu estivesse falando outra língua. O telefone do escritório toca. E toca. Abu provavelmente está desmaiado. Se estiver deitado de costas, ele pode se afogar no próprio vômito. Abu talvez esteja deprimido e talvez seja um bêbado, mas ainda é o meu pai e não quero perdê-lo também.

— Tenho que cuidar do meu pai — preencho o silêncio. — Ajudá-lo a tocar o motel. Um relacionamento no meio de tudo isso...

— Eu posso te ajudar.

— Você estava chapada hoje de manhã.

— Você agiu como um babaca, Sal. — Ela se deixa cair no banco, então levanta novamente, agitada. Não estamos juntos há tanto tempo, por isso eu não esperava que ela ficasse tão incomodada. — Você não queria que eu ficasse lá com você. Não queria que o seu pai me visse.

Abu estava tão despedaçado que não creio que notaria Ashlee nem se ela batesse um gongo diante do nariz dele.

— Eu só queria que você não se sentisse sozinho — ela diz. — Você está me punindo por me importar.

O telefone toca de novo. O Civic está na entrada do motel, mas talvez Abu não esteja em casa. Talvez ele tenha sido jogado na cela para bêbados. Talvez tenha sido atropelado.

Sinto a falta de Ama com uma intensidade que faz meu peito doer. Como ela não enlouqueceu de preocupação? Um dia no batente e eu quero arrancar os cabelos.

Estou calado há tempo demais.

— Preciso ir — digo a Ashlee. Ela parece tão triste que minha raiva se esvai. — Você consegue ir para casa?

— Como se você se importasse. — Ashlee pega o celular de cima do banco e segue em direção ao Mustang, uma sombra opaca na rua. Quando chega ao carro, ela se vira. — Ainda bem que eu não te apresentei para a Kaya — diz. — Você não merece conhecer a minha filha.

Ela está certa, mas, antes que eu possa dizer isso, a porta do carro bate.

Espero até que ela vá embora e então destranco o escritório. Um hábito que herdei de Ama. *Você não volta para a sua casa até que o seu hóspede tenha voltado para a dele.*

Nos fundos, o apartamento está escuro e silencioso, tirando o ronco de Abu. Fico aliviado ao ouvi-lo. Pelo menos ele está vivo.

O imã Shafiq e Khadija limparam tudo, com exceção das flores. A geladeira está lotada, comida suficiente para semanas. Mas é uma lembrança do dia de hoje, e eu sei que não vou comer nada disso.

O sono não virá, então acendo a luz e vou até a escrivaninha de Ama, onde uma pilha de contas desmoronou, cobrindo metade de um grampeador que só funciona se você sacrificar uma caixa de grampos nele primeiro.

O destino deste lugar — meu e de Abu — está nessa pilha.

Talvez isso não devesse importar para mim. Se não fosse pelo Clouds' Rest, Ama não teria trabalhado até virar um esqueleto. Abu teria sido obrigado a parar de beber e arrumar um emprego.

Agora que ela partiu, ele não vai tocar este lugar. Não vai nem tentar. E onde isso nos deixa? Ouvi Ama se estressar com as nossas dívidas o suficiente para saber que não temos nenhuma economia. Que mal estamos fechando as contas a cada mês.

Levo os boletos para a cozinha e os coloco sobre o balcão de madeira, liso de tantos anos de uso. Lá fora, a ala leste do motel está iluminada de modo difuso. Ama semeou uma planta estranhamente resistente nas janelas de cada quarto, e os holofotes deixam azulado o tom verde-escuro das folhas.

Molhe as flores. Algumas horas antes de morrer, era nisso que ela estava pensando. Porque ela amava o Clouds' Rest. Quando os negócios iam bem, ela adorava conversar com as pessoas que passavam por aqui: os cientistas indo para a base militar, os aventureiros empolgados com o Vale da Morte, os artistas em busca de inspiração. Ela lutou por anos para tornar o Clouds' Rest algo de que tivesse orgulho.

Não posso perder este lugar. Não depois de perdê-la. No fim, não obriguei Ama a descansar nem a arrastei para a hemodiálise. Não fiz merda nenhuma para salvá-la. Eu a deixei na mão. Mas posso salvar o Clouds' Rest. Posso assegurar que o sangue, o suor e as lágrimas que ela colocou neste lugar não tenham sido em vão.

Encontro uma faca e começo a abrir os envelopes. À medida que somo tudo na calculadora do celular, a cozinha diminui de tamanho. Além de estarmos três meses atrasados com o financiamento do carro, tem a conta de luz, a conta do gás, a conta de água, as contas do hospital, a conta da operadora de celular, as contas do cartão de crédito.

Mas a conta que me faz começar a suar tem apenas uma página.

First Union Bank of the Desert
N. Sparfield Ave., 607
Juniper, CA 99999

Prezada sra. Malik,
    A senhora está em atraso com o pagamento do seu crédito empresarial. Em 28 de janeiro se completaram 60 dias de atraso. Caso a dívida, no valor de US$ 5.346,29, não seja quitada até o dia 15 de abril

do ano corrente, o débito resultará em taxas adicionais e poderá causar a perda da sua empresa, com a penhora completa de todos os ativos associados ao referido negócio.

A carta continua, mas apenas duas coisas importam: nós devemos mais de cinco mil dólares para o banco. E, se não pagarmos em dez semanas, tudo pelo que Ama trabalhou estará perdido.

CAPÍTULO 12

Noor

Eu gosto de abrir a loja aos domingos. Seis da manhã é tarde demais para os festeiros da noite. E cedo demais para todo o resto.

Está congelando aqui dentro, porque Chachu é muito pão-duro para deixar o aquecedor ligado pelas cinco horas em que a loja permanece fechada. Eu me mexo com rapidez para que minhas mãos não fiquem dormentes. Persianas abertas. Luzes fluorescentes ligadas. Caixa registradora destrancada. Máquina de gelo cheia. Doces, refrigerantes e alimentos reabastecidos.

Eu sou eu mesma, mas não de verdade. Como se estivesse observando outra pessoa a distância. Tia Misbah morreu há pouco mais de uma semana. O choque se esvaiu em torpor. Mas o luto é um animal que eu conheço. Ele se retirou por ora. Mas voltará.

Chuck D canta um rap em meus ouvidos, fazendo o mundo andar mais rápido. Quando o sol deixa o deserto lá fora com um tom dourado-azulado, estou aquecida. O velho aquecedor está no máximo. Vou para trás do balcão e abro o laptop. A entrevista com a Universidade da Pensilvânia — que eu remarquei após cancelá-la na semana passada — é às onze e meia. Daqui a menos de seis horas.

Olho de relance para as perguntas. *Cite um projeto em que você esteja trabalhando no momento que não seja relacionado ao campo de estudo proposto.*

Sobreviver ao último ano do ensino médio? Tentar me desapaixonar do meu ex-melhor amigo? Ficar de luto pela mulher que foi a coisa mais próxima que eu tive de uma mãe?

Minha redação de inglês, um monstro de quinze páginas a ser entregue no fim do ano, vai ter que servir.

Embora eu não possa falar da redação sem escrever parte dela. A sra. Michaels quer que analisemos um poema. Escolhi "Uma arte", de Elizabeth Bishop, porque gostei da primeira frase.

Bom. Mais ou menos. Escolhi esse principalmente porque é curto.

Mas também é tão esquisito. Fala sobre perder coisas, tipo chaves e casas. Como é que alguém perde uma casa? Estou lendo o poema pela décima vez quando a sineta da porta tilinta.

Por um segundo acho que é tia Misbah. Antes da Briga, ela vinha todos os domingos de manhã, chai na mão, pronta para ver *Dilan dey Soudeh* e discutir sobre a música de Nusrat Fateh Ali Khan. (Veredito: eu adoro. Ela o chamava de "o chorão".)

— Slmnr, bta. — É tio Toufiq e eu levo um segundo para entender o murmúrio. *Salaam, Noor beta.* Dou uma pausa no Public Enemy e olho de relance para o relógio. Sete horas.

Ele está começando cedo.

Ele pega ovos, leite e pão. Quando passa direto pelos vinhos e uísques, eu relaxo. Até que algo chama sua atenção e ele diminui o passo.

Vamos. Continue caminhando, tio.

Ele para e acrescenta uma garrafa de Old Crow à cesta. Quase não o vejo; ele é tão rápido. Como se, ao pegá-la depressa, talvez não tenha pegado. Ele empilha tudo sobre o balcão, escondendo o uísque no meio.

Fiz a mesma coisa algumas semanas atrás, quando comprei uma base na farmácia. Acho que eu tinha a esperança de que, se enterrasse o que me envergonhava, ninguém veria aquilo, bem debaixo do nariz.

A tela pisca quando passo o cartão de crédito do tio. *Autorizando... autorizando... autorizando...*

— Desculpe, tio — eu digo. — O sistema está lento.

Eu me ocupo colocando tudo em sacolas. Na rua, uma lufada de areia arranha a porta de vidro. Tio Toufiq tamborila os dedos no balcão, depois nos bolsos.

A máquina de cartão faz um bipe. "RECUSADO" brilha na tela.

As comidas deram oito dólares. A bebida mais onze. Eu nem quero vender álcool para ele. Toda vez que ele bebe, a vida fica um pouco mais difícil para Salahudin.

Mas passar vergonha é difícil também. Especialmente quando você já está por baixo. Imagino o tio saindo da loja sem o uísque. Indo até o Ronnie D's e tendo o cartão recusado lá também. Ficando desesperado. Roubando o uísque.

— Tem... algum problema? — pergunta tio Toufiq. — Com o cartão?

— Não tem problema nenhum — digo.

Chachu faz o inventário nos domingos à noite, e não dá atenção a muito mais que a bebida. Odeio mentir. Também sou péssima nisso. Mas posso enviar uma mensagem para ele depois que sair — dizer que quebrei uma garrafa de Old Crow quando estava fazendo a limpeza.

Tio Toufiq resmunga um salaam e vai embora. Eu o observo até ele desaparecer atrás dos prédios de apartamentos baratos ao lado. Sempre houve uma aura triste à sua volta. Mesmo antes de ele começar a beber tanto. Como Salahudin diria, ele já viu muita merda na vida.

Eu me pergunto o que ele viu.

Menos de cinco horas até a minha entrevista, mas sinto dificuldade de me concentrar. Olho fixamente para "Uma arte". Leio o poema em voz alta, mesmo que me sinta uma idiota fazendo isso. Quando está finalmente fazendo sentido, o sino da porta tilinta de novo.

Desta vez sinto um frio na barriga. É Salahudin, estupidamente vestindo apenas jeans, camiseta e tênis Chuck Taylors rasgados no dedão, apesar de estar fazendo oito graus negativos na rua. Os olhos dele estão vermelhos. Com olheiras, como estiveram a semana toda. Acho que ele também não tem dormido.

— Não sabia que gente marrom podia ficar azul. — Estendo a mão para o meu casaco, mas não passaria de um dos braços dele. Então, em vez disso, jogo para ele um xale que eu tinha enfiado na mochila. — Está procurando o seu pai?

— Não. — Salahudin enrola o xale em mim. — Eu sei que Ama costumava te visitar aos domingos. Achei que talvez você quisesse companhia.

Tiro os fones de ouvido, onde "Holler If Ya Hear Me" está tocando com o volume lá em cima.

— Eu tenho o 2Pac como companhia. — Deus, o que há de errado comigo? — Que bom que você está aqui — acrescento rapidamente. Não nos falamos muito desde o funeral. Ele só voltou para a escola na sexta-feira.

Salahudin inclina a cabeça. Tenta sorrir. Quero dizer a ele que não é preciso. Que se ele nunca mais quiser sorrir eu entendo, porque eu tinha seis anos quando meus pais morreram e ainda sinto aquela dor.

— Em que você está trabalhando?

— Naquela redação idiota sobre poesia. Você provavelmente já terminou. — Inglês é a única matéria em que Salahudin faz algum esforço.

— Sim — ele admite. — Mas a sra. Michaels quer que eu entre em um concurso literário. Uma história de cinco mil palavras inspirada na vida real. — Ele ri sem sorrir. — Deixa eu ver o que você já escreveu.

Ele dá a volta no balcão e se inclina sobre meu ombro.

— "Em 'Uma arte', de Elizabeth Bishop, a perda é apresentada como..." Noor, você está usando voz passiva.

Eu não preciso da sua ajuda, quase digo a ele. *Você se mandou e eu fiquei bem.*

Quando me viro, o rosto dele está próximo do meu. Muito próximo. A pele marrom. Terrivelmente macia. Os cachos escuros caindo sobre os olhos. Algo me aquece por dentro. Faz muito tempo que ele não se aproxima tanto assim. Sinto falta disso.

— Não entendo poesia — eu digo.

— Tudo que você ouve é poesia. Dá aqui. Eu preciso de uma distração. — Ele pega o laptop de mim e digita. A voz passiva se torna ativa. Ele enche a página com anotações, sugestões.

Eu adorava ver Salahudin escrever. Ele fica com uma expressão concentrada, como se estivesse dançando tango com as palavras em sua cabeça. A escrita o acalma. O ajuda a trazer ordem para este mundo.

As mãos grandes dele se movimentam sobre o teclado e eu penso que jamais vou segurá-las. Elas nunca vão fazer carinho no meu rosto ou em qualquer parte minha, e isso me deixa triste.

Mas não desvio o olhar. As mãos são a minha parte favorita dele.

Ele segue para o parágrafo seguinte e balança a cabeça. Parece... chocado, mas essa não é a palavra certa. A palavra que estou procurando é rebuscada. Uma palavra Salahudin.

Estupefato.

— Noor, como você está sobrevivendo a essa matéria?

— Como você está sobrevivendo a trigonometria — digo — sem mim para te explicar equações quadráticas?

— Tomei sangue de unicórnio. — Ele revisa mais uns dois parágrafos, deixando mais comentários. — Funciona do mesmo jeito. Diferentemente dessa frase. Será que vamos ter que discutir vírgulas de novo...

— Funciona porque você é inteligente demais para estar naquela aula — argumento. — A sua ama... — Eu me interrompo. O fantasma de Misbah paira no ar. Salahudin parece subitamente exausto.

— Nem vem, Noor. — Mal consigo ouvi-lo. — Qual é o problema se as minhas aulas são fáceis? A escola é a última coisa em que consigo me concentrar no momento.

— Ahh, coitadinho — ironizo. — Meus pais morreram também. Os dois. Lembra? Você não me vê fazendo corpo mole.

Ele balança a cabeça. Lá vem aquela palavra de novo. Estupefato. Cruzo os braços, sem a menor disposição de ceder em minha posição, e ele me olha fixamente com seus olhos escuros. Sinto o rosto mais quente do que deveria.

Ele abre um sorriso.

— Senti sua falta, Noor.

— Eu também senti a sua. — Olho para baixo, para meus Doc Martens remendados com fita adesiva. — Embora não tenha sentido falta do seu humor nerd. Sangue de unicórnio? Sério?

⁂

Salahudin fica para a minha entrevista, e me sinto grata, porque às 11h27 minhas mãos estão suando e minha cabeça dói. Chachu só vai chegar ao meio-dia e meia, mas olho para a rua a cada dez segundos para me certificar de que ele não apareceu mais cedo.

— Se alguém chegar enquanto eu estiver no telefone — digo a Salahudin —, segure por um tempo.

— Eu posso afugentar as pessoas — ele diz. — Ou gritar que tem um rato. Ninguém gosta de ratos.

— Não... *Não*, Salahudin, não faça isso. Conte uma história. Conte como o Clouds' Rest ganhou esse nome. E, se Chachu aparecer aqui mais cedo...

— Fique tranquila — Salahudin me acalma. — Já entendi. Eu mando uma mensagem.

Cinco segundos mais tarde, exatamente às onze e meia, meu celular toca.

— Boa sorte — grita Salahudin enquanto corro para o banheiro. Enfio os fones nos ouvidos, bato a porta e atendo.

— Alô, srta. Noor Riaz?

A entrevistadora da Universidade da Pensilvânia parece tão calma. Quase entediada.

Limpo a garganta.

— Ela sou eu. Eu sou ela. Quer dizer... — *Sério, Noor?* — Olá. Sim. Noor Riaz falando.

— Srta. Riaz. Fico contente por finalmente conseguirmos fazer contato. Você é uma moça difícil de encontrar. — Ela dá uma risadinha. Uma risada que comunica: "Não estou achando graça". Seco a palma das mãos no jeans.

— Desculpe — digo. — Eu trabalho no negócio da família. Meus horários são imprevisíveis.

— Qual é o negócio da família? Não estou vendo isso mencionado... — Papéis farfalham, uma caneta clica.

— Hum. Eu trabalho na loja de bebidas do meu tio.

A pausa que se segue é longa o suficiente para que eu ache que ela desligou.

— O-Olá?

— É permitido trabalhar em uma loja de bebidas se você não tem vinte e um anos?

— Sim, senhora. — Estou puxando uma trança nervosamente e me obrigo a parar. — A idade mínima é quinze anos, desde que não seja um bar.

— Compreendo. Esse é o mesmo tio que você listou como seu guardião?

— Sim, ele é meu guardião. Isso é relevante? — Não quero me irritar. Mas por que ela se importa com quem me criou? Não é da conta dela. — Sinto muito. — Procuro me acalmar. — Eu não quis...

— Eu acredito que a relevância é clara, srta. Riaz — diz a entrevistadora. — Especialmente para alguém que deseja se tornar médica. Natureza versus criação? Como você foi criada e por que foi criada desse jeito impacta a sua personalidade. E a sua personalidade é um dos principais dados que estou buscando interrogar com este telefonema.

— É claro. — *Ela acabou de dizer interrogar?*

— Para ser franca, srta. Riaz, nós ficamos um pouco intrigados com a sua candidatura. Muitos candidatos a uma vaga na Universidade da Pensilvânia são excelentes em estudar e regurgitar fatos. Notas boas. Bons resultados em provas. Mas estamos procurando estudantes que queiram contribuir para o panorama intelectual da nossa universidade. Nós queremos a faísca da criatividade, da curiosidade. Tendo em vista que a escrita nos ajuda a perceber isso, a redação é a parte mais importante da candidatura. Mas as suas são... vagas. Então. Voltando ao seu tio...?

— Meus pais morreram quando eu era criança. — Espero que ela não consiga me ouvir rangendo os dentes. — Meu tio me adotou.

— Bem, seu histórico acadêmico demonstra o trabalho duro que o seu tio dedicou a você. Por que você não me fala sobre...

— Meu tio não dedicou trabalho algum a mim — corrijo. — Ele nem quer que eu vá para a universidade. — Por que estou contando isso a ela? Eu deveria ficar quieta.

Mas não sei como. Primeiro ela se intrometeu. Agora está fazendo suposições.

— Tudo de bom que está no meu histórico aconteceu porque eu fui disciplinada. — *Calma, Noor. Profissional.* — Porque eu quero o melhor futuro para mim. Meu tio quer que eu trabalhe na loja de bebidas pelo resto da vida. Ele realmente não quer que eu seja médica ou qualquer outra coisa...

— Na redação, você mencionou a sua fé, srta. Riaz. Você é muçulmana?

— Sim, eu sou — respondo. — Meu tio não é. Mesmo que fosse, o Islã não tem nada a ver com opressão. Um monte de mulheres muçulmanas...

SEU TIO CHEGOU. ABORTAR MISSÃO. ABORTAR MISSÃO.

Baixo o telefone quando a mensagem de Salahudin brilha na tela. *Merda!*

— Srta. Riaz, eu *jamais* suporia isso — a entrevistadora está dizendo. — Na sua carta de apresentação, você menciona que a fé é um componente essencial da sua vida. Estou tentando conhecê-la melhor.

FALEI Q VC ESTÁ C DOR DE BARRIGA. ELE ESTÁ INDO PRO BANHEIRO. DESLIGUE O TELEFONE!

Freneticamente, deleto as mensagens de Salahudin, meus polegares acertando todos os botões menos a lata de lixo.

— Noor? — Chachu está na porta do banheiro.

Nos fones de ouvido, a entrevistadora chama meu nome também.

— Srta. Riaz. Você está aí?

— O que você está fazendo? — pergunta Chachu. — Você está...

Não digo nada para a entrevistadora. Não explico. Simplesmente desligo o celular e enfio os fones de ouvido no bolso.

A maçaneta do banheiro escorrega debaixo dos meus dedos, e quando abro a porta vejo que Salahudin seguiu Chachu.

— Eu... Eu falei para você que ela não está bem — diz Salahudin, a mentira evidente para qualquer pessoa que já tenha passado algum tempo com ele. Felizmente Chachu não passou.

— Desculpe, Chachu — digo, e não preciso fingir que estou doente. A entrevista foi tão ruim que quero me jogar no chão. — Eu... não estou me sentindo bem.

Ele estreita os olhos para o celular.

— Com quem você estava falando?

— Com ninguém.

Ele agarra o telefone. Abre minhas chamadas recentes. Não ouso olhar para Salahudin, e ele conhece Chachu bem o suficiente para ficar calado. Ainda assim, sinto a frustração que emana dele. Ele nunca gostou de Chachu. O desprezo é recíproco.

— Quem é essa pessoa? — Chachu encontra o número da entrevistadora. — Você estava falando com ela há um minuto.

— Uma... Uma enfermeira — digo. — Do Hospital de Juniper. Achei que ela poderia me diagnosticar. É o celular dela.

Chachu inclina a cabeça. Calculando. Ele liga de volta para o número e coloca o celular no viva-voz.

Não atende. Não atende. Deus, por favor. Por favor. É uma prece desajeitada, desesperada. O tipo de coisa que eu ignoraria se fosse Deus.

O telefone toca e toca. Finalmente, cai na caixa postal.

Acho que é uma coisa boa eu não ser Deus.

Chachu desliga, desconcertado, então leva o dorso da mão à minha testa. O nó em meu peito se solta. *Ele acredita em mim.*

— Eu posso... levar a Noor para casa — Salahudin se manifesta, e Chachu o encara duramente antes de anuir.

— Está bem — ele diz. — Sem dar voltinhas. Diga para a Brooke preparar uma sopa.

Ele desaparece na parte da frente da loja e eu sigo Salahudin para a rua em direção ao seu carro. Acabei de destruir minhas chances na Universidade da Pensilvânia com esse desastre de entrevista.

Mas estou tão aliviada por Chachu não ter me flagrado tentando entrar para uma universidade que nem me importo.

CAPÍTULO 13

Sal

Duas semanas depois do funeral de Ama, a maioria dos credores já descobriu o número do telefone do motel. Eles pararam de bombardear o celular dela — que eu finalmente desliguei — e começaram a telefonar para o Clouds' Rest.

De novo.

E de novo.

E de novo.

— Você não vai atender?

Noor larga os fones de ouvido sobre o livro de matemática, o som melancólico de um coro de garotas ribombando por eles. O cabelo dela está solto, mas ela massageia o topo da cabeça enquanto resolve os problemas, então se formou um chifrinho. Eu me seguro para não alisá-lo.

Noor tem vindo todos os dias depois do seu turno na loja de bebidas. Nós ficamos no escritório, na frente, porque não quero que ela veja a bagunça no apartamento. Ou Abu fedendo a uísque. Ou o fato de que ele virou todas as fotos de Ama para a parede.

Eu só quero que as coisas voltem a ser como eram entre mim e Noor. Não quero errar tão feio que ela deixe de falar comigo de novo.

— Salahudin. — Noor cutuca a sola do meu tênis com o pé. — O telefone.

— Ignore. — Eu remexo as gavetas debaixo do balcão. Tenho que trocar em torno de vinte lâmpadas queimadas que Ama não teve chance de trocar, mas não consigo descobrir onde ela guardou as novas em meio aos cabos de internet sobressalentes, às pilhas de sabonetes e a um suporte para plantas de macramê.

O telefone para de tocar. Um segundo mais tarde a luz do aparelho pisca, o que significa que alguém novo está ligando e ouvindo a saudação automática de Ama: "Obrigado por ligar para o Clouds' Rest Inn Motel. Para falar com um hóspede, por favor digite o número do quarto e asterisco. Para falar com a recepção, por favor digite dois. Para informações..."

O telefone volta a tocar. Meu coração acelera.

— São ligações de robôs — digo a Noor. — Você não...

As pulseiras de Noor tilintam quando ela estende a mão para o aparelho. O sol reflete em sua maçã do rosto, pintando-a com um tom dourado profundo. Na maior parte do tempo, Noor esconde o rosto. Ou tenta. Deixa a franja sobre os olhos e a cabeça baixa. Guarda os sorrisos para si ou para as poucas pessoas com sorte o suficiente para verem um.

Já superei você, ela me disse.

Então pare de olhar para ela, imbecil.

Tudo isso passa pela minha cabeça em um instante, e então ela está atendendo o telefone.

— Clouds' Rest Inn Motel...

A pessoa do outro lado começa a falar imediatamente. Capto as palavras "Malik", "atrasado" e "medidas legais", antes que Noor desligue. Ela encontra o botão da campainha do telefone e o desliga.

— Deixe ligado — peço. — Às vezes as pessoas telefonam perguntando os preços.

— Elas podem encontrar isso na internet.

Ela se recosta, a mão enrolando o cabelo no topo da cabeça, me observando — um problema de matemática que ela não consegue resolver.

— A situação está muito ruim? — pergunta finalmente.

— Está tudo bem. Tivemos duas reservas ontem à noite. Paguei a nossa conta de celular hoje de manhã.

— Esse credor disse que vocês devem oitocentos dólares da conta da internet e falou que vão cortar o wi-fi em breve. E você não tem ligado o aquecedor. Talvez você e o seu pai devessem conversar sobre vender...

— Eu não vou vender o Clouds' Rest. Ama amava este lugar. O mínimo que eu posso fazer é mantê-lo funcionando. Era o sonho dela.

— E qual é o seu sonho, Salahudin? O que você quer? — Diante da minha expressão, ela se inclina para a frente, os olhos escuros nos meus, e eu respiro fundo, pois há uma intensidade naquele olhar. — Se você pudesse fazer qualquer coisa? Ser qualquer coisa? O que seria?

— Eu... Eu não sei — gaguejo.

Quando eu era pequeno, queria ser o Lionel Messi. Depois, por um tempo, quis ser professor. E depois... nada. Eu queria normalidade. Ordem. Controle. Queria que Ama se sentisse melhor. Queria que Abu parasse de beber.

— Eu gosto de escrever — digo finalmente. — Mas não posso fazer nada com isso. Só escrevo o diário.

— Isso não quer dizer que você não pode fazer nada com isso — ela rebate. — Tem um prêmio para aquele concurso literário em que a sra. Michaels quer que você entre. Não é muito, mas...

— Eu estava pensando em arrumar um emprego.

— Como é que você vai gerenciar este lugar se estiver trabalhando e estudando?

— Estou procurando alguma coisa depois da escola — esclareço. — Já me candidatei em alguns lugares. A moça do Java House disse que eles tinham uma vaga.

Enquanto eu preenchia o formulário para a vaga, Art Britman passou por mim, uma bebida de oito dólares na mão, Jordans novos nos pés. *Tá quebrado, é? Já passei por isso, cara. Mas tem outras maneiras de ganhar dinheiro.*

— Olha, não se preocupe — eu digo. Noor sabe o que é estar na pior. Se espantar com a maneira como os garotos ricos de Juniper desperdiçam dinheiro que equivaleria a três meses de internet ou a uma dúzia de idas ao brechó. Ainda assim, fico constrangido por ela ver a situação em que Ama deixou o motel. Detesto a ideia de que ela ache que eu não consigo lidar com a minha própria vida.

Tento buscar algum pretexto para mudar de assunto e noto uma ligeira descoloração no queixo dela — a linha da base.

— Ei — lanço. — E essa maquiagem?

— Não posso usar maquiagem? — Ela se endireita. — Você não tinha problema com isso quando a Ashlee usava.

— Não... Ficou legal. Acho que não estou acostumado, só isso.

— Bom, eu não passei maquiagem por sua causa, então não vejo por que você tem que se importar. — Noor se coloca de pé e recolhe os livros. *Sal, seu idiota.*

— Desculpe — digo. — Não vá embora. Por favor. Eu não queria chatear você...

— Não chateou. — Ela me dá um sorriso tão falso que eu me encolho. — São quase oito horas. Tenho que ir para casa de qualquer forma. Você conhece Chachu.

Ela lança um rápido "salaamoalaikum" sobre o ombro e então se vai, o *tic-tic-tic* das marchas de sua bicicleta desaparecendo na noite fria.

— *E essa maquiagem?* — imito a mim mesmo enquanto apago as luzes da parte externa. — Salahudin, seu cretino.

A porta do escritório se abre e a sineta guincha. *Por favor, Deus, que seja um cliente.*

Coloco um sorriso no rosto.

— Bem-vindo ao Clouds' Res...

— Estou procurando Misbah Malik. — Um sujeito mais velho com um barrigão e um bigode que parece o rabo de um esquilo está parado junto ao balcão. A porta está aberta atrás dele e ouço o rugido vibrante de um caminhão a diesel.

— Ela... ah... ela faleceu.

O sujeito dá um rosnado irônico.

— Aham. Como se eu já não tivesse ouvido essa. Bom, quando ela ressuscitar, avise que o carro dela foi guinchado por falta de pagamento. — Ele bate um papel no balcão. — Se ela quiser o carro de volta, pode ligar para o núme...

— Ela não vai ressuscitar. — Cravo os dedos com tanta força no balcão que tenho a impressão de que minhas unhas vão pular fora. — Ela não vai ligar para esse número.

— Olha, garoto, eu não sei se você não entende inglês ou...

— Misbah é a minha mãe. Era a minha mãe. — Minha voz treme, e talvez seja por isso que ele não me interrompe nem vai embora. — Ela morreu faz umas duas semanas. No dia 1º de fevereiro. Ela... Ela estava muito doente no fim. Sinto muito que ela não tenha pagado o financiamento, mas ela estava doente de verdade.

O rosto dele se transforma, e dói observá-lo. Torna o que estou dizendo tão real. Não quero que seja real.

Ele olha em torno do escritório, assimilando o balcão manchado pelo uso, a pilha de roupas sujas atrás de mim, o calendário PARQUES DA CALIFÓRNIA paralisado no mês de janeiro.

— Você tem pai?

— Ele é alcoólatra. — É a primeira vez que digo isso em voz alta.

— Puta merda. — O sujeito ajeita a calça. — Olha, eu tenho que levar o carro. É o meu trabalho. Vou cuidar dele. Não vai ficar com um arranhão. É o melhor que eu posso fazer. Você tem a chave?

Depois que eu a entrego, o sujeito do guincho se mexe rapidamente, engatando dois cabos longos ao chassi do Civic. Para mitigar o pânico que cresce em meu peito, tento imaginar a história dele. Quantos carros ele guinchou. Se ele se mete em brigas. Não escrevo desde o funeral. Talvez escreva sobre isso.

Ele dá um tapinha no carro quando termina, assente de maneira gentil para mim e entra no caminhão. Mas, antes de partir, baixa o vidro.

— Garoto. — Ele me olha fixamente por um momento. Tem olhos azuis e, embora pareça um bruto, algo brilha em seu rosto marcado e me faz pensar que ele trata como ouro as pessoas que ama.

Talvez ele vá me oferecer alguma pérola de sabedoria. É assim que acontece nas histórias, não é? A pessoa que você menos espera é aquela que tem todas as respostas. E esse cara provavelmente já viu muita coisa

Como eu conserto tudo isso?, quero perguntar a ele. *Como eu trago Ama de volta e faço um recomeço?*

— Se o seu pai for buscar o carro — o cara do guincho diz finalmente —, diga a ele para aparecer sóbrio. O sujeito que administra o estacionamento é um cuzão. Ele chama a polícia por qualquer coisa.

Eu o acompanho até as luzes traseiras desaparecerem. Acima, o céu parece turvo com toda a poeira que o vento levantou, e eu busco uma única estrela que seja no nevoeiro. Mas não há nada, então desisto e volto para o pai com quem não sei como conversar, para as fotos que não sei como olhar e para as contas que não sei como pagar.

CAPÍTULO 14

Misbah

Abril, antes

O salão de festas do Gold Mirage estava enfeitado com belas faixas de organza em tons de laranja e vermelho. As mesas brilhavam com cravos e pétalas de rosas, e os cintilantes kabobs polvilhados com sumagre e o haleem borbulhante acenavam da baixela de prata aquecida. Meus primos redemoinhavam no palco, radiantes como uma pimenta-caiena sobre um grão de milho amanteigado. Eu via tudo isso da antessala onde estava esperando fazia meio dia.

Mas o barat, a festa de casamento do noivo, estava atrasado.

— Mesmo para um rapaz de Lahore — irritou-se minha prima Aisha —, seis horas é demais.

— Ele tem familiares vindo de Jeddah. Talvez o voo deles esteja atrasado.

— A sua maquiagem está se desfazendo, na! — Aisha secou cuidadosamente meu rosto com um lenço. — Você vai estar um horror quando ele vir você.

Dei uma espiada no espelho. Fora um pouco de base que tinha manchado de leve meu dupatta vermelho, eu parecia exatamente como quando saíra do salão de cabeleireiro. As luzes piscavam e um gerador estava ligado com ruído em algum lugar do lado de fora.

— Pare de andar de um lado para o outro — pedi. — Vai ficar tudo bem.

Tambores ressoaram em um ritmo familiar e alegre — o sinal de que o noivo e sua comitiva chegaram.

— Está vendo?

— Que tradição boba. — Aisha espiou pela janela. — Ele parece tão sério andando naquele cavalo. Como se a vida dele dependesse de ficar em cima da sela!

— Ele provavelmente não quer quebrar o pescoço no dia do casamento.

— Sim, isso atrapalharia a noite de núpcias.

Aisha abriu um largo sorriso para mim, mas eu dei de ombros. Eu estava nervosa. Minha mãe não falava abertamente sobre a noite de núpcias, mas minhas primas casadas, sim. Aisha, com seus flertes não correspondidos na universidade, achou uma boa ideia me fornecer uma caixinha de "itens necessários". Eu estava morrendo de vontade de olhar o que era.

Lá fora, um homem gritou. O cabelo escuro de Aisha balançou enquanto ela abria a cortina. Seus ombros ficaram tensos.

— Já volto — ela avisou. — Sadaf — chamou sua irmã mais nova, que estava encolhida em um canto lendo uma história em quadrinhos do Archie. — Traga um 7UP para Misbah Baji.

Sadaf anuiu, obediente. Assim que Aisha desapareceu, a menina correu para a janela. Eu me juntei a ela, agradecida por Sadaf ser jovem demais para saber que eu não deveria ser vista.

A gritaria continuou e eu procurei Toufiq, mas em vez disso encontrei seu pai, vestido de maneira impecável e argumentando com a esposa. A mãe de Toufiq gesticulava loucamente com meu irmão. Achei que Faisal a houvesse ofendido. Não seria a primeira vez que ele falava alguma bobagem.

Mas dessa vez Faisal parecia não ter culpa. A mãe de Toufiq agarrou meu irmão pela kurta, e minha mãe apareceu com meus primos. Eu os vi falando rapidamente, tentando acalmar a mãe de Toufiq. De seu cavalo, Toufiq parecia abalado. Mas não desmontou nem tentou tirar a mãe de cima de Faisal.

— Saia já daí! — Aisha apareceu na porta e me arrancou da janela. — Ele não deve ver você!

— O que está acontecendo? Faisal disse algo errado?

Aisha mandou Sadaf para seu canto, e a menina fingiu desaparecer no gibi, mas estava obviamente nos ouvindo.

— A mãe de Toufiq está... agindo de um jeito estranho — sussurrou Aisha. — Ela está... Nós achamos que ela está embriagada. Faisal mencionou o atraso do barat... e ela explodiu. Dá para sentir o cheiro da bebida nela, Misbah.

De todas as coisas que eu esperava, uma sogra bêbada era a última. Minha família não era particularmente conservadora, mas não jogávamos e não bebíamos. Eu não saberia nem onde encontrar bebida em Lahore.

— Misbah. — Meu pai chegou. O sorriso dele acalmaria meu coração, não fosse o topi amarrotado em suas mãos. Minha mãe o seguiu, seu rosto arredondado tenso. — Houve um pequeno atraso, mas não é nada para se preocupar — disse ele.

— Baba — chamei. — Aisha disse que a mãe de Toufiq está bêbada. — Embora eu tivesse tentado controlá-la, minha voz tremeu e Baba me segurou pelos ombros.

— Que é isso, borboletinha — ele me acalmou. — Não se preocupe. Toufiq é um bom rapaz. E é filho único. A sua nova sogra simplesmente começou a celebrar cedo demais. Nem sempre podemos ajudar com a insensatez da nossa família, na? — Ele colocou a mão grande e carinhosa sobre a minha cabeça, oferecendo conforto como sempre fazia, desde que eu era uma garotinha. — Tudo vai ficar bem.

Atrás dele, minha mãe parecia menos convencida.

— Tudo tem que ficar bem — ela murmurou. — Os papéis do casamento estão assinados.

CAPÍTULO 15

Sal

Março, agora

Há uma aranha gigante parada furtivamente entre o A e o V do letreiro NÃO HÁ VAGAS. Estou tentando encontrar uma maneira de capturar o monstro e jogá-lo para fora do escritório quando Curtis, do quarto 4, limpa a garganta atrás de mim.

— Oi, Sal. — Ele é um cara grande e o escritório é pequeno. O balcão estremece quando se apoia nele, mandando para o chão uma pilha de contas que estou temeroso demais para abrir. — Desculpe — ele diz, referindo-se aos envelopes. — Eu vim acertar minha conta... Caramba! — Ele recua ao ver a aranha.

— É — respondo. — Merece um CEP só para ela.

Um brilho prateado familiar passa pela janela do escritório. Um minuto mais tarde, Noor abre a porta.

— Oi, Salahudin. Oi, Curt... *Puta merda.* — Ela vai para trás de mim, ficando na ponta dos pés para espiar a aranha sobre meu ombro. Algo a respeito do rosto dela e do jeito que está me usando como escudo me dá vontade de acabar com essa besta de oito pernas, só por ela.

— Ela não é tão assustadora — alego.

— Então por que você está a dois metros dela com uma vassoura?

— Você é mais corajoso que eu, filho. — Curtis tira o boné, revelando os cabelos grisalhos fartos. — A sua mãe era mais corajosa que nós dois juntos. Ela teria pegado o bicho e jogado lá fora.

— É, ela detestava matar qualquer animal.
— É mesmo. Ela sempre fazia bichinhos com as toalhas do banheiro.
— Ele sorri. — Normalmente eu não gosto de estrangeiros, e a primeira vez que vim aqui e a vi usando aquela coisa na cabeça, eu disse a ela: "Por que você está usando essa coisa na cabeça..."
— Aquilo se chama hijab... — começo, mas Curtis segura a cruz dourada em seu peito peludo e a sacode para mim.
— Ela disse: "Por que você usa essa coisa em volta do pescoço?" Eu disse: "Porque Jesus Cristo é o meu senhor e salvador". E ela: "Bom, não tenho nada contra Jesus, ele foi um grande homem. Acho que ele gostaria do meu lenço. A mãe dele usava um". Então ela riu, e, diabos, eu comecei a rir também. Talvez Jesus gostasse mesmo do lenço dela. — Ele limpa a garganta e pega o cartão de crédito. — Desculpe, já é tarde — diz.
— Sem problemas — digo. — São duzentos e cinquenta dólares no total. Posso cobrar a semana que vem também, se você preferir.
— Ah... bom. — Curtis se balança de um pé para o outro, puxando a camiseta do Guns N' Roses. — Não tenho certeza se vou ficar depois de sexta-feira.
Merda. *Merda.*
— O wi-fi caiu. Está fora do ar faz alguns dias. Preciso de toalhas limpas com uma regularidade maior. Acho que eu devia ir para outro lugar. Talvez seja melhor se o seu velho tentar vender isto aqui...
— Nós não vamos vender. E o wi-fi vai voltar amanhã... — *Agora que você me pagou.* — Aqui... — Dou um passo para a saída, até a máquina de refrigerante, pego uma lata de Coca-Cola gelada e estendo para ele. — Converse com a Noor sobre música dos anos 90. Ela adora também. Eu arrumo o seu quarto em poucos minutos.
— Eu posso ajudar... — Noor se oferece, mas eu balanço a cabeça. Já é ruim o suficiente ela achar que precisa vir aqui todos os dias.
O quarto de Curtis parece — e cheira — como se um urso doente estivesse vivendo ali. Respiro pela boca e tento não vomitar. Mesmo depois que Ama ficou doente pela primeira vez, ela nunca me deixou limpar os quartos. Foi somente nos últimos meses, quando as coisas ficaram ruins

de verdade, que insisti em ajudar — embora, entre a escola e o futebol, jamais tenha sido o suficiente. Talvez, se eu tivesse feito mais, ela não teria trabalhado até a morte.

Ou talvez Ama pudesse ter feito a hemodiálise. Minha raiva súbita me paralisa e tenho de me sentar, pano embebido em Pinho Sol na mão. *Talvez ela pudesse ter convencido tio Faisal a ajudá-la. Ter encontrado uma saída. Talvez ela pudesse ter tentado viver, sabendo que eu ficaria na pior sem ela.*

Eu a odeio neste momento, depois me odeio por odiar uma mulher morta cujo túmulo nem me dei o trabalho de visitar.

Faça o trabalho, Sal. Só faça o maldito trabalho.

Recolho todas as latas e garrafas. Ama ganhava cinquenta dólares a mais por semana reciclando tudo. Depois que termino isso, parto para o banheiro.

É um show de horrores — manchas na privada, pasta de dente seca na pia e a lata de lixo transbordando com cinco dias de caixas de comida para viagem. Esmago algumas formigas, lembrando a mim mesmo que preciso chamar o dedetizador.

Embora eu não saiba como vou pagar pelo serviço dele. O cheque do seguro-desemprego de Abu pagou a conta de luz. Mas todo o resto é melhor nem pensar a respeito. Agora o hospital começou a ligar para o meu celular. Deletei três mensagens deles sem nem ouvir.

Quando termino o quarto de Curtis, me dou conta de que faltam as toalhas. Meu estômago revira. Deixei minhas roupas sujas e as de Abu na lavanderia da cidade porque o proprietário conhecia Ama e não me cobrou pelo mês de fevereiro inteiro. Tivemos tão poucos clientes desde que Ama morreu que só precisei enfiar a mão na lavanderia do motel e pegar o necessário na estante, sem entrar.

Não mais.

A porta azul da lavanderia zomba de mim. *Você tem dezoito anos,* digo a mim mesmo. *Você pode entrar em uma lavanderia e jogar alguns lençóis na máquina de lavar.*

A porta está travada, então dou um empurrão nela com força. O cheiro de detergente e alvejante quase me derruba. No mesmo instante estou enjoado. Como se estivesse sentindo o odor de carne podre em vez de algo limpo. Trinco os dentes e enfio os lençóis na máquina — que não está vazia. Há toalhas ali há tanto tempo que endureceram.
Uma coisa de cada vez.
Deixo no chão os lençóis e toalhas que trouxe e ligo a máquina. Meço o sabão em pó e meio copo de alvejante. Minha cabeça começa a girar. Vou me sentar no chão, só por um momento. Me reequilibrar.
Não... nada disso, não vou me sentar no chão. Vou vomitar.
— Ei. — Uma mão em meu braço. Dou um salto com o toque, mas é Noor. — Vamos... Venha aqui, Salahudin.
Ela me puxa, mas não consigo ficar de pé e saímos cambaleando da lavanderia. Do lado de fora, ela me passa um balde bem a tempo de eu pôr as tripas para fora. Fico tão sem jeito que ela esteja vendo isso. Não o ato de vomitar, embora não seja algo bacana de ver, já que não quero que ela me ache totalmente repulsivo.
Não, eu odeio que ela veja a fraqueza. A falta de controle. Eu suando. Mal conseguindo caminhar.
— Desculpe — sussurro.
— Fique aqui.
Os passos dela são leves, e ouço o botão da máquina de lavar girando, o ruído da água entrando no tambor. A secadora é aberta e, por alguns minutos, não ouço nada fora o assobio de um lençol pelo ar.
Coloco a cabeça entre as pernas e tento respirar fundo, percebendo que prefiro inalar esse cheiro, de vômito, concreto e ar gelado do inverno no deserto, ao da lavanderia. Eu gostaria de poder entender isso.
Será mesmo, Salahudin? Será mesmo?
Evito o pensamento do mesmo jeito que evitei lidar com a lavanderia. Do jeito que evitei visitar o túmulo de Ama, embora eu saiba que ela provavelmente se sente sozinha.
— Salahudin. — Meu nome é uma canção quando Noor o diz. Eu me sinto humilhado demais para olhar para ela. Noor leva embora o balde

e volta alguns minutos mais tarde com sua mochila. Dois lenços umedecidos aparecem debaixo do meu nariz. Depois uma banana descascada.

— Vai acalmar o seu estômago.

Dou uma mordida. Minha garganta está arranhada e minha voz sai rouca.

— Você aprendeu isso no hospital?

— Eu sempre ficava enjoada no carro — ela diz. — Pelo visto Chachu não é totalmente inútil.

Quando já me sinto melhor, Noor se coloca de pé e me oferece a mão. Eu a pego com cuidado, mas não há nada de desagradável no toque. Apenas calor e um ligeiro arrepio.

— Deixe a roupa suja comigo — ela diz. — Vou te levar lá para dentro.

No apartamento, Abu está dormindo no sofá, o controle remoto solto em sua mão. Coloco um cobertor sobre ele e o viro de lado.

Odeio o fato de precisar fazer isso. Odeio o fato de ser eu quem está cuidando dele, em vez de ele se preocupar se estou bem.

Nossa mesa de jantar está coberta de envelopes fechados, pratos, migalhas e uma assadeira tampada com papel-alumínio que deveria ter sido jogada no lixo alguns dias atrás, a julgar pelo cheiro.

— Desculpe pela bagunça.

Noor cantarola uma música que não reconheço.

— "Mess Is Mine" — ela informa. — Vance Joy cantando o que estou pensando, que é: não estou nem aí para a sua bagunça.

— Essa é aquela com o clipe bizarro do urso-polar?

Ela ri. Mais de uma pessoa já comentou sobre o riso contagiante de Noor, embora ela fique envergonhada quando ouve isso. Neste exato momento, essa é a única coisa boa no meu apartamento.

— Vou ajudar você, Salahudin. — Ela se recosta contra a parede, as mãos juntas à frente. — Mas você precisa me deixar te ajudar.

— Ela teria odiado — sussurro. — Você vendo tudo isso. — A pia está um nojo. A geladeira vazia. Não passei o aspirador. Há uma sacola de plástico no canto com um suéter antigo e inacabado aparecendo. Ama vinha trabalhando nele fazia uma década. Supostamente seria para Abu.

Ela mexia nele uma vez por ano e depois o largava quando perdia a vontade de novo. Ama brincava que o dia em que o terminasse iria coincidir com a aposentadoria de Abu.

A aposentadoria chegou cedo. Abu nunca foi capaz de parar em um emprego por muito tempo.

O silêncio entre nós dois se estende — mas não é desconfortável. Às vezes, quando estava conversando com Ama, se eu não respondesse rápido o suficiente ela estalava os dedos para mim, ansiosa, como se achasse que eu poderia me perder em meu próprio cérebro.

Mas Noor me deixa pensar.

— Você me perguntou como estava a situação. — Eu não queria pensar sobre essa parte, muito menos falar sobre ela em voz alta. — Está ruim. Tinha uma notificação de despejo na porta da frente hoje de manhã.

Ela inspira bruscamente e se senta ao meu lado.

— Preciso de cinco mil até o dia 15 de abril — prossigo — ou o banco vai tomar o Clouds' Rest. O Civic não está no mecânico, foi apreendido pelos credores. Eu contei para Abu, mas... — Não faço nem ideia se ele me ouviu. — O seguro-desemprego dele está para acabar, e ele não fica sóbrio por tempo suficiente para renovar.

Noor morde o lábio.

— Teve alguma notícia sobre as vagas de emprego que você tentou?

— Todas elas precisam de alguém que possa trabalhar nas horas em que estou na escola.

— E o tio Faisal?

Quero apagar a lembrança daquela ligação. Tio Faisal suspirando como se eu estivesse pedindo sua alma imortal em vez de uma ajuda. *Não faz sentido eu lhe dar dinheiro, Salahudin. Se eu fizer isso, o seu pai nunca vai aprender a se virar sozinho. E nem você.*

— Ele não vai ajudar. Por que os caras ricos são tão mão de vaca?

Noor ergue a sobrancelha.

— Como você acha que os ricos continuam ricos? Sendo bacanas? — Ela toca o queixo. — Eu poderia roubar a casa dele. Vender a coleção ridícula de relógios do seu primo por milhares de dólares.

— Só o Arsalambão para comprar aquelas merdas horrorosas.

Noor solta um gemido.

— Essa piadinha com o nome dele não é tão engraçada quanto você pensa.

Ela chega mais perto, a ponto de nossa cabeça quase se tocar. Eu me aproximo ainda mais e inspiro Noor até me sentir calmo de novo. Por baixo do sabonete, ela cheia a menta e raat ki raani, uma flor que só vi no Paquistão. Eu me pergunto como não tinha notado isso antes.

— Olha, não podemos resolver o problema do dinheiro por enquanto — diz Noor. — Mas podemos dar um jeito nisto. — Ela faz um gesto apontando para a bagunça. — Talvez limpar a casa nos ajude a clarear as ideias. Quem sabe nos faça encontrar uma solução. E — ela me passa um fone de ouvido — vai me dar uma desculpa para te fazer ouvir este álbum ao vivo do Pink Floyd.

Começo atacando a cozinha enquanto Noor trabalha na sala de jantar. O cantarolar fora de tom dela é um contraponto estranhamente calmante para "Comfortably Numb", que toca no último volume em um dos meus ouvidos. Depois de alguns minutos, consigo tirar o First Union Bank da cabeça.

Embora tenha vontade de despejar o uísque de Abu na pia, eu resisto. Não vai mudar nada — ele só vai gastar dinheiro comprando mais. Decido misturar um pouco de água em cada garrafa e as enfio em um canto. Depois limpo os balcões, lavo a louça, troco a roupa de cama, varro e passo o aspirador. Faço a limpeza do jeito que Ama costumava fazer. Do jeito que Abu deveria.

— Ei — Noor me chama do banheiro de Ama e aponta para alguns frascos de remédios. — O Hospital de Juniper tem um local para descarte de medicamentos. Posso levar estes aqui.

Paro imediatamente, espanador na mão, refletindo. Ouço Art Britman. *Tem outras maneiras de ganhar dinheiro.*

— Deixa que eu mesmo levo.

Quando terminamos, um pouco depois de escurecer, o lugar está quase tão limpo quanto Ama teria deixado.

Arrastamos alguns sacos para as lixeiras nos fundos do motel e Noor desliga a música.

— Está se sentindo melhor?

— Morrendo de fome — digo. — Isso conta?

Ela revira os olhos.

— Não.

— Vou ficar bem — garanto. — Não vou me jogar na frente de um trem nem nada parecido. Mas talvez eu apareça chorando deprimido na sua janela às duas da manhã.

— Salahudin. — Ela me olha de lado. — Isso não me conforta nem um pouco.

— Sou eu que estou na pior, Noor. Você é quem devia *me* confortar.

— Você é ridículo. Estou aqui todo dia de qualquer forma, então a roupa é comigo de agora em diante, certo? Pelo menos até o seu pai... se recuperar.

— Então vai ser pelos próximos dez anos. Isso talvez atrapalhe um pouco os seus planos de ir para a universidade.

— Não vai durar dez anos se você falar com o seu abu sobre voltar a frequentar o AA.

Ah, caramba, não. Já estou balançando a cabeça.

— Como é que eu vou falar com ele, Noor? Ele é basicamente o Rip Van Winkle do Punjab. Se eu conseguisse deixá-lo sóbrio na marra, não faço a menor ideia do que ele diria. Ele é tão... — *Incompreensível. Imprevisível.*

— Salahudin, você não pode controlar o seu pai. Você só pode tentar ajudá-lo. — Ela não me deixa retrucar. — Se ele parar de beber, talvez consiga dar um jeito de pagar o banco.

— Talvez os esquilos possam voar também.

— Existem esquilos voadores, gênio. — Ela suspira diante da expressão em meu rosto. — E se ele encontrar os remédios para dor da sua mãe? O tempo todo aparecem viciados na emergência. — Ela estremece. — Quase mortos por causa de alguma merda que os traficantes imbecis venderam para eles.

Noor começa a guardar suas coisas na mochila.

— Dia 15 de abril é daqui a menos de cinco semanas — ela diz. — Esse tempo vai passar voando. Você não tem opção, Salahudin. Fale com ele. Quem sabe você não o leva para visitar o túmulo da tia Misbah.

— Sem chance... — Eu me interrompo. — Eu... prefiro não ir ao túmulo dela ainda. Mas vou falar com ele. Prometo.

Não que isso vá ajudar. Abu não vai ficar sóbrio. Ele não vai resolver os meus problemas. Nem tio Faisal.

Acompanho Noor até em casa, como sempre, mas ela percebe que não estou a fim de conversar, então no caminho ouvimos uma versão ao vivo de "Shake It Out", de Florence and the Machine. Sinto um aperto no peito.

Quando dobramos a esquina para a rua de Noor, o carro azul amassado do tio dela está estacionado no acesso da casa.

— Vou sozinha a partir daqui. Melhor ele não te ver. — Ela puxa a trança, a esquerda. É sempre a esquerda.

Enquanto a observo, lembro que no primeiro ano na escola machuquei feio o tornozelo em um treino de futebol e fui para o banco de reservas. Três meses mais tarde, entrei em campo, cada passo um ponto de interrogação, até que alcancei a trave do gol e percebi que meus ossos ainda iriam conseguir me carregar.

Essa mesma sensação calorosa toma conta de mim agora. Eu ainda conheço o corpo de Noor. Eu *a* conheço. Acho que pensei que não merecesse mais isso.

Ela se vira, surpresa, quando entrelaço meus dedos nos dela e os aperto. Uma faísca tímida se acende entre nós, e Noor me observa em silêncio, a lua crescente acima se transformando em barquinhos suaves que navegam nas profundezas dos seus olhos. Ela devolve o aperto. E então me deixa.

Enquanto caminho para o motel, tremendo porque esqueci meu casaco de novo, pego o celular e repasso meus contatos. Amigos. Família. Conhecidos.

Nenhum deles pode tirar o First Union Bank das minhas costas. Nenhum deles pode fazer aquela notificação de despejo sumir do mapa. *Você não tem opção*, disse Noor.

Percorro os números até encontrar "Britman, Art".

Pode falar?

Mando a mensagem antes de perder a coragem. Não significa nada. Ele pode não responder. Talvez esteja puto comigo porque terminei com a prima dele. Talvez pense que eu quero conversar sobre trigonometria ou...

Art: Opa. Cola aí no sábado à noite.

E então, após alguns segundos:

Art: Eu sabia q vc ia me procurar 😊

Essa maldita carinha feliz. Ela me deixa mais triste que o resto do dia todo junto.

CAPÍTULO 16

Noor

Lamentamos informar...
Embora suas notas e os resultados nos exames sejam expressivos, infelizmente...
Após revisar sua ficha de inscrição, tomamos a difícil decisão...
As cartas vêm duras e rápidas. Como os tiros em "Paper Planes", da M.I.A. *Bang. Bang. Bang.*
Yale. Columbia. Cornell.
Recusada. Recusada. Recusada.
Cinco recusas. De sete.
Enquanto isso, Jamie informou a Juniper inteira que ela foi aceita em Princeton. E não para de me perguntar se já tive notícia das minhas inscrições.
Parte de mim quer simplesmente dizer a ela: *Fui recusada por cinco universidades. As duas que ainda não responderam são a UCLA e a Northwestern, então estou ferrada. Você venceu. Parabéns.*
A única coisa boa a respeito da obsessão de Chachu por teoremas é que os números fazem sentido para mim. Então, enquanto a sra. Michaels fala sobre o padrão métrico na poesia, eu repasso meus números. Tirei 1.430 no meu SAT. Tenho uma nota média de 4,2, de um total de 5. Tirei a nota máxima em dezesseis aulas avançadas em quatro anos, incluindo um A- no temível inglês. Faço trabalho voluntário no Hospital de Juniper cinco vezes por semana, desde que entrei para o segundo ano. Recebi três recomendações, todas excelentes.

Devem ter sido as redações. *A redação é a parte mais importante da candidatura*, a entrevistadora da Universidade da Pensilvânia disse. Eu usei o Common App, um sistema que permite enviar candidaturas a várias universidades ao mesmo tempo, mas um monte de faculdades tinha questões separadas. Havia tantas. Toda vez eu tinha que escrever sobre alguma coisa nova.

Um problema que resolvi. (Realidade: coração partido. O que escrevi: uma nota baixa na aula de inglês.)

Uma experiência que mudou a minha vida. (Realidade: minha família inteira morta e o cheiro de seus corpos em decomposição à minha volta. O que escrevi: trabalhar no Hospital de Juniper.)

Meu maior desafio na vida. (Realidade: eles não querem saber. O que escrevi: bullying na escola.)

Para a redação de admissão, eu tentei escrever sobre o terremoto. Sobre meus pais e Chachu e a loja de bebidas. Enfiei esse texto em uma pasta de rascunhos no dia seguinte. Em vez disso, escrevi sobre ser voluntária em uma clínica de medicina do viajante, revisei a ortografia e mandei para todas as universidades, menos a UCLA. Essa candidatura foi um desastre completamente diferente.

Mas ainda restam duas faculdades, lembro a mim mesma. Duas não são zero. E, sim, é preciso apenas uma.

Você é melhor do que este lugar. Mais do que este lugar.

— Ei... *Noor.*

Jamie me cutuca. O sinal vai tocar daqui a alguns minutos, e a sra. Michaels está acenando com a minha lição de casa — a primeira metade da minha redação de quinze páginas de fim de ano. Eu me levanto para buscá-la e noto que Salahudin me observa de sua cadeira embaixo do alarme de incêndio, duas fileiras para trás. Ele ergue a sobrancelha. *O que foi?* Dou de ombros e sorrio. Ele já tem preocupação demais na vida.

Jamie estica o pescoço.

— Que nota você tirou?

— É da sua conta?

Não quero ser grossa com ela. Ou talvez queira. Talvez não a suporte mais.

— Só estou curiosa. — A boca de Jamie sorri, mesmo que o restante de seu corpo não. — Não precisa ser estúpida. Eu sei que você está tendo dificuldades. — Ela olha para as unhas. Só eu consigo ouvi-la. — Sem o Sal para escrever as redações para você.

— Que merda você quer dizer com isso?

A sra. Michaels ergue o olhar, surpresa. Atticus, o namorado de Jamie, me encara e arranca a redação das minhas mãos.

— Olha como fala, Riaz.

Tento agarrar os papéis, mas ele tem braços de gorila e os levanta para longe do meu alcance. A aula está quase no fim, e todos estão falando enquanto a sra. Michaels devolve o restante das redações.

— Para, Atticus. — O risinho de Jamie diz: *Boa, Atticus.* — Devolve para ela...

Salahudin se inclina sobre mim e pega o trabalho de volta.

— Para de ser imbecil, Atticus.

Atticus o fuzila com o olhar e Salahudin não desvia os olhos escuros, agora frios. Eles jogam juntos no time de futebol, embora não sejam amigos. Atticus olha fixamente para ele por um segundo antes de dar de ombros e lançar um meio sorriso para mim.

— Eu só queria causar — diz. — Mas viu... parabéns.

Salahudin me passa a redação — com um A no topo. Jamie também vê.

— Muito bem. — Ela olha de relance para ele. — Imagino que vocês voltaram a ser amigos.

— Eu mesma escrevi a redação.

— Não tem problema em receber ajuda. — Ela fala baixo, mas há uma carga esquisita em sua voz. Como se estivesse cuspindo e não falando. — Você não precisa ser sempre a melhor em tudo.

— Eu escrevi a redação — digo lentamente. — Sozinha.

— Fala sério, Noor — ela diz. — Eu já vi a sua escrita em trabalhos em grupo. Você... bom.... você tem dificuldades. Inglês nem é a sua primeira língua. Você fala muito bem...

— Cuidado, Jamie. — Salahudin já voltou para o seu lugar. — A racista que habita em você está dando as caras. Depois de você se esforçar tanto para escondê-la.

— Que é isso, Sal? — A cabeça de Jamie se vira bruscamente na direção dele, o rosto empalidecendo. — Eu não sou racista. Estava *tentando* elogiar a Noor. Não tenho nada a esconder. — Ela olha de relance para mim, os olhos avaliando meu rosto. — Mas parece que a Noor tem.

Meus dedos perdem a sensibilidade, e digo a mim mesma para respirar fundo. Ela acha que Salahudin está me ajudando a trapacear na escola. Ou de alguma forma descobriu que estou escondendo todas as recusas das universidades.

Ou talvez... talvez ela saiba de outra coisa.

Minha redação treme. Não — minhas mãos. Eu as cerro em punhos e as enfio debaixo da mesa. Jamie me olha fixamente, esperando que eu negue que esteja escondendo algo.

Mas eu não nego. Porque ela está certa.

Assim que o sinal toca, caio fora. O The Who uiva em meus ouvidos sobre a devastação adolescente, então não percebo que Salahudin está me chamando até ele estar bem do meu lado.

— O que está acontecendo? — ele pergunta. — Estou correndo atrás de você há uns cinco minutos. Você está bem?

Estou bem chega até os meus lábios, mas não consigo pronunciar as palavras.

— É que a Jamie... me tirou do sério hoje.

— Por quê?

— Porque...

Ele não sabe das recusas. Só sabe que me candidatei à Universidade da Pensilvânia por causa daquela entrevista desastrosa. Não estávamos nos falando no outono passado, quando eu estava enviando meu histórico acadêmico e escrevendo redações ruins.

— Noor. — Ele dá um passo à frente. — Fala comigo.

Ergo o olhar para ele. Salahudin tem olhos castanhos, assim como quatro bilhões de pessoas no planeta. Você imaginaria que canções sobre olhos castanhos seriam comuns. Mas não. Temos "Hey Blue Eyes" e "Pale Blue Eyes" e "Green Eyes" e "Blue Eyes Crying in the Rain". Temos milhares de livros de fantasia com heróis de olhos cinzentos. (O que é uma palhaçada, porque quem é que *realmente* tem olhos cinzentos e também é gostoso e sabe usar uma espada? Ninguém.)

Mas, se esses cantores ou escritores vissem os olhos de Salahudin, mudariam de tom. Os olhos dele são castanho-escuros como a porta de uma casa tradicional indiana, com um anel nebuloso perto das bordas. Ninguém tem olhos assim.

Não desvie o olhar, peço em pensamento. *Mas também, por favor, desvie o olhar. Porque dói.*

— Não consegui entrar em universidade nenhuma — sussurro finalmente. — Tentei sete e fui rejeitada por cinco. Só sobraram a UCLA e a Northwestern.

— Que merda, Noor. Por que você não me falou? E as universidades mais fáceis?

Balanço a cabeça.

— A Universidade da Virgínia era a minha primeira opção. E não foi uma escolha muito inteligente. Só selecionei universidades que eu realmente queria. Não tinha dinheiro para enviar mais pedidos de inscrição.

— Não tem isenção de taxa ou...

— Eu precisaria de um orientador para fazer isso. E fiquei com medo de ligarem para Chachu. Tive que entrar escondida no escritório dele e procurar nos papéis de impostos para poder preencher os formulários de bolsa de estudos.

Brooke não fez faculdade. Chachu não quer que eu faça. A Juniper High tem um orientador pedagógico que passa a maior parte do tempo lidando com casos de vício em opioides e gravidez na adolescência. Só para descobrir como me candidatar a uma universidade, foram horas de pesquisa.

— Só faltam duas faculdades. Minhas redações ficaram péssimas...

— Aposto que não ficaram tão ruins como você acredita. Mande elas para mim.

Faço que não com a cabeça.

— Não vale a pena, Salahudin... E se eu não for aceita em lugar nenhum? Não posso ficar aqui... Não posso...

Meus olhos se enchem de lágrimas. Finjo que não está acontecendo. Limpo a garganta e cruzo os braços. Mas uma lágrima gorda cai bem em cima de uma das botas de Salahudin. Nós a olhamos fixamente por um segundo antes que eu erga a cabeça. Ele dá um passo para trás, seu rosto estranhamente aturdido, antes de se recompor.

— Noor...

— Eu não estou chorando!

— Claro que não. — A voz dele é baixa. Ele dá um passo à frente e me puxa para si. Fico tão surpresa que não compreendo o que está acontecendo e tropeço. Então ele me abraça e me encaixa em seu corpo, o queixo apoiado no topo da minha cabeça. Sinto o subir e descer de seu peito contra o meu.

Salahudin Malik está me abraçando.

É um presente tão estranho e inesperado que me desmancho nele e me liberto, chorando em seu peito ali mesmo no canto atrás do Prédio C, com a escola inteira indo para a aula à nossa volta. Estou chorando porque estou com medo. Triste. Sinto falta da tia. Sinto falta dos meus pais. Sinto falta de coisas que não consigo pôr em palavras, porque elas me foram tiradas antes que eu soubesse como eram preciosas.

O sinal toca. Vou me atrasar para a aula. Assim como Salahudin. Talvez eu deva me desvencilhar dele. Salahudin não gosta de ser tocado. Estou sendo egoísta ao não soltá-lo. Mas, enquanto choro em sua camiseta, percebo que eu me sinto sem raízes. O Paquistão não é mais a minha casa. Juniper nunca foi.

Mas com Salahudin... com Salahudin eu me sinto em casa.

Então eu fico.

CAPÍTULO 17

Sal

Abraçar Noor não é fácil.

Por um breve momento ilusório, acho que vai ser. Ela olhou em meus olhos e eu desejei poder ir a todas as faculdades que a rejeitaram, tirar satisfação com os departamentos de admissão e dizer a eles que são uns idiotas e charlatões. Como isso não é uma opção... eu a abraço.

Então ela começa a chorar. Os ombros tremem e uma parte de mim sabe que não é só por causa da faculdade, que não tem a ver só com ir embora de Juniper ou mesmo com Ama. Alguma coisa mais profunda faz Noor se sentir desse jeito, e não tenho como consertar. Não faço nem ideia do que seja.

Mas posso continuar abraçando-a. Então eu faço isso e fica tudo bem... até que de repente não está mais. Um sentimento toma conta de mim, como se eu quisesse saltar de dentro da minha própria pele. *Respire. Cinco segundos inspirando. Sete expirando.*

Não ajuda e eu me odeio tanto. Não faz sentido. Meu corpo não faz sentido. Eu confio em Noor... eu gosto dela. Mais do que "gosto", considerando que já me peguei pensando sobre como a acho engraçada, em sua expressão quando está resolvendo um problema de matemática, no formato de seus lábios. E agora, quando estamos finalmente abraçados, nem consigo me entregar a isso. Só consigo pensar: *Cai fora daqui.*

Uma vez eu li uma história sobre um cara na floresta Amazônica que era o último falante da sua língua — depois que ele morresse, ela jamais seria ouvida de novo. As pessoas tentavam aprendê-la, mas era impossível.

Às vezes eu sinto como se a linguagem do meu corpo fosse igualmente insondável. Vou morrer sendo a única pessoa que já soube falar essa língua.

Eu me afasto e Noor baixa os braços rapidamente.

— Você está...

— Bem — eu digo. — Não se preocupe comigo.

Ela funga e procura um lenço na mochila cheia. Como não consegue encontrar um, eu ofereço meu braço.

— Os pelos do braço — explico. — Funcionam melhor que um lenço, são oitocentos fios contadinhos.

— Eca — ela ri. — Não vou usar os pelos do seu braço para secar minhas lágrimas. Você nem tem tanto pelo assim.

Levo a mão ao coração.

— Qual homem punjabi não tem um belo braço peludo para — quase digo *sua garota*, mas mudo de ideia no último segundo — seus amigos chorarem nele?

— Em primeiro lugar, eu não estava chorando. Foram só umas secreções lacrimais glandulares com uma ligeira dispneia. Em segundo lugar, você não pode chamar isso de peludo. É mais uma penugem. Tenho quase certeza que a Brooke tem mais pelo no braço que você.

— Você está dizendo que não sou um homem, Noor?

— Você é definitivamente um homem, Salahudin Malik. — Noor percorre meu corpo com o olhar de um jeito que não combina absolutamente com ela. Meu coração, que batia de modo normal segundos atrás, perde o compasso de pura empolgação. — Se não fosse, a minha vida seria muito mais simples.

— Menos *homilde*, talvez?

Ela resmunga.

— Como pode alguém tão bom com as palavras fazer piadas tão infames? Mesmo assim, obrigada. Pelo abraço e por... — Ela acena para minha camiseta encharcada.

— Aceitar suas secreções lacrimais glandulares?

— É. — Ela sorri para mim, e é como um cometa brilhando no céu.

— Isso.

Nós nos despedimos e seguimos para nossas aulas. Pela primeira vez em algum tempo, sinto uma leveza no peito. Porque, embora eu possa perder minha casa, Abu seja um bêbado, Ama nunca vá voltar e meu corpo seja esquisito, a garota por quem estou me apaixonando flertou comigo.

Pelo resto do dia, não consigo parar de sorrir.

⁂

Minha descida até o submundo do crime de Juniper começa na noite seguinte no Legacy Village, um daqueles condomínios padronizados, com salão de festas, cascata artificial e um guarda exageradamente zeloso no portão. Quando vim aqui para o aniversário de oito anos do Art, lembro de pensar que o meu apartamento inteiro caberia na cozinha dos pais dele.

— Entre, entre! — Art faz uma mesura esquisita enquanto abre a porta. Ele não deve receber muita gente em casa.

Ele me leva para uma sala com uma TV tão grande que quase desejo que fôssemos melhores amigos para que eu pudesse jogar *Bandit Brotherhood* nela. Depois de um minuto, mudo de opinião. A sala é bonita, mas fria: ninguém mexeu uma panela de kheer fervendo sobre o fogão enquanto sentia o cheiro de arroz com açafrão e leite e um toque de água de rosas ali. Ninguém jogou Ludo nessa mesa enchendo a cara de manga gelada enquanto *O império contra-ataca* estourava os alto-falantes.

Art serve cerveja em dois copos congelados — algo que só vi fazerem em propagandas na TV.

— Não, valeu. — Empurro a bebida. Ela cheira como o beco atrás do motel quando Abu está em seus piores dias.

Além do mais, quero terminar logo com isso. Sinto os frascos de comprimidos de Ama como carvões queimando no bolso, então os coloco rapidamente sobre a mesinha de centro. Enquanto Art os examina, olho para o outro lado.

Você está salvando o Clouds' Rest, penso. *Garantindo que você e Abu tenham comida, um teto sobre a cabeça e água na torneira. Você está sobrevivendo.*

— Tudo bem, eu posso vender isso aqui para você — diz Art. — Mas as coisas estão feias, hein? Quer dizer, você não estaria tentando arrumar um emprego no Java House se não estivessem feias.

Diante da minha concordância, Art considera a situação. Ele me lembra às vezes aquele lagarto nos comerciais de seguro de carro. Simpático, atencioso e um pouco tapado, tudo ao mesmo tempo.

— Acho que *você* devia vender isso. Não eu. Escuta. — Ele abre um largo sorriso para mim, como se estivesse me oferecendo um bilhete de loteria premiado. — Vou tirar uma comissão, já que você vai estar trabalhando com os meus contatos. Trinta por cento. Mas... se der certo, nós podemos expandir.

Um medo súbito contrai meu peito. *Cinco segundos inspirando. Sete expirando.* Ama tinha alguns frascos de remédios, mas seria preciso cinco vezes mais para eu levantar o dinheiro do First Union. A sugestão de Art para que eu venda por ele faz sentido.

É só que eu nunca pensei que um dia faria esse tipo de coisa.

— Você começa com o básico — diz Art. — Analgésicos, Adderall, Xanax... esse tipo de merda. Você pode vender para os garotos mais certinhos. Mas nada de Molly, metanfetamina ou heroína ainda.

Molly?

— Tudo bem.

Art sorri. Enquanto ele fala sobre celulares não rastreáveis e sobre como conseguir o meu produto, sinto como se o estivesse observando por um olho mágico. Esta é a minha vida — mas distorcida, distante e errada. E não sei como voltar para o que era antes.

Você não tem como voltar.

Vender os remédios de Ama — e o que quer que Art me passe — não vai ser para sempre. É só até o motel começar a ter resultados melhores. Já tenho ideias para conseguir hóspedes. Posso fazer as coisas darem certo, tornar o Clouds' Rest o que Ama queria que fosse.

Só preciso de tempo.

Na rua, o céu está pesado e baixo. Sinto um sopro do petricor do Mojave: aquela fragrância única da chuva caindo sobre a terra seca misturada com creosoto doce. Ama ficava mal-humorada quando chovia, odiando o trânsito congestionado, o telhado do motel com infiltrações e as ruas alagadas. Para mim, porém, a chuva no deserto parecia milagrosa. Abu e eu comprávamos lenha e assávamos marshmallows. Abu nunca falava sobre os pais ou sua família no Paquistão. Quando chovia, no entanto, ele me contava de seus tempos de universidade em Londres.

A última vez que peguei no meu diário foi antes do funeral de Ama. Mas talvez eu devesse anotar as histórias de Abu. Ou pedir a ele que me contasse mais. Talvez isso o ajudasse a se lembrar de uma época melhor.

Quando chego em casa, vejo que a escrivaninha de Ama foi remexida. As contas que organizei estão por toda parte, e reconheço o garrancho de Abu em um pedaço de papel, fazendo cálculos, como eu fiz há semanas. Ele deve ter levado o mesmo choque que eu.

Só que eu não desapareci dentro de uma garrafa de bebida quando descobri como a nossa situação é ruim.

Eu o encontro dormindo na poltrona reclinável, enquanto um painel de comentaristas troca alfinetadas discutindo a epidemia de opioides. Pelo visto não haverá histórias de Abu esta noite. A raiva se retorce dentro de mim quando o vejo. Quero sacudi-lo até ele acordar. *Me ajude, seu imbecil egoísta*, eu gritaria. *Me ajude como não fez com Ama.*

A sala fica escura quando desligo a TV, e Abu acorda subitamente.

— Misbah?

Nada mata a raiva mais rápido que a pena, e a esperança na voz do meu pai elimina a ira com um tiro. Nunca na vida senti tanta vontade de mentir como neste momento. *Sim, é ela, Abu. Ela está aqui.*

Eu me ajoelho ao seu lado.

— Sou eu, Abu — digo. — Salahudin.

Silêncio. Um suspiro.

— Ussi ki karanh, Putar? Ussi ki karanh? — *O que vamos fazer, meu filho? O que vamos fazer?*

Um dia ele soube a resposta a essa questão. Ele trabalhava. Fomos ao Yosemite e à Disneylândia. Ele me ensinou a chutar uma bola de futebol com efeito. Mas entre esses momentos havia dias em que ele acordava tarde ou desaparecia em seu quarto. Ele estava perdido. Eu simplesmente não percebia isso.

— Estou aqui, Abu. — Seguro suas mãos frias e frouxas nas minhas. — Não se preocupe. Vou cuidar de tudo.

PARTE III

∞

Depois perca mais rápido, com mais critério:
lugares, nomes, a escala subsequente
da viagem não feita. Nada disso é sério.

— *Elizabeth Bishop,*
"Uma arte"

CAPÍTULO 18

Misbah

Dezembro, antes

Nós moramos com os pais de Toufiq por um mês. Uma noite, enquanto Toufiq estava em Islamabad a trabalho, sua mãe, Nargis, chegou em casa de onde quer que tenha passado o dia inteiro, os olhos carregados e com um cheiro forte de bebida. Suas palavras se fundiam e fluíam umas nas outras tão completamente que era como se ela falasse outra língua.

O pai de Toufiq, Junaid, tentou me mandar para longe dali, sugerindo gentilmente que eu pegasse um riquixá e passasse a noite com meus pais. Não entendi.

Até aquele dia, Nargis havia sido educada, apesar de um pouco distante. Eu não conseguia associar a mulher beligerante e bêbada do casamento com aquela pessoa taciturna. No entanto, tarde da noite, eu a ouvia discutir com o marido. Toufiq dormia no meio da conversa — mas eu ficava acordada ouvindo, sentindo repulsa e fascínio com a dureza de sua fala.

Nesse dia ela ouviu Junaid sugerir que eu fosse dar uma volta e veio aos tropeços até mim, segurando firme meu rosto. Prendi a respiração. Seu cheiro era terrível.

— A nova esposa do meu filho é delicada demais para ver este tipo de comportamento? — ela perguntou.

— Nargis, deixe-a em paz — apelou Junaid. — Ela é a nova...

— Não é mais nova — gargalhou Nargis. — Ela foi colhida. Eu fui colhida também, há muito tempo, embora fosse mais jovem que ela. Muito, muito mais jovem...

— Nargis! — Junaid tentou se colocar entre nós, mas ela me girou para longe dele, polegar e indicador espetando meu queixo.

— O Junaid aqui me salvou. E salvou Toufiq.

Tentei me afastar, mas ela não me soltava.

— O seu marido é filho de uma puta, sabia? Mas Junaid... Junaid é meu herói. — Ela cuspiu a última palavra, e então o marido dela estava entre nós, me libertando de Nargis, me apressando para fora da casa, se desculpando, me colocando em um riquixá e dando ao condutor o endereço dos meus pais.

Ele não disse que Nargis estava mentindo, ou que eu não deveria dar ouvidos a ela, ou que ela era maluca. Ele só disse:

— Toufiq vai buscar você quando voltar de Islamabad.

Quando cheguei à casa dos meus pais, esperei que ficassem chocados com o que tinha acontecido. Mas meu pai simplesmente suspirou e sinalizou que saíssemos do pátio para o seu quarto. Sentamos juntos em sua cama, as cordas rangendo sob o nosso peso.

— Junaid é uma boa pessoa — começou meu pai. — Assim como Toufiq. Assim como Nargis.

— Mas o que ela disse sobre Toufiq...

— Ela teve uma vida difícil — disse meu pai. — Junaid a ajudou a escapar dessa vida. Mas isso deixou sua marca, borboletinha.

— Ela... Ela reza! Como pode rezar quando vive outra vida, bebendo e fazendo sabe Deus o que mais...

— Sim. — O tom de meu pai endureceu. — Sabe Deus o que mais. O que ela faz ou deixa de fazer não cabe a você julgar, Misbah.

Toufiq foi me buscar no dia seguinte e nos mudamos para um apartamento com uma porta azul e um forno de cerâmica no canto. Ficava perto da casa dos meus pais. Minha mãe se mantinha ocupada procurando uma noiva para o meu irmão. Mas Baba nos visitava regularmente, assim como Junaid, e ao entardecer eles estavam sempre curvados sobre um tabuleiro de carrom, rindo do humor contido de Toufiq.

A mãe de Toufiq também nos visitava. Mas sempre tarde da noite. O punjabi enrolado, a voz por vezes suplicante, outras vezes aos gritos. Sempre que a ouvíamos na rua, Toufiq pedia licença. Dez ou trinta minutos depois, ele voltava, agindo como se nada tivesse acontecido. Mas, se ele dormisse nessas noites, sonhava, e seus sonhos sempre terminavam em suor e terror.

— Tenho medo de ela se destruir — ele me disse uma vez quando acordou. — Tenho medo de não conseguir salvá-la.

Junaid vinha quase todos os dias a caminho de casa, voltando do trabalho. Ele amava Toufiq com uma intensidade tranquila, e com o tempo nos tornamos amigos. Quando Toufiq estava viajando, Junaid me trazia comida e se sentava comigo. Quando as monções vinham, ele varria a água da casa e enchia sacos de areia. Às vezes eu perguntava a ele sobre sua infância em Sharaqpur, sobre sua irmã que morava longe, em Karachi. Ele nunca respondia.

— Me conte suas histórias — ele dizia. — Elas são mais interessantes que as minhas.

Ele era uma voz gentil, uma mão firme. Nós quatro — Toufiq, Junaid, meu pai e eu — compartilhávamos riso, histórias e bules intermináveis de chá. Junaid nunca perguntava sobre filhos, embora minha mãe não parasse de me amolar. Ele nunca criticava. Simplesmente vinha, uma alma velha e serena, satisfeito por estar na nossa companhia.

E então, um dia, Junaid não apareceu.

CAPÍTULO 19
Sal

Abril, agora

Quando Noor e eu víamos programas de TV sobre criminosos fazendo coisas idiotas para ganhar dinheiro, eu zoava aquela gente.

Agora eu entendo. Coisas idiotas são tentadoramente simples. E o lucro é enorme.

Embora isso não me deixe menos paranoico. Eu me preocupo em perder tudo que estou tentando consertar. Fico imaginando que Abu vai encontrar meu esconderijo de drogas e começar a usá-las. Que Ernst vai descobrir e me expulsar da escola. Que a polícia vai me prender.

Contudo, pior que o medo de ser jogado na cadeia, é imaginar a cara de Noor se ela soubesse o que estou fazendo. A Briga 2.0. Não uma Noor calada e de coração partido, mas uma Noor irada. *Traficantes imbecis*, ela diz. Se ela descobrisse, nunca mais falaria comigo.

Algumas semanas depois de eu começar a trabalhar para Art, ele me encontra atrás do motel.

— Saaaaal! — grita, estendendo as duas mãos, como um chefão da máfia cumprimentando um assassino de aluguel leal.

Ele é irritantemente íntimo, mas nem penso em reclamar. Durante minha primeira semana sob sua tutela, ganhei o suficiente para recuperar o Civic. Uma semana depois disso, quitei a conta de água, a taxa do lixo e a conta de luz. Ontem paguei oitocentos dólares para o First Union e consegui que ampliassem o prazo final para 30 de abril.

O hospital segue ligando, mas é fácil ignorá-los. Vou pagar essa conta também, agora que finalmente estou pondo as coisas nos trilhos.

Depois de entregar a parte de Art, ele me oferece o estoque da próxima semana, bem fechado em um Tupperware.

— Minha mãe te mandou uns cookies. — Ele abre um largo sorriso para mim, pois adora usar esses códigos ridículos. — Você não está guardando o bagulho em casa, certo? Nem no carro?

Balanço a cabeça. Essa foi uma das primeiras coisas que ele me ensinou, e tenho usado uma lata de tinta em um galpão nos fundos do motel. *A última coisa que você precisa é de alguém te roubando*, ele disse. Quando perguntei se deveria arrumar uma arma, ele riu de mim e começou a me chamar de Walter White, em homenagem ao personagem da série *Breaking Bad*.

Enquanto enfio o Tupperware na mochila, Art procura um cigarro nos bolsos, xingando quando o vento apaga o Zippo.

— Eu vi o Atticus bancando o seu amiguinho. Não esquece...

— Clientes não são amigos — repito suas palavras de volta para ele, mas não preciso ser lembrado. Apesar de não ser muito incomodado desde a sétima série, nunca tive um bando de amigos também. Juniper é casualmente racista, e, embora eu tenha o que Noor chama de "imunidade esportista masculina", ainda ouço comentários sarcásticos ocasionais ou levo trancos no corredor.

Agora, no entanto, mesmo os babacas que tossiam "jóquei de camelo" quando eu passava são educados. Eles querem seus comprimidos. Eu quero o dinheiro deles.

— Por que você vende para a Ashlee — pergunto ao Art — se não devemos ser amigos dos nossos clientes?

— A Ashlee é da família — diz Art. — Ela nunca iria me ferrar. — Ele me avalia. — Você está indo bem. Eu tenho coisas mais lucrativas que Addy e Oxy. Interessado?

A data de 30 de abril paira sobre a minha cabeça.

— Sim — respondo. — Seria ótimo.

— Salahudin?

Noor vira a esquina do motel em direção ao beco, a mochila pendurada em um ombro. Ela parou de usar maquiagem por algumas semanas, mas está usando hoje. Seus olhos parecem maiores, as maçãs do rosto mais pronunciadas.

— Achei que era a sua voz — ela diz e eu entro em pânico por um momento, me perguntando quanto ela ouviu. — Oi, Art.

— Meus cumprimentos, senhorita. — Quase tenho uma distensão nos olhos tentando não revirá-los enquanto Art olha de mim para ela com um sorriso de quem está ciente de algo. — Peço licença para me retirar. Até mais, Sal.

— O que ele estava fazendo aqui? — Noor caminha para o apartamento comigo, e o Tupperware na minha mochila de repente parece mais pesado que Abu quando está completamente apagado.

— Fumando um cigarro — respondo, pois não é mentira.

Noor me olha de lado. Suas botas esmigalham com ruído a areia que suja o estacionamento. Ama o varria toda semana, uma guerra inglória que ela travava com o deserto.

— Mas sobre o que vocês estavam conversando? — insiste Noor. — Eu não sabia que vocês eram amigos.

— Ele estava falando da Ashlee — digo após uma pausa. Sou o rei dos imbecis por mencionar a minha ex, mas funciona. Noor fecha a cara e não pergunta mais de Art.

Antes de entrar no negócio, eu jamais a manipularia desse jeito. Odeio o fato de que esconder tudo isso dela seja um hábito agora.

Talvez trabalhar para Art esteja me mudando. Penso em um livro que tivemos de ler para a aula de inglês no primeiro ano. *O retrato de Dorian Gray*. O retrato do personagem principal vai ficando mais feio à medida que ele faz merdas cada vez piores. Cada ato de enganação e fraqueza torna o próximo mais fácil.

Dentro do apartamento, Noor diz salaam para Abu, que parece meio consciente pela primeira vez em dias e está até fazendo a reserva de um quarto.

Prometi a Noor que falaria com ele, mas a conversa foi tão boa quanto eu esperava: ele concordou com a cabeça o tempo todo, depois se mandou. Duas horas mais tarde, entrou furtivamente no quarto com uma garrafa de Old Crow. Quando liguei para Janice, sua madrinha no AA, ela suspirou.

— Não podemos ajudá-lo se ele não quiser se ajudar, Sal.

Noor se lava, depois reza o namaz no quarto da frente, como na maioria das tardes. Ela não comentou nada nas últimas semanas, quando deixei de fazê-lo. Mas hoje me oferece o tapete de oração verde e gasto.

— Isso ajuda — ela me diz baixinho. — Vai por mim.

Quando termino a oração, não me levanto. A parte favorita do namaz para Ama era o fim, quando ela pedia a Deus tudo de que precisava. Coisas pequenas, como que o NÃO no luminoso que indica os quartos vagos ficasse aceso. E coisas maiores, como paciência e saúde melhor.

Quanto mais você pedir, ela dizia, *melhor. Porque isso significa que coloca a sua fé em algo maior que você mesmo.*

Nunca fiz isso, pois eu sentia como se estivesse cedendo o controle. Se deixasse tudo para o todo-poderoso, então que raios eu deveria fazer?

Agora, sentado aqui, penso que deveria pedir algo. Será que Deus dá ouvidos a traficantes? Finjo que a resposta é sim. *Por favor, que Ama descanse em paz. Por favor, que Noor seja aceita em uma universidade. Por favor, que Abu pare de beber. Por favor, que o Clouds' Rest continue conosco.*

Depois de dobrar o tapete, encontro Noor revirando a geladeira.

— Desculpe, não tem muita coisa — digo, pois todo o dinheiro que ganhei foi usado para pagar contas atrasadas. Comprei ovos, no entanto. Me encaminho para pegá-los, e, quando encosto a mão em seu ombro para pedir passagem, ela dá um salto enorme. — Opa — solto. — Está tudo bem?

— Desculpa! — ela dá um gritinho ao mesmo tempo. — A porta do freezer bateu no meu braço na loja e está doendo demais...

— Ei, sem problemas. — Noor está agindo de um jeito estranho, mas deixo passar. Não que eu possa julgá-la. Pego alguns ovos. — Curry aanda?

Ela assente.

— Mas faça chat-pati. Nada daquela jalapeño fraca que você compra no Ronnie D's. Use a melhor. Lal mirch.

— Lal mirch me dá dor de estômago!

— E você se diz paquistanês, Salahudin? — Ela procura na despensa e pega um vidro velho de molho de espaguete cheio de pimenta-caiena. — Que vergonha.

— Mal-educada. Quando você coloca tabasco na batata frita eu não fico um pimentão...

Ela resmunga e coloca o dedo nos meus lábios.

— Nada de piadinhas sem graça...

Percebo que Noor está me tocando ao mesmo tempo que ela percebe.

— Desculpa — ela sussurra, sem dar um gritinho agora, mas em um tom suave e macio, como se as palavras fossem feitas de caramelo. Nós dois ficamos imóveis. Os olhos castanhos dela fazem minha mente girar, aquela vertigem deliciosa de jogar a cabeça para trás em um balanço no parque e ver o horizonte subir e descer. Eu me pergunto agora como pude ter sido tão burro no outono passado, quando ela me beijou. Quero encontrar aquele Salahudin e chutar a bunda dele.

Deixo a raiva passar e em vez disso me atenho à perfeição deste momento. O cheiro quente com um toque de menta dela, o jeito como seu corpo faz uma curva por baixo da camiseta surrada do The Cure, os dedos marrons delicados e o piercing prateado no nariz.

— Noor — digo baixinho. No exato instante em que ela está se curvando em minha direção e minha pele está formigando de um jeito bom, para variar um pouco, meu maldito celular não rastreável vibra no balcão atrás dela.

Não tenho contatos salvos no celular, mas reconheço o número: Atticus. Não posso ignorá-lo. Ele vai dar uma festa no fim de semana. É a chance de ganhar um bom dinheiro.

— Só... hum... só um segundo. — Eu me afasto e, depois de enviar uma mensagem dizendo que estarei lá, vejo Noor me observando.

— Celular novo? — ela pergunta, e seu olhar é tão firme que tenho certeza de que sabe exatamente o uso que dou para o aparelho.

— Ama tinha um celular diferente para os negócios — respondo, o que não é mentira, mesmo que não tenha nada a ver comigo vendendo drogas. Eu me viro para os ovos. — Me passa uma tigela?

Por favor não faça mais perguntas, imploro. *Por favor.*

Um dia, que vai chegar logo, vou ter pago o First Union. Vou ter encontrado um jeito de tornar o Clouds' Rest lucrativo. Não vou precisar vender merdas ilegais. Talvez então eu conte a Noor sobre tudo isso. Ela pode gritar comigo e ficar brava, mas nessa ocasião vou prometer a ela nunca mais fazer isso.

Ela volta a atenção para seu celular, e o som de uma guitarra elétrica zune pelo ar.

— Quem está tocando? — pergunto.

— Echo & the Bunnymen — ela diz, séria. — "The Killing Moon." Salahudin... — Ela olha de relance para meu telefone não rastreável e eu procuro respirar. *Cinco segundos inspirando, sete expirando.*

Então Noor balança a cabeça.

— Não esqueça da lal mirch — ela diz e me passa o vidro.

CAPÍTULO 20

Noor

Abril, agora

Você não consegue entrar sem ser visto na mesquita de Juniper. Porque não é exatamente uma mesquita. É uma sala de quatro por quatro metros na ala norte da Capela All Faith, na base militar da cidade. Os hindus usam a sala às quintas. Os muçulmanos às sextas. Os judeus aos sábados. Os protestantes ficam com o resto da semana.

Faz meses que não vou lá, pois é preciso passar pelos portões da base militar. E isso significa que eu tenho que mostrar minha identificação e responder a perguntas como: "Aonde você vai?" e "Por quê?" e "Espere, nós temos uma mesquita na base?" de soldados segurando armas gigantes.

Hoje, no entanto, eu tenho tempo. Oluchi, a coordenadora dos voluntários no hospital, me deixou sair mais cedo.

— Vá curtir a vida, Noor — ela disse. — Vá a uma festa. Viva um pouco. Você parece uma velhinha no corpo de uma adolescente.

Mas não estou no clima de festas. Estou mais no clima de "que merda, melhor ir rezar". Depois da última recusa, recebi outra. A Universidade Northwestern não me quer.

E então só resta a UCLA.

Nesta tarde de sexta-feira, há outras cinco pessoas na "mesquita". O imã Shafiq, Khadija, um soldado usando farda camuflada e um casal mais velho que não reconheço.

Não há sermão desta vez — o imã Shafiq deixa isso para o namaz do meio-dia. A oração acabou de começar quando entro, e Khadija acena para que eu me sente a seu lado.

Tento entrar no ritmo da voz do imã Shafiq. Normalmente a mesquita me acalma. Não importa quão por baixo eu me sinta, há uma sensação de comunidade aqui.

Mas hoje tudo em que consigo pensar é que, se eu não entrar na UCLA, vou ficar presa em Juniper, trabalhando na loja de bebidas. Eu poderia fazer a faculdade comunitária de Juniper. E mais tarde pedir transferência para uma universidade. Mas Chachu não deixaria.

Não posso ter o que ele não teve.

A raiva é algo que tenho em comum com Chachu. Acho que é por isso que odeio tanto esse sentimento. Ela cresce em mim agora. Tento acalmá-la.

Você é melhor do que este lugar. Mais do que este lugar. A esperança que a tia me deixou combate a raiva, tentando silenciá-la, ou pelo menos domá-la. A tia acreditava em mim. Mesmo no fim, ela acreditava.

A prece termina. Parece algo súbito, mas eu simplesmente não estava prestando atenção. Khadija desaparece lá fora, o celular junto ao ouvido. Ainda estou no tapete de oração quando o imã Shafiq vem até mim.

— Salaam, Noor... — Ele olha de relance para as minhas mãos, cerradas em punhos tão apertados que parece que estou prestes a lutar boxe. Eu as relaxo. Minhas unhas gravaram meias-luas iradas nas palmas. — Que bom que você veio. Você me ajudaria na limpeza? Quero garantir que este lugar esteja pronto para nossos irmãos e irmãs judeus amanhã.

— Todos os oito?

— Agora são doze. — O imã sorri. — O rabino Alperin disse que uma família de Los Angeles acabou de se mudar para cá.

Eles não fazem ideia de como vão ficar entediados. Dobro os tapetes de oração enquanto o imã Shafiq varre a sala.

— Como estão as coisas, Noor? — ele pergunta após alguns minutos.

— Você e a tia Misbah eram próximas.

— Sinto falta dela. O Salahudin também.

— Que bom que vocês estão conversando. Ele precisa de uma amiga agora. Vocês dois precisam.

Uma amiga. Repasso o momento em que tinha o dedo sobre os lábios de Salahudin. O jeito como ele olhou para mim. Pensei: *Finalmente. Finalmente.*

Desde então, nada. Ontem, depois que terminei na lavanderia e Salahudin arrumou os quartos, passeamos por Swat e Karachi no Google Maps. Vimos vlogs de viagem sobre a Mesquita Badshahi e o Forte de Lahore. Devo ter visitado os dois quando era pequena, pois ao olhar para eles sinto o cheiro terroso do arenito vermelho. Sinto nos ossos as reverberações do chamado para a oração e ouço o estalar dos fios elétricos.

— Tenho saudade de lá — disse Salahudin naquele momento. — Mesmo que só tenha visitado uma vez.

— Do que você se lembra?

— Lembro de Ama com todos os primos reunidos em volta de um barril gigante cheio de manga gelada. Eles abriam as frutas, o suco escorria e todo mundo estava rindo. Lembro de sentir saudade de você. De querer que você estivesse lá.

— O Paquistão vive no sangue — eu disse a ele. — Se você for visitar de novo, é melhor me levar junto. O seu punjabi é passável, mas seu urdu é vergonhoso.

— Eu ia querer que você fosse, mesmo que você não falasse bem punjabi. — Ele me lançou um olhar então, breve e escuro. Um olhar que me deixou em chamas.

Um olhar em que eu definitivamente não quero pensar quando estou falando com o imã.

— ... ela era como uma mãe para você, imagino — está dizendo o imã Shafiq.

— Você acha que vai ter filhos com a irmã Khadija um dia, imã Shafiq? — Depois de lançar a pergunta, percebo quanto ela é pessoal. Que grosseria perguntar esse tipo de coisa. — Desculpe...

— Não, tudo bem. — Ele está surpreso. — Nós somos muito jovens. Khadija quer se estabelecer como advogada. Mas, sim, um dia.

— O que... O que torna um pai ou mãe bons?

— Bons pais cuidam de você — diz o imã Shafiq. — Eles dão abrigo, orientam, alimentam você. Respeitam e protegem você.

Quando ergue o olhar, o imã tem a testa franzida. Sinto como se um holofote estivesse virado para mim. Mas ele volta a varrer.

— O último item... proteção — ele diz. — Esse é bem importante.

— E se um pai não faz isso? — pergunto. — E se as ações de um pai machucam o filho?

A vassoura fica imóvel. *Noor, sua idiota.* Por que fui abrir a minha boca grande?

— Noor. Se alguém está te machucando, se abra comigo. Ou com Khadija, se preferir.

— Não, não é isso — corrijo. — Estou preocupada com o tio Toufiq. O pai do Salahudin. — Digo isso rápido. Tão rápido que as palavras se tornam verdadeiras. *Tio Toufiq. Estou falando do tio Toufiq.* — O Salahudin está cuidando sozinho do motel desde que a tia Misbah morreu. O tio Toufiq... ele passa o dia inteiro bebendo. Todos os dias. Ele não machuca o Salahudin fisicamente. Mas...

O imã Shafiq suspira.

— Eu já imaginava. Misbah não tocava no assunto.

— O tio Toufiq não vai às reuniões do AA nem fala com a madrinha dele. O Salahudin precisa terminar a escola... ter uma vida. Em vez disso, ele está tentando fazer tudo que a tia Misbah fazia.

— Todos nós temos as nossas batalhas, Noor — diz Shafiq. — A do tio Toufiq é pesada. Eu deveria ter feito uma visita para eles. Talvez não haja muitos muçulmanos aqui em Juniper, mas nenhum de nós deveria se sentir sozinho. Obrigado por me lembrar.

Ele me conduz para fora e tranca a sala. Khadija desce do SUV deles.

— Ei, jogue a sua bicicleta no porta-malas — ela convida. — Venha jantar conosco.

— Vou preparar biryani de frango — diz o imã Shafiq. — Receita da minha nani. Ela me ensinou da última vez que visitei Lahore. Convide Salahudin; podemos ir buscá-lo.

Imagino como seria jantar com Khadija e Shafiq. Curtir um tempo com eles e Salahudin como se fôssemos uma família. Sentar à mesa com pessoas que não me odeiam por frequentar uma mesquita.

E a comida. Sinto água na boca só de pensar em uma tigela bem quente de arroz apimentado. Pedacinhos de frango assado imersos em garam masala. Cebola frita por cima.

Eu praticamente tenho que secar a baba do queixo.

— Obrigada, hoje não posso. — Minhas papilas gustativas gritam em protesto. *Sinto muito, papilas.* Se Chachu vir o imã Shafiq e Khadija me deixando em casa, vou ouvir um sermão sem fim. — Chachu vai fazer keema-aloo hoje à noite. Também, hum, paratha. — Mentir para o imã. Eu me pergunto onde isso fica na escala entre o perdoável e o infernal.

Khadija lança um olhar para o imã, mas já estou na bicicleta. Ele bate na barriga.

— Sobra mais biryani para mim. A nossa porta está sempre aberta, viu?

Quando a tia Misbah ficava com inveja, dizia: Minue theh aag laagi-hoi eh. *Estou em chamas.*

Agora mesmo estou pegando fogo. O imã Shafiq visita o Paquistão todos os anos. Já vi seu Pixtagram. O urdu dele é fluente. Suas irmãs tocaram dholki no seu casamento em Lahore. A família dele se abraçava nos vídeos postados. Brincavam uns com os outros nos comentários embaixo.

Ele já esteve em Saiful Muluk, o lago no norte do Paquistão onde um príncipe se apaixonou por uma fada. Comeu milho assado polvilhado com pimenta-caiena no Bazar Anarkali, assim chamado em homenagem à cortesã que morreu por amor. Ele já visitou o Vale Hunza, o Parque Hingol e o Palácio dos Espelhos em Lahore.

O imã Shafiq nasceu nos Estados Unidos. Mas conhece o Paquistão do jeito que eu quero conhecer, até o seu biryani.

Murmuro um adeus e sigo em frente. Os pedais estão duros por causa do frio. Eu devia ir para casa, mas, em vez disso, pedalo em torno da base até escurecer. Minha garganta parece apertada. Pensamentos surgem em minha mente.

Não pense nisso. Fique quieta. Fique quieta, Noor. Não pense nisso.

Mas eu penso: *Eu gostaria que o imã Shafiq e Khadija fossem minha família.*

Eu me odeio por isso. Odeio ainda ser a imigrante sem noção que chegou há pouco do Paquistão. Odeio desejar uma coisa que nunca vai acontecer.

Estou com raiva de novo. Uma raiva afiada, que me corta. Não consigo silenciá-la.

Acho que é por isso que não me preocupo em não fazer barulho ao entrar na casa de Chachu. Por isso que entro na sala de estar, embora ir direto para o meu quarto seja mais inteligente.

— Onde você estava? — Chachu desliga a TV. Ele odeia keema-aloo. Odeia paratha também. Assim como odeia tudo que seja do Paquistão, incluindo a minha pessoa. Especialmente a minha pessoa.

O resto da casa está em silêncio. Brooke trabalha na loja de sexta à noite.

— Eu estava... na biblioteca — digo. — Estou fazendo um trabalho de biologia.

Chachu termina o sanduíche. Mastiga lentamente. Então se põe de pé.

— Você acha que eu sou idiota, Noor?

Se eu achasse, não estaria suando.

— Não, Chachu.

— Você acha que, porque eu trabalho em uma loja de bebidas, sou um idiota. Que, por eu ter sotaque...

— Você não tem sotaque...

— Eu sei que você foi à mesquita.

— Como você... Como você sabe?

Ele vai até a cozinha. A porta de um armário bate quando ele enfia o lixo.

— Eu não sabia — ele diz. — Passei por você no seu caminho para a base. Aquele grupinho retrógrado de oração é o único motivo para você ir até lá. Você acabou de confirmar.

Chachu volta para a sala de estar. Ele anda de um lado para o outro. Tantas vezes que perco a conta. Ele faz aquele gesto com os punhos. Abrindo. Fechando.

Tem uma música do Radiohead que eu descobri alguns anos atrás: "Street Spirit (Fade Out)". Eu gostaria de poder viver aquela canção. Eu gostaria de poder sumir deste momento e desta sala. Sumir desta família. Sumir desta vida.

Eu observo Chachu. Os punhos abrindo. Fechando.

Fechados.

Chachu é a única razão de eu estar aqui.

Eu tinha seis anos quando um terremoto atingiu meu vilarejo no Paquistão. Chachu dirigiu por dois dias, desde Karachi, porque os voos para a região norte do Punjab não estavam operando. Quando chegou ao vilarejo, ele engatinhou sobre as ruínas da casa dos meus avós, onde meus pais e eu morávamos também. Ele arrancou as pedras com as próprias mãos. Os homens da defesa civil disseram que era inútil.

A palma de suas mãos sangrava. As unhas foram arrancadas. Todos estavam mortos. Mas Chachu continuou escavando. Ele me ouviu chorar, presa em um armário. E me tirou de lá. Me levou para o hospital e não saiu do meu lado.

Este é Chachu. Ele me salvou.

Ele me salvou.

Ele me salvou.

— Eu gostaria que você me ouvisse — ele diz quando volto da lembrança. Ele fala mais baixo. — Você nunca me ouve. Por que você não me ouve, Noor? Eu não sou idiota. Eu tive educação. Mas você se acha tão mais esperta, não é? Bom, se você é tão esperta, descubra um jeito de ir para a escola amanhã sem a bicicleta. É evidente que eu não posso confiar em você.

Sigo para o meu quarto. Não acendo a luz. Minhas costas doem. Meus braços. Desfaço as tranças. Parecem tão pesadas que, se eu tivesse uma tesoura por perto, as teria cortado.

Lição de casa. Pense na lição de casa. Tenho que entregar a próxima parte da redação sobre "Uma arte". Hoje é uma noite que pede Veruca Salt, então coloco "Seether" para tocar repetidas vezes, e por um tempo me perco na ira de Nina Gordon e Louise Post, em suas tentativas fracassadas de silenciar a garota interior enquanto ela grita e quebra coisas.

Meu celular vibra.

Salahudin: Ei. O que está fazendo?

> Na cama.

Salahudin: Desculpa! Durma bem.

> Não estou dormindo.
> A redação da sra. Michaels. Não entendo esse poema.

Salahudin: Uma arte? Quer ajuda?

> Sim, se vc puder transplantar o seu cérebro em mim,
> vai ser ótimo.

Salahudin: Claro que posso. Só não tenho certeza se vc quer estar no meu cérebro, haha.

> Como assim? Pensamentos impuros?

Tão logo digito isso, quero apagar. Três pontinhos piscam por uma eternidade e me obrigo a não escrever mais nada, porque só vai piorar as coisas. *Por favor ignore*, eu penso. *Por favor.*

Salahudin: Onde vc parou na redação?

> Na primeira frase. Hahaha. Brincadeira.
> Na verdade não.

Salahudin: OK, td q vc escreveu sobre a vida da Elizabeth Bishop estava bom. Vc tem que analisar o poema agora.

> Que tal esta análise: Não perca todas as suas coisas, Lizzie.

Salahudin: 😒 Sim, o poema fala sobre perdas. Começa com objetos, certo? Porque eles são fáceis de perder. Pense em todas as merdas q eu perco.

> Bhondthar-eh-ah!

Era assim que tia Misbah chamava Salahudin quando ele esquecia a jaqueta, o celular ou as chaves. Não tem tradução. Mas é como dizer: "Sua cabeça não funciona!"

Salahudin: Ama não estava errada. Bishop está falando da dor. Tipo, quando as coisas vão mal por um longo tempo, perder acaba virando um hábito. Vc pode argumentar que ela está dando um aviso. Está dizendo q, depois que vc se acostuma a perder, começa a perder coisas maiores. Casas, pessoas. Etc. Quanto mais vc perde, mais alto o custo.

Releio o poema. Entendo o que Salahudin quer dizer. Mas talvez Bishop não esteja nos dando um aviso. Talvez ela queira que pratiquemos o perder. Porque uma perda pode ser algo bom. Pode salvar você.

Quando Salahudin e eu estávamos na quarta série, ele veio à minha casa para ver um filme. Chachu estava gritando com Brooke na cozinha. Salahudin ficava olhando para a porta da cozinha e depois para mim. Eu odiava quando ele fazia isso, porque ele não compreendia. Ele não se dava conta de que, mesmo quando os adultos na sua vida estavam gritando, você ainda podia ver um filme engraçado com coelhos falantes. Você podia se deixar levar por ele, se realmente quisesse.

Elizabeth Bishop perdeu um monte de coisas. Chaves e casas, a namorada. Ela viu a verdade a respeito da perda. Ela aprendeu que, quanto mais você perde, melhor fica nesse negócio. Quanto melhor você fica, menor é a dor.

Fecho meu notebook. Não há necessidade de escrever essa redação. Não vou entrar na UCLA. Não vou escapar de Juniper.

Salahudin: Noor?

Estou pensando em uma resposta quando ele liga.

— Você está bem?
— Aham. Tudo bem.
— Noor, você está chorando? Quer que eu dê uma passada aí? O que aconteceu?

Enxugo o rosto. Minha voz treme. Às vezes eu odeio ser humana.

— Não venha — digo. — Estou bem.

— É a redação? A sra. Michaels te adora, tenho certeza que ela...

— Eu fui rejeitada por seis faculdades, Salahudin — declaro, pois é a explicação mais fácil. — Nunca vou sair de Juniper.

— Noor — ele diz após um longo momento em silêncio. — Por que você está chorando?

Porque está doendo, tenho vontade de dizer. *Minhas costas doem. Minha cabeça dói. Porque estou com medo.*

— Preciso desligar — digo. — Está acabando a bateria.

Interrompo a ligação. Desligo o celular. Apago a luz. Por um tempo, fico deitada em silêncio. Mas tem tanta coisa na minha cabeça. Então coloco os fones de ouvido, ouço os tiros disparados no início de "My Life" e deixo o The Game me falar da minha dor.

CAPÍTULO 21

Sal

Tentar fazer Noor falar sobre seus sentimentos é quase tão fácil quanto tentar tirar dinheiro de tio Faisal.

— Você desligou na minha cara, Noor. — O pátio se enche à nossa volta e eu baixo a voz. Tenho cinco minutos entre inglês e trigonometria para fazê-la falar... e só vou vê-la de novo depois da escola. A essa altura ela vai ter mudado de assunto incansavelmente até eu ter vontade de pular de um penhasco dando um mortal.

— Eu avisei que a bateria estava acabando.

— Você estava chorando. Por quê?

— Não quero acabar na faculdade comunitária de Juniper. — O brilho escuro de seus olhos está quase perdido nas sombras arroxeadas abaixo deles. Mesmo com a maquiagem, posso dizer que ela não pregou o olho. — Sou uma esnobe. E, quando a Jamie descobrir, vai acabar comigo.

— Você ainda não teve um retorno da UCLA. Nunca se sabe...

Meu celular não rastreável vibra — mas eu o ignoro. Desde que comecei a vender para Art, percebi por que ele ficou tão entusiasmado comigo assumindo o território dele na escola. É um trabalho que não acaba — e eu faço tudo enquanto ele arrecada seus trinta por cento.

— Não tenho chance nenhuma de entrar na UCLA — diz Noor. — Tive que escrever várias redações diferentes para a inscrição, e, quando começava a escrever, já estava muito cansada. Mal olhei as perguntas. Em uma delas, falei da loja de bebidas, do chá com a tia Misbah e de música. *Música*, Salahudin.

— Você escreveu sobre o Chai-kovsky?

— Impressão minha ou você fez uma piadinha de vô no meio da minha crise nervosa?

— Você me obrigou a isso. De qualquer maneira, chá e música não é tão ruim...

— Estou tentando o departamento de biologia.

Merda.

— Certo... É, isso não é tão bom. Mas não dá para voltar atrás, então espere aca-*Bach*...

— Paaaara. — Ela tenta me acertar com a mochila e eu me esquivo com um pulo.

— Tudo bem, tudo bem — digo. — Me mande a redação da UCLA. Estou falando sério. Aposto que está ótima.

Meu celular vibra de novo, e Noor se afasta de mim.

— Melhor você atender. Talvez seja o seu pai. Ah, você me daria uma carona depois da escola? Minha bicicleta... quebrou.

— Sim — respondo, antes de me dar conta de que ela driblou inteligentemente as minhas perguntas. — Noor...

Mas ela já saiu em direção ao ginásio, e, embora eu pareça um idiota imóvel no pátio tentando dar uma última olhada nela, acaba valendo a pena quando Noor sorri para mim sobre o ombro.

— Belo trampo você descolou, Sal. — Jamie Jensen se afasta dos amigos e caminha ao meu lado. Ela é muito mais baixa e eu estou atrasado para a aula de trigonometria, então logo ela está correndo para me acompanhar. Acho isso estranhamente gratificante. — Normalmente eu compro do Art. Mas ele disse...

— Não vou vender para você, Jamie.

Ela dá um passo para trás, como se tivesse levado um tapa. Fico pensando que raramente ela ouve "não".

— Você quer ganhar dinheiro, certo? O meu é tão bom quanto o de qualquer outra pessoa.

— Não acho.

— Justo quando estou querendo comprar uma quantidade que dê para um mês.

Um mês de Adderall vai me render uns duzentos ou trezentos dólares, mesmo depois de Art descontar a parte dele. Já consegui juntar mais de dois mil dólares. Mas o First Union tem me ligado duas vezes por dia. Eles querem o dinheiro, e eu ainda não tenho tudo.

Jamie sente a minha indecisão.

— Eu coloco mais uma grana em cima.

Faço um cálculo rápido de cabeça. Temos um novo hóspede semanal — um dos colegas de trabalho de Curtis. Estou perto. O dinheiro de Jamie poderia me deixar bem mesmo.

Ela está sorrindo. Satisfeita. Como se conseguisse perceber quanto eu preciso disso.

— Me encontre...

— Nah. — Eu caminho um pouco mais rápido. — Vá buscar a sua dose em outro lugar.

— O que a sua namorada acha disso? — pergunta Jamie, e eu penso naquele filme antigo, *Tubarão*, quando o animal ataca e você só enxerga barbatanas e presas. Os dentes de Jamie são mais bonitos. No entanto, quando ela abre um sorriso largo, o efeito é o mesmo. — Será que eu devo contar para ela sobre a sua operação? Ou, espera... Ela está com você nessa? Vendendo lá na loja de bebidas?

Uma vida inteira lidando com hóspedes no motel que casualmente pedem camisinhas ou cinco latas de presunto me ensinou a manter uma expressão absolutamente impassível. Então Jamie ataca de um ângulo diferente.

— Não sei por que ela anda tão mal-humorada ultimamente. — Jamie me olha de um jeito ardiloso. — Ela conseguiu entrar nas faculdades que queria.

Seguro a risada. Noor diz que Jamie daria uma boa política — mas eu discordo. Ela é tosca demais para ser verdadeiramente manipuladora.

— Cai fora, Sherlock.

— Para qual universidade ela vai? — questiona Jamie. Sua petulância me faz perder a calma. O funeral de Ama cruza minha mente, os momentos em que ela foi baixada para a terra e meu abu se agarrou ao caixão, gemendo: "Vapas dey dey". *Traga ela de volta.*

Como pode existir um momento como aquele no mesmo mundo que a mesquinharia da Jamie? O abismo entre eles é tão vasto que não faz sentido.

— O que tem de errado com você? — Paro do lado de fora da sala de trigonometria e dou toda a minha atenção a Jamie. — Ela nunca te fez nada. Por que você odeia a Noor?

— Ela merece saber que você é um trafic...

— Diga a ela o que quiser. Ela não presta muita atenção em você de qualquer jeito.

Bato a porta da sala de aula na cara de Jamie. Tento esquecê-la.

Mas sua ameaça me corrói por dentro.

⁂

Quando encontro Noor no carro depois da escola, tenho dezenas de mensagens no meu celular que me dizem que vou ter uma noite lucrativa. Mas aprendi a lição. Eu o desligo.

— Você parece contente — diz Noor quando dou partida.

Quero contar a ela o alívio que foi pagar a conta de telefone e comprar um carrinho cheio de mantimentos, com leite, maçã e morango.

Um monte de garotos na Juniper High tem problemas financeiros. Nesta cidade, ou seus pais trabalham na base militar e vivem bem, como os pais do Art e da Jamie, ou não, e então se viram como podem. Há um meio-termo aí, mas não muito.

Mas ninguém fala sobre pagar contas ou comprar ovos. No fim, a maioria dos garotos da escola pode contar com um telhado sobre a cabeça.

Vai ver tudo isso é só aparência. Talvez existam outros garotos como eu, tentando preparar um jantar legítimo com arroz e lal mirch e sabendo que, se falarem sobre isso, vão se sentir mais esquisitos ainda.

— Estou contente porque estou com você — digo em resposta ao comentário de Noor. Imagino que seja melhor do que *Estou feliz porque consigo pagar a gasolina, uhuu.*

Mas o silêncio incômodo que toma conta do carro me dá vontade de me dissolver no assento.

Noor parece sobressaltada — provavelmente porque pensa que lhe dei uma cantada. E nem foi uma cantada inteligente.

Agora, foi ela quem fez aquele comentário sobre pensamentos impuros na noite passada. O que me fez pensar se *ela* estava com pensamentos impuros. Sobre mim.

— Salahudin? — Ela acena com a mão na frente do meu rosto enquanto saio do estacionamento da escola. — Um tostão pelos seus pensamentos...

Eles são muito, super, extremamente impuros, e a maioria é sobre te beijar.

— Hum... — Minha voz soa forçada e esquisita. Limpo a garganta. — Quer que eu te deixe em casa?

— Na loja. — Quando ela vai pegar o cinto de segurança, sua expressão é de dor. A cor se esvai de suas faces, uma coisa sobre a qual já li, mas nunca tinha visto acontecer com um ser humano real.

— Noor? — chamo. — Você está bem?

— Sete universidades. Seis recusas. — Ela pesca o celular da mochila. — Nós já falamos sobre isso. Ei, vou colocar uma música para você.

Noor me deixa mudar de assunto quando eu não quero falar sobre algo. Talvez eu deva deixá-la fazer o mesmo.

Ou talvez esse seja o problema entre nós. Talvez, quando ela disse "Estou apaixonada por você", eu devesse ter percebido como ela estava aterrorizada por desnudar sua alma. E talvez, quando tentou me beijar, ela devesse ter sentido como eu tinha medo de ter alguém tão próximo.

Talvez assim nós compreendêssemos um ao outro.

— Eu sei que tem alguma coisa errada e que não é só o lance das universidades — insisto.

Ela se vira lentamente para mim. Há um apelo em seus olhos, mas não sei se ela quer se aprofundar no assunto ou deixar passar.

Paro o carro junto ao meio-fio, em silêncio, enquanto o tráfego passa por nós. O vento sacode o Civic entre seus dentes.

— Noor. — Seguro a mão dela na minha, lenta e cuidadosamente. — Fala comigo.

Como é possível conhecer uma pessoa por anos e ainda assim não saber o que se passa com ela? Quero mergulhar nos redemoinhos e turbilhões do seu oceano. Quero compreendê-la. Mas isso só vai ser possível se ela permitir.

Ela não permite.

— É o lance das universidades. — Noor tira a mão da minha. — De verdade. Vamos — ela diz em uma voz que não é sua. É a Noor dobrada e amassada até não passar de uma coisa amarrotada e cansada.

Saio novamente com o carro. Após um minuto, Noor liga o celular. A canção que enche o carro é velha — mais velha que nós dois. "Shiver", do Coldplay, um cara lamentando o fato de ser invisível para a pessoa que ele ama.

Olho de relance para Noor, mas ela está olhando pela janela.

Estou vendo você, quero dizer. *Eu estou. Mas não você inteira.*

O que eu não vejo, Noor?

O que você está escondendo?

⁐

Depois de deixar Noor, pego um frasco de comprimidos e um pouco das drogas mais pesadas que Art me passou alguns dias atrás.

Heroína, penso enquanto retiro dois saquinhos do galpão onde as deixo. *Chame pelo nome certo.*

Os saquinhos vão para o bolso onde eu costumava manter meu diário — relegado ao fundo da gaveta de meias. Uma vez li que Teddy Roosevelt parou de escrever no diário durante as piores fases de sua vida. Talvez ele se sentisse como eu — como se escrever sobre as preocupações e o medo os tornasse mais afiados, limando as bordas até que eles pudessem cortar como uma faca.

Mergulho no trabalho e, quase quatrocentos dólares mais tarde, chego em casa e encontro todas as luzes do motel apagadas. Abu deve ter desmaiado de tanto beber.

Ou talvez ele ainda esteja bebendo e não esteja nem aí. De qualquer maneira, perdemos três horas de negócios porque ele não se importou de ligar os luminosos.

Saio do carro e corro para destrancar o escritório. Só quando acendi todas as luzes vejo a figura pálida decorando o banco no jardim da frente. Ashlee olha sobre o ombro e acena pela janela do escritório.

Quando saio, ela dá um tapinha no lugar ao seu lado. Não me sento.

— Você passou e nem me viu — ela murmura.

— O que está fazendo aqui, Ashlee?

— Os negócios estão te segurando até tarde? — Ela ergue uma sobrancelha.

— Você falou com o Art?

Ela me lança um olhar de reprovação.

— Eu teria emprestado dinheiro para você, Sal. Ou a minha mãe teria. Eu adoro o Art, mas ele é um idiota.

— Eu não teria aceitado o seu dinheiro.

— Por quê? Você é... era... meu namorado. — Não tenho resposta para isso. Ela tem um calafrio.

— Vamos. — Eu destranco a porta do escritório. Ashlee não está usando casaco, e as noites ainda estão frias. — Está mais quente lá dentro.

O apartamento está silencioso como um mausoléu, e tão ausente de vida quanto. Por um segundo, sou tomado pelo terror. Imagens inundam minha mente: Abu no acostamento da estrada, atingido por um carro. Abu desfalecido para sempre.

— O seu pai saiu para dar uma caminhada — diz Ashlee. — Uns minutos depois que eu cheguei. — Ela avança de lado em minha direção. — O que talvez não seja uma coisa ruim para nós dois...

Ela pega em minha cintura e eu refugo imediatamente, como se uma cobra tivesse caído de repente sobre mim.

Ashlee baixa os braços, corando.

— Tudo bem.

— Desculpa. Não é você... Eu só...

Ela se joga na cadeira do escritório, fazendo uma careta quando o cóccix atinge o couro.

— Está tudo bem — diz. — Eu... Minhas costas doem o tempo todo. E... eu estou com saudade de você. Te mandei uma mensagem sobre o novo número de *Saga* e você nem respondeu.

— Tem um lance na minha religião — argumento. — Depois que uma pessoa morre, você fica de luto por três dias. Então você deve seguir com a sua vida. Depois de quarenta dias, você lê o Alcorão para essa pessoa. Isso é tudo que você precisa fazer quando está de luto. — Dou de ombros. — Não sei por que estou te contando isso.

— Porque você queria dar um tempo — ela diz. — Eu entendo. — O celular dela acende e, quando Ashlee lê a mensagem, dá um suspiro. — A Kaya não quer dormir. Preciso ir embora. — Ela tira oitenta dólares do bolso. — Me ajuda? Minha médica precisa me dar uma receita, mas ela está de férias.

— O que o Gato Mentiroso diria sobre isso? — Faço uma referência ao personagem de *Saga* famoso por descobrir mentiras.

Ashlee revira os olhos e enfia as mãos nos meus bolsos, ignorando meu recuo enquanto busca o que quer. Ela fica com dois comprimidos e devolve o resto.

— Ashlee...

— Estou com dor, Sal — ela diz. — Não seja malvado.

— Bom, não beba quando tomar essa merda. Nem misture com qualquer outra coisa.

— Você está me educando sobre o uso das minhas drogas agora? — Ashlee ri. — Há um mês você achava que Oxy era *boxe* escrito errado. — Ela me passa o dinheiro e me manda um beijo. — Vamos dar uma volta um dia desses. Prometo que me comporto.

Enquanto o Mustang volta à vida com um rosnado e Ashlee arranca, eu me sinto doente. Tudo isso — vender os remédios da Ama. Vender a merda que o Art me passa. É errado. Vender para a minha ex-namorada, que tem uma filha, é errado além da conta. Se alguma coisa acontecer com ela... Se Kaya acabar ficando órfã por minha causa...

Ela vai ficar bem, digo a mim mesmo. Enfio o dinheiro em um envelope. Faltam mil e seiscentos dólares para pagar o First Union. Mais alguns dias, se eu tiver sorte. Uma semana, no máximo.

— E depois disso deu para mim — digo em voz alta. Como se, ao fazer isso, eu o tornasse verdade.

CAPÍTULO 22

Misbah

Julho, antes

Esperei dar meio-dia antes de ligar para a casa de Junaid, mas chamou até cair. Talvez ele tivesse se atrasado no mercado. Ou ficado doente.

A batida soou em minha porta enquanto eu calçava os sapatos. Um garoto de sandálias empoeiradas esperava na rua.

— Baji, chethi ah... koi pehrei khabar eh! — Irmã mais velha, venha rápido... uma coisa terrível aconteceu. *Ele seguiu falando, rápido demais para que eu compreendesse alguma coisa, tirando uma palavra:*

Bijli. Eletricidade.

Enquanto eu corria escada abaixo e para dentro de um riquixá, meu coração batia como um dhol de casamento. O aglomerado de fios elétricos dependurados acima do nosso apartamento estava dando choque. Eu dizia a Toufiq mil vezes para ter cuidado quando ele se sentava na varanda com Baba e Junaid.

A rua da casa de Junaid estava tomada de gente e tinha uma ambulância. Mesmo a trinta metros, eu sentia o cheiro de carne queimada.

Um inspetor de polícia — que trabalhava com Junaid — veio me encontrar. Ele me disse que, segundo os relatos, Nargis havia chegado em casa de madrugada. Ela foi para a varanda. Junaid tentou fazê-la sair de lá, temendo que ela fosse eletrocutada. Ela o xingou e tropeçou em um fio desencapado que estava solto ali.

Ele a agarrou, tentando salvá-la. A corrente pegou os dois.

Por horas, me perguntei como contar a Toufiq. De maneira egoísta, desejei que meu pai estivesse comigo para que ele pudesse dar a notícia. Mas ele estava visitando amigos em Rawalpindi.

No fim, não consegui reunir coragem para contar a Toufiq por telefone. Esperei que ele chegasse em casa. Ele era sempre tão calmo. Calado. Controlado. Mas, quando ouviu a notícia, ele segurou a cabeça entre as mãos e chorou.

— Não por mim, veja bem — ele disse depois de um longo momento. — Mas por ela. Por ele. Porque eu não pude salvá-los.

Nós os enterramos mais tarde naquele dia, de acordo com o costume islâmico. Aquela noite foi a primeira vez que vi Toufiq se perder na bebida.

Mas não a última.

CAPÍTULO 23
Noor

Abril, agora

A sra. Michaels me passa o F em silêncio. Fico esperando que ela esteja brava. Que faça disso um grande problema.

Mas não. Ela chama o próximo aluno para ir buscar sua redação. Eu caminho de volta para minha mesa.

Estou nos Estados Unidos há doze anos. Este é o meu primeiro F. Talvez ele vá explodir. Saltar da página e me morder. Abrir um buraco na minha mesa.

Mas apenas fica ali, feio e vermelho.

Jamie, sentada à minha frente, olha de relance para ele, as sobrancelhas loiras praticamente na raiz do cabelo. Ela não esconde a risadinha.

Do outro lado da sala, Salahudin tenta atrair meu olhar. Desenho triângulos nas margens do papel. As coisas estão esquisitas desde que desliguei na cara dele, duas semanas atrás. Não importa quantas vezes eu diga a ele que estou enlouquecida com a questão das universidades, ele não acredita.

Não olhe para ele. Tão logo penso isso, eu o olho de relance. Meu pescoço fica quente. A cabeça de Salahudin está um pouco inclinada, o cabelo escuro caindo sobre o rosto. Daqui, seus olhos castanhos parecem pretos. Ele está me encarando. Como se tivesse alguma coisa que quisesse me dizer. Ele passa a caneta de um dedo para o outro com uma proficiência injustamente sexy. Rio de mim mesma. *É só uma caneta,*

Noor. Ele não está sorrindo, mas isso só faz chamar minha atenção para sua boca.

O que não ajuda em nada.

Quero desviar o olhar, mas não consigo. Sinto meus dedos esquisitos. Formigando. Eu o imagino me observando desse jeito quando estamos sozinhos em algum lugar. A caneta caindo, e suas mãos hábeis no meu corpo em vez disso. Aquela boca...

Deixo o cabelo cair sobre o rosto. *Pare*. Encontro seu olhar de novo. O que ele está pensando?

Não o que você deseja que ele esteja pensando, Noor.

Jamie percebeu.

— Arranjem um quarto. — Ela faz um ruído de ânsia de vômito e então, de maneira que só eu possa ouvir: — Talvez no motelzinho dele.

— Vá pro inferno, Jamie. — A sala fica em silêncio bem quando falo isso.

Ela inspira, ofegante.

— Não *acredito*...

— Por favor, abram na página 233 do livro. — A sra. Michaels me lança um olhar de aviso. — *Medeia*, de Eurípides. Uma obra-prima trágica do século V antes de Cristo. Adaptada pelo grande poeta norte-americano Robinson Jeffers. Nós vamos ler em voz alta hoje...

Diante da revolta coletiva, ela ergue as mãos.

— Ou vocês podem me entregar uma redação de três páginas amanhã sobre como Eurípides representava os papéis de gênero por meio dos solilóquios de Medeia. Quem topa?

Ninguém se mexe. Ou diz algo. A sra. Michaels distribui as falas. *Não me dê uma*, penso. *Não faça isso, sra. Michaels.*

— Noor — ela diz. — Você vai fazer a parte do coro.

Ela sabe que eu odeio representar. Desde o primário. Eu mal conseguia pronunciar as palavras naquela época. Quando o professor me fazia ler em voz alta, todos na aula reclamavam. *Qualquer um menos ela.*

Isso é o que eu ganho por ter mandado a Jamie ir para o inferno. Por ter ido mal na redação.

Começamos a ler a peça. Ela talvez apareça na prova final, e essa prova vale metade da nota. Então eu presto atenção. Desde o dia em que pisei em uma escola norte-americana, jamais deixei de prestar atenção. Jamais deixei de dar o meu melhor.

Mas o medo me corrói. Um terror na alma de que, não importa quão bem eu vá, nunca vou escapar de Juniper.

— Noor?

Procuro apressadamente minha parte na peça.

— "Honrada e antiga criada de uma grande casa" — eu leio. — "Acha sábio deixar sua senhora sozinha lá, exceto talvez por alguns escravos, construindo aquela terrível acrópole de pensamentos mortais? Nós, gregos, acreditamos que a solidão é muito perigosa, grandes paixões crescem... crescem..."

Eu paro. Talvez a sra. Michaels tenha me designado essa parte de propósito. Talvez ela saiba algo que eu não quero que ela saiba.

Para de ser paranoica, Noor.

Todos me encaram, então finjo tossir e continuo.

— "Grandes paixões crescem e tornam-se monstros na escuridão da mente; mas, se você compartilhá-las com amigos amorosos, elas seguem humanas e podem ser suportadas."

Esqueça suportar. Eu quero escapar. Quero cair fora de Juniper. Eu sou a única que pode fazer isso acontecer. E estou tão perto de fracassar.

Foda-se Eurípides. Foda-se a sra. Michaels. Fodam-se essa peça idiota e todas as faculdades que me recusaram. Eu quero gritar. Virar uma mesa. Quebrar uma cadeira.

Você é melhor do que este lugar. Mais do que este lugar. Tento me ater a essas palavras, mas elas se dissolvem no escuro, como a minha família, como o meu passado, como o meu futuro. Tudo que resta é o medo.

O mundo se fecha. A voz da sra. Michaels fica distante. Tudo se reduz a um ponto. As palavras na página — palavras que eu deveria estar lendo — se tornam borrões.

Algumas pessoas querem que os colegas de classe se lembrem delas no futuro. Eu quero desaparecer da memória de Juniper. Mas eu conheço esses imbecis. As pessoas ainda falam sobre como Billy Cunningham cagou na calça na quarta série. Se não me recuperar agora mesmo, vou ser a órfã marrom que caiu inconsciente depois de bater a cabeça na quina da mesa no último ano.

Preciso de música. Algo para me trazer de volta. Karen O gritando em seu cover de "Immigrant Song". A melodia flui na minha cabeça. Não consigo respirar. Tento sussurrar a letra. Não é o suficiente.

Então o alarme de incêndio ecoa, estridente.

Viro a cabeça na direção de Salahudin. A alavanca do alarme vermelho atrás dele está baixada.

— Todos façam fila! — grita a sra. Michaels. — Saiam sem bagunça!

Ela não precisa falar duas vezes. A sala se esvazia em segundos, e então uma mão grande e quente massageia minhas costas.

— Ei. Respire fundo. Cinco segundos inspirando, sete expirando. — Salahudin baixa a voz. — Diga que sentiu cheiro de gás. Pode ser? Senão estou ferrado.

— Noor. — A sra. Michaels não está com pressa nenhuma de sair da sala, e está olhando para Salahudin de maneira suspeita. — Você está bem? Eu sei que Eurípides pode ser deprimente, mas...

— Eu... senti cheiro de alguma coisa... hum, tipo gás?

Ela aperta os lábios enquanto olha de Salahudin para mim.

— Por que você não falou nada antes de acionar o alarme, Sal?

— O cheiro era tão forte — diz Salahudin, e me surpreendo com a facilidade com que ele mente. — Achei que a sala toda poderia apagar antes de termos uma chance. Eu entrei em pânico.

Ele não parece em pânico. O fato é que ele nunca parece.

A sra. Michaels suspira.

— Acionar um alarme de incêndio sem motivo é uma contravenção...

— Eu não toquei para fazer mer... de brincadeira, sra. Michaels — diz Salahudin. — Eu senti o cheiro de alguma coisa esquisita e estava ficando zonzo. A Noor definitivamente parecia zonza. Talvez seja melhor a gente sair daqui. — O alarme ainda toca, estridente, e as vozes no corredor ficam mais altas.

A sra. Michaels — sem pressa alguma — nos encara, séria.

— Sal — ela diz. — Você escreveu aquela história? Para o concurso?

Salahudin suspira.

— Vou começar a trabalhar nisso agora mesmo.

— Que bom. — Ela fareja o ar. — Agora que você mencionou, acho que estou sentindo cheiro de gás também. Vou falar para o diretor Ernst. — E segue em direção à porta. Não é por acaso que ela é a minha professora favorita.

Meus joelhos tremem quando fico de pé. Mais dois segundos e eu estaria bem. Mas o braço de Salahudin me envolve. Nosso corpo se toca. Nossa coxa. Quadril. Até o ombro. Eu me encaixo bem debaixo do seu braço.

Ele está quente, embora tenha esquecido o casaco de novo. A sra. Michaels diz para nos apressarmos. Não quero me mexer. Parece quase com o abraço de algumas semanas atrás.

Então não digo a ele que posso caminhar sem problemas.

O Prédio M está tomado de alunos. Ninguém parece preocupado com o fato de haver uma evacuação de incêndio não planejada. Quando estamos lá fora, a sra. Michaels manobra a cadeira de rodas para ficar de frente para mim.

— Salahudin — ela diz. — Preciso de um momento com a Noor, se você não se importa.

Não quero que ele me solte. Mas ele solta e espera recostado em uma parede a alguns metros de distância.

— Longe de mim fazer suposições — diz a sra. Michaels, em voz baixa. — Mas você não parecia bem ali. Isso tem alguma coisa a ver com a nota da sua redação?

— Não, sra. Michaels.

As sirenes tocam a distância. O diretor Ernst abre caminho através de um grupo de estudantes, berrando:

— Esta *não* é uma oportunidade para vocês matarem aula. Quero todos no campo de futebol. O campo de *futebol*, sr. Malik...

— Você pode se recuperar — diz a sra. Michaels. Nós passamos em meio aos estudantes. — Eu só entrego as notas finais depois que os resultados da última prova voltarem, no verão. Se você passar nessa prova, isso significa um A automático da minha parte. Eu sei que a universidade é importante para você. Já... teve alguma notícia?

A terra parece tremer de novo. Eu me forço a respirar.

— Nada ainda — respondo.

— Compreendo. O seu tio... Ele apoia você, Noor? A sua vida em família... — As unhas cor-de-rosa dela tamborilam no apoio para o braço na cadeira de rodas. — Tem alguma coisa sobre a qual você gostaria de conversar? — Ela examina meu rosto.

Balanço a cabeça.

— Obrigada por me fazer sentir melhor quanto à redação.

Ela anui e seus ombros relaxam. Alívio, talvez. Ela vai embora rapidamente depois disso. Nenhum olhar de relance para trás. Como se estivesse preocupada que eu mudasse de ideia. Como se, caso ela ficasse por tempo demais, eu pudesse dizer algo que ela não quer ouvir.

CAPÍTULO 24

Sal

Meu truque com o alarme de incêndio significa horas passadas na sala de Ernst, tentando convencê-lo a não chamar a polícia.

Quando ele finalmente me libera, já perdi o almoço. Mas valeu a pena. Sinto uma pontada no peito ao pensar em como as mãos de Noor tremiam quando ela estava lendo a peça. Se soar um alarme estúpido a tirou de qualquer que fosse o inferno em que ela se encontrava, que assim seja.

Depois da escola, estou caminhando apressado para o meu carro quando Art me para do nada.

— Sal! — ele grita. — Ei, já que somos parceiros de negócios agora, por que não vemos *Breaking Bad* juntos hoje à noite? A gente podia maratonar a série.

Eu o cutuco com a minha mochila. Darth Derek está à espreita ali por perto. Art não baixa nem um pouco a voz.

— De repente a gente tira umas ideias — diz ele — sobre como expandir.

— Art, eu vou trabalhar para você até o motel se recuperar. Depois disso, estou fora.

— Tudo bem — ele responde. — Mas, se está esperando que o seu pai saia da merda em que se enfiou, isso não vai acontecer. Qualquer que seja o problema que ele tem agora, ainda vai ter daqui a vinte anos. Porque, se você não basta para fazer o cara mudar, então ele não vai mudar nunca.

A profundidade ocasional de Art sempre me surpreende, especialmente considerando quanto de seu próprio produto ele experimenta.

— Você tem planos com a sua garota? — Art meneia as sobrancelhas e aponta para o lugar onde Noor está recostada, contra a lateral do meu carro, seu rosto sombreado pelo capuz.

Desde que sua bicicleta quebrou, tenho dado carona para ela entre a escola e o hospital. O resto do dia sempre parece um filme mudo em sépia comparado com a vibração daqueles minutos com Noor, enquanto ela explica a letra de uma canção do London Grammar ou discute sobre o motivo de os sistemas de mágica em meus programas favoritos não fazerem sentido.

Às vezes eu me imagino contando a Noor que estou me apaixonando por ela. Mas então a ouço dizendo: *Já superei você*. Ao pensar nisso, a terra estremece debaixo dos meus pés, e sinto como se estivesse sendo jogado para o espaço.

— Ela não é minha garota — digo para Art, esperando que ele vá embora. Se Noor me vir com ele, vai fazer mais perguntas.

— Ah, fala sério. — Art me cutuca com o cotovelo. — Ela é gostosa. Daquele jeito eu-sou-tímida-mas-vou-chutar-a-sua-bunda-se-você-me-olhar-torto. Se você não está interessado... quem sabe possa me dizer qual é a dela...

Lanço um olhar mortal para Art e ele se afasta com um sorriso largo.

— Eu sabia que você estava a fim dela — ele dá uma risadinha. — Conte para a Noor. Ela é inteligente, certo? Vai deixar você comendo poeira quando for para a universidade. Você bem que podia...

— Ela está bem ali — digo entre os dentes cerrados. — Você pode calar a boca?

Noor já está olhando de mim para Art, seu olhar se estreitando. *Merda*. Ela sabe que não há um bom motivo para estarmos andando juntos.

— Cai fora — sibilo, e Art me deixa com um olhar malicioso revoltante.

— O que foi aquilo? — Noor olha para Art como se ele fosse um bandido prestes a atacá-la.

— Você não vai querer saber. Estou morrendo de fome. Você não trabalha hoje na loja, né? Thurber's?

— Uma batata frita bem sequinha seria uma boa. — Ela se ajeita no banco do passageiro. — Mas eu pago — acrescenta. — Te devo uma. Por hoje.

— Você não me deve nada — rebato. — Se não fosse por você... — *Eu não teria sobrevivido aos últimos dois meses e meio.*

— Você não teria precisado passar o almoço convencendo o Ernst a não mandar te prender. — Ela balança a cabeça, mas está sorrindo. — Não acredito que você fez aquilo.

— Só estou tentando emular todos aqueles heróis dramáticos paquistaneses por quem você e Ama são obcecadas.

Ela revira os olhos.

— Por favor. Você jamais chegaria aos pés de Saif Ilyaas em *Dilan dey Soudeh*...

— Nããão. — Tapo os ouvidos com as mãos e dirijo com os joelhos. — Não comece com Saif Ilyaas e o abdome dele, *por favor...*

O Thurber's está lotado, mas consigo uma mesa enquanto Noor compra a comida: sanduíche de rosbife para ela e um vegetariano para mim. Ama era rígida quanto a seguir o halal, e me sinto culpado em quebrar o hábito.

— Ahh, carne de gato — Noor geme, entusiasmada. — Estava com saudade. — Ela me encara e chuta meu tênis com violência por baixo da mesa. — Isso é por me manter longe do Thurber's.

— Eu não impedi você de vir aqui.

— *Você* veio depois da Briga?

— Não — admito. — Parecia tão esquisito.

Meu celular não rastreável vibra ligeiramente. Eu o ignorei o dia inteiro, então, quando Noor se levanta para pegar mais refrigerante, dou uma olhada rápida na tela. Um monte de números que não reconheço, e um que identifico. Ashlee.

Ela está pedindo analgésicos de novo. Eu sei que é bobagem subitamente assumir um senso de moral quando você está vendendo veneno para as pessoas. No entanto, quando ela telefonou, eu quis desligar o aparelho, pois ouvi Kaya ao fundo. Ouvi a mãe de Ashlee chamar as duas.

Ao mesmo tempo, a dor de Ashlee é real. E eu preciso do dinheiro. *Ela sabe o que está fazendo*, digo a mim mesmo. *Ela vai ficar bem.*

Ashlee: Olhe para a frente.

Sou arrancado dos meus pensamentos. Ashlee está em uma mesa do outro lado do Thurber's com Kaya e sua mãe, as duas de costas para mim. Quando cruzo o olhar com o seu, ela sorri, e fico impressionado com sua magreza. Como se ela tivesse perdido cinco quilos nos poucos dias desde que nos vimos pela última vez.

Enquanto sua mãe pega Kaya no colo e joga fora o lixo delas, Ashlee gesticula para que eu vá até lá.

Olho para longe, para baixo, para qualquer lugar, menos para Ashlee. Sinto o olhar dela indo de Noor para mim e ergo a cabeça a tempo de vê-la enrijecer. Então ela se levanta e segue sua mãe e Kaya para fora da lanchonete.

Noor me encara, pensativa.

— Da próxima vez, talvez seja bom falar oi.

— Achei que você não gostasse da Ashlee — argumento enquanto Noor termina suas batatas fritas e começa a roubar as minhas.

— Achou errado — ela diz. — Ei, tirei o meu primeiro F hoje. No esboço para a redação sobre "Uma arte".

Eu largo o sanduíche.

— Foi por isso que você ficou mal na aula?

— Não. — E de uma hora para outra Noor parece ter perdido o apetite. — Seis recusas, Salahudin. Graças a Deus Chachu nunca confere a caixa de correio. Se ele fizesse ideia de que estou me candidatando... — Ela estremece. — Não tive notícias da UCLA. Nenhum e-mail. Nenhum envelope. Toda vez que eu tento entrar naquele portal idiota, dá uma mensagem de erro. Provavelmente porque eles encerram as contas de todas as pessoas que são recusadas. Para eles eu não existo mais.

Os olhos de Noor miram ao longe e eu me pergunto se ela está no vilarejo onde sua família morreu, ou com Ama no hospital, ou sozinha na casa de Chachu.

— Você não pode simplesmente desistir.

— *Você* está me dizendo que eu não posso desistir? Como está a sua redação para o concurso, Salahudin?

— É diferente — digo. — Eu tenho que cuidar do motel. De qualquer forma, eu sempre soube que ia estudar na faculdade aqui de Juniper. Depois me transfiro para outra universidade. Mas você precisa cair fora daqui, Noor.

— Eu só tentei sete universidades, mano.

Sorrio para esconder como odeio que ela me chame de mano.

— Na verdade você não teve resposta da UCLA. Você só precisa de um sim.

— Eu me sinto ligeiramente ofendida que você esteja tentando se livrar de mim, Salahudin. Não quer que eu fique por aqui?

— Claro que eu quero que você fique — respondo. — Mas eu te amo demais para... ah...

O rosto dela fica corado.

— Ai, meu Deus — ela sussurra. — Que calor esquisito é esse? Fiquei vermelha? Qual a utilidade de ser marrom se você pode ficar vermelha? Não ficar vermelho é literalmente um dos poucos benefícios que nós temos.

— Não estou vendo nada. — Olho intencionalmente para o teto, embora Noor corada tenha sido uma das melhores coisas que eu já vi, e eu daria um mês da minha vida para testemunhar isso de novo.

Ela cobre o rosto com os dedos.

— Um cavalheiro — diz. — Poupando a minha dignidade. Tudo bem. — Ela baixa as mãos, novamente composta. — Eu sei que você falou como amigo.

— Não é verdade — respondo antes de pensar. Porque eu sou um idiota.

Ou porque estou cansado de tentar controlar tudo. A versão corajosa de mim, aquela que acionou o alarme de incêndio esta manhã, quer que ela saiba como eu me sinto.

Lentamente, de maneira que ela possa recuar se quiser, estendo a mão para a dela. Quando a pego, ela a aperta e fecha os olhos. Noor parece... um pouco feliz. Um pouco infeliz. Mas alguma coisa sobre isso me atinge em cheio no baixo-ventre.

Caramba.

— Você sabe que eu tenho... algumas questões — digo.

— Sim — ela diz. — Nós dois.

— Me conta. Na outra noite, você...

— Você me conta os seus segredos, Salahudin Malik. — Noor abre os olhos. — E eu te conto os meus.

Por um momento deslizo sobre um lago escuro em minha mente, como um pássaro tocando a garra na água apenas para se encolher com o frio de congelar os ossos.

Suo frio, minha pele formiga e eu solto a mão dela. Nós ficamos ali, nos encarando. A comida esquecida. Apenas um palmo entre nós, mas parece o universo inteiro.

CAPÍTULO 25

Noor

Deixando o Thurber's, seguimos para o motel. Um suv cinza familiar está estacionado na entrada.

— Imã Shafiq. — Salahudin encosta a testa na direção. Ele vai ter que esconder o álcool de tio Toufiq. Correr para limpar a casa. Fingir que seu pai não é um bêbado.

Fico inquieta, imaginando a expressão de Salahudin se o imã Shafiq mencionar a conversa que ele e eu tivemos sobre tio Toufiq.

— É melhor eu ir para casa. — Desço do carro e a cabeça de Salahudin aparece do outro lado.

— Não vá — ele sussurra. Khadija está no suv, o vidro abaixado. — Entra por cinco minutos? Distrai o imã? Enquanto eu escondo as... coisas de Abu.

Grandes paixões crescem e tornam-se monstros na escuridão da mente; mas, se você compartilhá-las com amigos amorosos, elas seguem humanas e podem ser suportadas.

— Talvez você não deva limpar a casa ou esconder o seu abu, Salahudin — eu digo. — Talvez o imã Shafiq precise ver isso.

— Ninguém precisa ver isso. — Salahudin sai do carro e pega minha mochila no banco de trás. — Abu seria muito mais fácil de odiar se fosse um cara ruim. Se perdesse a cabeça e quebrasse coisas. Se usasse os punhos, como os bêbados fazem nos filmes.

Sinto o corpo entorpecido diante dessas palavras.

— O imã Shafiq já comandou mesquitas em grandes cidades — eu me forço a dizer. — Ele já lidou com situações piores que o seu pai.

— Asalaam-o-alaikum, pessoal. — Khadija acena do banco do motorista. Ela tem uma pasta enorme aberta no colo.

— Oi — diz Salahudin. — Quer dizer, Walaikum Asalaam, irmã Khadija. Posso... ajudar em algo?

Ela balança a cabeça. Olha entre nós e sorri.

— Shafiq queria ver o seu pai. Ele tinha a intenção de vir depois do funeral, mas ficou envolvido demais no trabalho. Ele está esperando você lá dentro.

Salahudin corre os dedos pelo cabelo. Os fios se arrepiam de um jeito maluco. Quero ajeitá-los. Colocar as mãos em seus ombros. *Algumas coisas estão fora do nosso alcance*, quero dizer. *E talvez por uma boa razão. Talvez você precise pedir ajuda.* Mas me sentiria esquisita fazendo essas coisas na frente de Khadija.

— A questão é — diz Salahudin — que o meu pai provavelmente está... ah...

— Todos nós temos as nossas dificuldades, Salahudin. — Khadija diz o nome dele, mas olha para mim. — Shafiq sabe disso. Ele não está aqui para julgar ninguém.

Não consigo desviar o olhar. Ela está falando com Salahudin. Então por que está me encarando?

O celular de Khadija toca.

— Preciso atender.

Ela se vira e Salahudin olha para mim com cara de pidão.

— Noor...

— Não minta para o imã Shafiq. Ele é um cara legal, Salahudin. E vindo de mim... — A maior parte do tempo eu não gosto de pessoas. Salahudin sabe disso.

Ele pega a minha mochila e passa para mim.

— Se você se sentir mal de novo ou tiver notícias da UCLA, me liga — pede. — Você me disse para não ficar sozinho com os meus pensamentos. Aceite o seu próprio conselho.

A caminhada para casa é curta demais. O carro de Chachu está na frente. Minha bicicleta ainda está acorrentada à grade ao lado da casa.

O sol está se pondo, o céu em um tom róseo que merece uma seção própria no dicionário. Está claro o suficiente para caminhar, então dou a volta no quarteirão, parando ao lado de uma árvore de Josué no deserto vazio ali perto.

Izote de desierto, ela também é chamada. *Adaga do deserto*. Tem um disco do U2 batizado em homenagem a essa árvore. Chachu o pôs para tocar uma vez, quando eu era pequena, e eu gostei tanto que pedi que ele colocasse de novo. Ele se recusou. Escondeu o disco. Quando finalmente consegui meu próprio celular, *The Joshua Tree* foi o primeiro disco que comprei.

Penso no que Khadija disse. *Todos nós temos as nossas dificuldades.* Meus punhos se cerram. Outro hábito que peguei de Chachu. A raiva cresce dentro de mim rápido demais. É como se ela estivesse só esperando em minha mente. No instante em que lhe dou atenção, ela toma conta.

Mas raiva não explica realmente o que eu sinto. Você fica com raiva quando alguém quase te atropela na ciclovia. Fica com raiva quando alguém passa na sua frente na fila do Walmart.

Qual é a palavra para quando alguém bebe tanto que está arruinando a vida do seu melhor amigo? Ou a palavra para um homem tão vingativo a respeito do próprio passado que quer destruir o seu futuro? Qual é a palavra para uma mulher que estava doente fazia meses, mas se recusou a ir ao médico até ser tarde demais? A palavra para a garota na escola cuja missão pessoal é ferrar com a sua cabeça?

Raiva não é a palavra certa.

Ira. Esse é o sentimento que me devora por dentro.

Dou um grito na noite fria. Quase antes de o som nascer, eu o sufoco, tapando a boca com as mãos. Foi tão alto que cheguei a me assustar comigo mesma.

Meu bom senso entra em ação. Eu engarrafo a ira. Enfio-a no fundo da mente. A raiva não vai me ajudar em nada. Não sei nem de quem sinto raiva. Chachu? Tio Toufiq? Jamie? Tia Misbah? Deus?

Eu mesma?

Perdoe, tia Misbah me disse quando estava morrendo. Sua última tentativa de me orientar, de me ajudar. *Perdoe.*

Mas isso não faz sentido para mim.

Perdoar quem, tia Misbah?

Perdoar como?

CAPÍTULO 26

Misbah

Novembro, antes
JUNIPER, CALIFÓRNIA

Meu pai assumiu um cargo no governo da cidade de Quetta quando faltava um ano para eu me matricular na escola. Enquanto o nosso motorista passava por caminhões vividamente pintados nas estradas montanhosas da província de Balochistan, Baba virou-se para mim.
— *Há tantos pomares de maçãs em Quetta, borboletinha — ele disse —, que dá para sentir a doçura no ar. A cidade fica nas nuvens, mil e quinhentos metros acima do mar. Sabia que ela foi completamente destruída no terremoto de 1935?*
— *E foi reconstruída? A cidade toda?*
— *Sim — disse Baba. — Ela ainda está de pé, um testemunho da força da humanidade.*
Quetta era seca e empoeirada no verão, mas as montanhas em volta ficavam cobertas de neve no inverno, uma promessa de algo mais puro. Nós vivemos ali por dois anos apenas, mas eu amava a vista daquelas montanhas.
Lembrei de Quetta aqui, nos Estados Unidos, enquanto Toufiq navegava nosso Honda verde por uma estrada que abraçava o azul rochoso da Sierra Nevada. O vidro do carro estava coberto de gelo. O céu noturno era como o de Quetta também, claro o suficiente para ver a nuvem espessa da galáxia explodindo através dele, iluminando os picos salpicados de neve, dando a eles uma aura sobrenatural.

Baba teria adorado este lugar. Ele chorou quando parti, embora minha mãe tenha ficado impassível. Doeu pensar que nós raramente olharíamos para as mesmas estrelas ao mesmo tempo — se é que um dia faríamos isso de novo.

— Ajeet vai estar lá?

Ajeet Singh havia intermediado a compra do motel. Toufiq o conhecia da universidade. "O motel vai lhe dar uma boa renda caso você tenha dificuldade com o trabalho", ele havia dito.

Ajeet conhecia bem Toufiq.

— Não, mas ele vai nos visitar — disse Toufiq. — Ouvi dizer que há algumas famílias indianas. A base recebe gente o tempo todo. Muitas histórias para você, coração. E o Yosemite não fica tão longe. Nós podemos visitar. Embora eu jamais iria pensar...

... que seria assim. Com seus pais mortos. Tios e tias também. Os primos espalhados por toda parte. Toufiq era um raro paquistanês com família pequena. Ninguém para mantê-lo preso a um lugar que lhe trazia apenas dor. Quando ele conseguiu o emprego de engenheiro na base militar de Juniper, não houve decisão a ser tomada. O Paquistão era o meu lar, mas não o dele. E eu queria vê-lo feliz.

Nós seguimos por uma estrada de pista única por tanto tempo que a linha pontilhada amarela começou a virar um borrão. Depois de horas, Toufiq apontou para um vasto vale escurecido a leste.

— Lá está.

As luzes tremeluziam a distância, alegres contra o deserto vazio à meia-noite que as cercava. Enquanto deixávamos a rodovia e descíamos por um acesso estreito, formações rochosas estranhas erguiam-se à nossa volta. Parecia que estávamos em outro mundo. Meu estômago pulava de empolgação. Era o início de uma nova aventura, do tipo que eu queria vivenciar quando garota.

A cidade parecia quase abandonada, fora um McDonald's onde um carro solitário vadiava. Uma viatura da polícia patrulhava a avenida principal, diminuindo a velocidade quando passamos.

— Ali. — Apontei para uma placa de rua verde castigada pelo tempo ao lado de um estacionamento que dizia MCFINN'S FORD. *— Yucca Avenue.*

Estacionamos ao lado de um conjunto de estruturas baixas. Na frente delas, um muro branco de um metro de altura formava um retângulo em torno de três árvores descoradas e um trecho de grama morta. As árvores estalavam ao vento.

Além do jardim da frente, um prédio baixo com uma ampla janela de vidro tinha uma única luz acesa lá dentro. O restante do motel estava escuro. Um gato nos observava do muro de tijolos, sem medo.

Quando saí do carro, o vento era tão forte que quase arrancou meu hijab. Uma placa grande e apagada reclamava como um velho mal-humorado. YUCAIPA INN MOTEL, dizia.

— A primeira coisa que precisamos fazer — eu disse a Toufiq — é dar um novo nome a este lugar.

Ele tirou a bagagem do porta-malas e espiou a placa de olhos arregalados.

— Por quê?

— Yucaipa fica lá no fim na ordem alfabética — expliquei a ele. — É ruim para os negócios. E nós precisamos de algo melódico. Algo que faça os nossos hóspedes se sentirem bem-vindos.

Toufiq lutou com a fechadura emperrada, e, quando acendemos as luzes internas, encontramos um escritório pequeno, simples, e um apartamento gelado. Um envelope deixado pelo proprietário anterior estava sobre a escrivaninha bamba. O lugar cheirava a pó e sabonete. A cama, no quarto maior dos dois que havia nos fundos, tinha apenas um colchão com uma mancha suspeita.

Tirei um lençol de uma das malas. Tão logo a cama estava feita, Toufiq desabou sobre ela. Ele caiu no sono logo em seguida.

Eu não entendia como ele podia estar cansado. Minha empolgação era tanta que meus pés não chegavam nem a tocar o chão. Corri os dedos ao longo da chaminé de tijolos largos que ecoava com os uivos do vento selvagem. Passei por um quarto pequeno com uma janela que derramaria o sol sobre um berço, caso tivéssemos essa sorte. A cozinha em forma de L tinha um assoalho de linóleo reluzente e um balcão de madeira tão velho que eu poderia gravar minhas iniciais nele com a unha. Havia biscoitos salgados *nos armários e eu mordisquei um, depois besuntei com o mel escuro das abelhas da minha mãe em Lahore.*

O teto estalou ritmicamente sob as patas macias de um animal que o atravessava. Debaixo dele, eu andava de um lado para o outro da minha nova casa, avaliando.

Um nome podia fazer uma pessoa. E podia fazer um lugar também. Pensei em nomes de hotéis que eu já tinha visto. Avari. Pearl Continental. Park Lane. Nenhum deles parecia certo.

Ele veio a mim no meio da noite, na profundeza dos sonhos. Sacudi Toufiq até acordá-lo.

— Clouds' Rest — sussurrei para ele. — Vamos chamá-lo de Clouds' Rest Inn Motel.

CAPÍTULO 27

Sal

Dentro do apartamento, Abu está à mesa de jantar. O imã Shafiq está sentado à sua frente, e eu me sinto aliviado por ter limpado a cozinha hoje de manhã. O cheiro de Pinho Sol quase mascara o fedor de suor e bebida que emana de Abu.

Pelo menos as garrafas estão fora de vista. E ele está sentado direito.

O imã Shafiq assente, me cumprimentando.

— Sente-se, Salahudin. Eu estava dizendo ao seu pai que adoraria vê-lo na masjid. Estou lá nas sextas de manhã também, se vocês quiserem ir quando está menos cheio.

Considerando que dá para contar nos dedos o número de muçulmanos em Juniper, não creio que *cheio* se aplique à nossa mesquita de um cômodo.

— Com certeza — concordo de qualquer forma. — Obrigado.

Meu pai parece inquieto como uma criança de jardim de infância emburrada. É embaraçoso e eu quase abro furos em minhas palmas, tão cerrados estão os meus punhos. Só por uma noite, desejo que ele se comporte como um maldito adulto.

— Quer comer alguma coisa, imã Shafiq, ou... — disparo. Difícil largar um hábito de gerações de anfitriões paquistaneses.

— Eu trouxe karahi — diz Shafiq, me superando em "paquistanice". — Khadija preparou os rotis, então eles estão... com um formato meio indefinido, e não redondos. Mas estão deliciosos. Vou ver se ela quer se juntar a nós.

— Quanto você bebeu? — pergunto a Abu quando Shafiq nos deixa. — Consegue aguentar uma refeição?

— Eu não quero.

— Abu, ele preparou o jantar. — *Que é mais do que o seu rabo bêbado consegue fazer.* Eu não digo isso, mas ele se encolhe diante da minha voz arisca. — O mínimo que você pode fazer é comer.

— Eu não o convidei. — Abu quase sussurra as palavras. Ele não está beligerante. Apenas confuso.

— Vá tomar um banho — peço. Suas mãos tremem e eu crio coragem para pegá-las. Ele ergue a cabeça, sobressaltado. Eu provavelmente o toquei duas vezes nas semanas desde que Ama morreu, e uma vez foi para acordá-lo quando não conseguia encontrar as chaves do carro. — Por favor, Abu... será que você pode pelo menos tentar? O imã e Khadija eram amigos da Ama.

Talvez seja porque eu o estou tocando. Talvez seja o fato de eu ter mencionado Ama. Provavelmente foi porque ele não teve chance de afundar na garrafa. Seus ombros se endireitam. Ele me olha de frente e meus olhos ficam marejados, pois não me lembro da última vez que ele fez isso.

Abu?, quero dizer, como se o homem que se arrastou pela casa nos últimos dois anos fosse um estranho e eu pudesse finalmente expulsá-lo e trazer de volta meu pai de verdade.

Ele aperta minhas mãos.

— Tudo bem. — Então se põe de pé e eu penso no fato de Noor sempre me dizer para conversar com ele. Eu devia ter tentado de novo depois que deu errado da primeira vez. — Vocês podem começar. Eu me junto a vocês daqui a pouco.

Quando o chuveiro já está aberto, Shafiq volta com uma travessa de comida, mas sem Khadija.

— O gabinete do promotor andou mexendo as peças — ele diz. Khadija é defensora pública. — Ela vai voltar para me buscar em breve.

Pego a travessa das mãos dele — ainda está morna e o cheiro é tão bom que quero fugir com ela. Derramá-la inteira goela abaixo enquanto rosno para qualquer um que se aproxime.

Shafiq olha de relance para onde Abu estava sentado.

— Será que assustei o seu pai?

— Nada o assusta. — Pego os rotis de Shafiq e os jogo em uma frigideira para esquentar. — Nem mesmo morrer de cirrose.

Pronto. Falei. Para a minha surpresa, eu me sinto melhor.

Shafiq talvez despreze Abu, ou ache que somos um lixo como muçulmanos. Mas ele está aqui. Ele está à mesa. Vai comer comigo.

Passo manteiga nos rotis, do jeito que Ama fazia, e atacamos a comida. É karahi de cordeiro, pedaços macios de carne se soltando dos ossos em um molho de cominho, tomate, cebola e alho. É a minha primeira refeição verdadeiramente paquistanesa desde o funeral. Quando digo isso a Shafiq, ele sorri e me serve de novo.

— Eu nunca adivinharia. Então... Salahudin...

Sinto que ele está prestes a começar a me perguntar coisas que adultos responsáveis perguntam a garotos irresponsáveis. *Como está a escola? Você conseguiria levar o seu abu à masjid? Você conseguiria fazê-lo buscar ajuda?*

Tomo a dianteira.

— Você é engenheiro, certo?

— Engenheiro estrutural — ele conta. — Meu pai trabalhou em dois turnos dirigindo um táxi a vida toda, e era isso que ele queria. Felizmente eu gosto da minha profissão. Mas um dia eu gostaria de ser apenas um imã. Fiz isso por um tempo quando morávamos em Los Angeles e adorei.

— E a irmã Khadija é advogada — prossigo. — Vocês não poderiam escolher qualquer cidade? Por que vir morar nesta mer... hum, em Juniper?

— Os militares me ofereceram um trabalho aqui. A remuneração é boa. Nós dois crescemos em cidades grandes, com enormes comunidades muçulmanas. Eu na comunidade paquistanesa de Washington. Khadija na comunidade negra muçulmana de Atlanta. — Quando ele ri, sou lembrado de como ele é jovem. — Nós queríamos tentar algo diferente... mais tranquilo. Não creio que vamos ficar para sempre. Mas não estamos planejando ir embora logo. E você? A sua ama me disse que você adora escrever.

— Não muito mais. — Meu diário se esconde intocado nos recessos da minha gaveta de meias. — Ando bem ocupado com... com outras coisas.

— Imagino que seria difícil deixar Juniper, de qualquer forma. O túmulo da sua ama está aqui.

A culpa acaba com o meu apetite. Eu deveria ir ao túmulo da Ama. Rezar ali. Ela gostaria que eu fizesse isso.

No entanto, toda vez que começo a dirigir para o cemitério, faço o retorno. Não quero ver o nome dela naquela pedra. Não quero ver a inscrição. Noor a escolheu depois que o imã Shafiq pediu a ela — nem sei dizer o que está escrito.

— Tenho que colocar este lugar nos trilhos de novo — explico. — Mas eu não me importo. A Noor é quem quer cair fora.

— Ela... está bem? — Shafiq limpa o que resta de seu karahi. — Ela esteve na masjid semana passada.

Se ele não sabe das universidades, não sou eu que vou contar.

— As provas finais estão chegando. E a Noor se cobra muito.

— Você conhece bem o tio dela?

— O Riaz é um cuzão. Merda... Eu não quis...

Shafiq ergue as sobrancelhas. Merda dupla. *Ele é um imã, Salahudin!*

— Ele... hum... não é um cara legal — reformulo. — Ele odeia que a Noor seja religiosa. Ele força a Noor a trabalhar na loja de bebidas, mesmo ela mal tendo tempo de fazer as tarefas da escola. Ele não quer que ela faça faculdade. Ele quer que ela cuide da loja para que *ele* possa fazer faculdade.

— Você sabe se Riaz já bateu nela?

Por um longo segundo eu o encaro. Não entendo a pergunta.

— Bateu... tipo...

— Espancou. — Shafiq me olha bem nos olhos. Ele é jovem, mas, se já dirigiu mesquitas antes, as pessoas na comunidade devem ir até ele com problemas o tempo inteiro. — A sua ama se preocupava com a Noor.

— Se o Riaz tivesse machucado a Noor, ela teria me contado — respondo. — Ela...

Deu um salto quando encostei em seu ombro — de dor, não de susto. Chorou no telefone e não me disse por quê.

Tem usado maquiagem de um jeito inexplicável, dia sim, dia não, pelos últimos meses, embora tenha dito que não gosta de maquiagem.

Se fechou toda quando fiz um comentário sobre Abu usar os punhos contra mim. *Uau, Salahudin. Você é muito burro.*

— *Maldito* Riaz... — Aquele merda. Alguém deveria chutar a cara dele. Eu. Eu sou essa pessoa. Estou quase de pé quando o imã ergue a mão.

— Sente-se, Sal — ele diz. — Mais violência não vai ajudar a Noor. Nem temos certeza do que está acontecendo.

— Será que eu... Será que eu pergunto a ela sobre isso? — Tento ser prático para conter minha ira. — Nós devíamos chamar a polícia? Não quero fazer a Noor surtar. Ela fica nervosa com policiais.

Shafiq pondera.

— Pode ser necessário envolver a polícia em algum momento. Mas agora ela precisa se sentir segura. Apoiada.

— Talvez da próxima vez que falar com ela eu consiga... dizer que estou preocupado — sugiro. — Sem acusação nenhuma. Sem perguntas. Aí eu vejo o que ela diz.

— Vou falar com Khadija enquanto isso — declara Shafiq. — Se você achar que a Noor está correndo perigo, leve-a para longe de Riaz. Depois ligue para mim ou Khadija... não importa o horário.

O celular dele toca.

— Khadija está lá fora — ele diz. — Sinto muito por não poder esperar o seu pai. Vou dar uma passada aqui no fim de semana. Quem sabe não consigo levá-lo para uma caminhada?

O chuveiro é desligado, e ouço uma pancada no quarto de Abu.

— Ele nem sempre foi assim. — Sinto a necessidade de explicar. — Ele era um bom pai. É que tem sido difícil para ele. Para... Para nós.

— Esta vida é jihad... uma luta — diz Shafiq. — Às vezes a luta é mais do que qualquer pessoa sã consegue suportar. Não vou julgar o seu pai pela jihad dele, Salahudin. Como eu poderia, quando nem comecei a entendê-la?

Depois que o imã vai embora, repasso obsessivamente o que ele disse sobre Noor. *A sua ama se preocupava com a Noor.* Mas, se Ama suspeitasse de que Noor não estava segura, teria feito algo.

Abro minhas mensagens.

Oi... Preciso falar com vc...

Não. Essa tem que ser uma conversa cara a cara. E tem que ser sobre ela — não sobre mim.

Vc perdeu um karahi delicioso. Shafiq deixou um pouco se vc quiser.

Nada perto do que eu quero dizer. Mas envio de qualquer forma. Noor não responde.

Outra pancada vem do quarto de Abu, e, quando estou prestes a investigar o que está acontecendo, sua porta se abre. Ele está sóbrio e, quando sirvo uma tigela de karahi, se senta para comer.

— Shafiq disse que vai passar aqui no fim de semana.

— Ele não precisa fazer isso — diz Abu.

Apenas alguns minutos atrás, eu teria ficado tão bravo com suas palavras que o teria deixado sozinho. Mas penso em Riaz e Noor. Abu pode ser um bêbado — mas nunca encostaria um dedo em mim.

— Talvez seja uma boa você ter alguém para conversar, Abu.

Enquanto ele come, tendo a mim como companhia teimosa, a luz na casa muda, assumindo um tom alaranjado flamejante enquanto o pôr do sol de Juniper brilha sobre as montanhas distantes através da janela da frente. A sacola de tricô de Ama ainda está largada em um canto, o kit de costura em uma lata de bolachas enfiado por cima.

— Quando eu era garoto — Abu fala subitamente —, fui viver com a minha phopo. — A irmã do pai dele. — Ela tinha meia dúzia de filhos. Mas a minha mãe era uma bêbada e o meu pai estava tentando ajudá-la.

Tenho um sobressalto. Abu nunca falou de seus pais. Até onde eu sabia, sua vida começou aos dezoito anos, quando ele se mudou para Londres para estudar.

— Minha phopo me amava tanto. Como se eu fosse um filho. Ela e o marido eram boas pessoas. Mas eram muito pobres. Mesmo com o meu pai ajudando, eles tinham dificuldades. Meu primo mais novo tinha a minha idade. Samir. — Abu corre a mão pelo cabelo espesso, já ficando grisalho. — Ele era tão chalak, Salahudin. Ele convencia o wallah de refrigerantes a nos dar RC Colas de graça. Elogiava as garotas mais velhas que moravam do outro lado da rua para que elas nos comprassem doces. Eu nunca ri tanto como naquele tempo com ele. Só que, quando eu já vivia com eles fazia um ano, Samir estava subindo em uma cerca e arranhou a perna em um prego. Ele pegou tétano. Meu pai mandou dinheiro, mas o médico não chegou a tempo. Eu fiquei com ele. É... É um jeito muito ruim de morrer.

Ele olha para as próprias mãos.

— Eu não pude fazer nada — diz. — Minha phopo parou de comer. Não pude salvá-la, também. Voltei para os meus pais. Para a minha mãe. Mas ela não estava nem um pouco melhor do que quando eu parti.

Há uma vida inteira no silêncio que se segue. Uma vida que jamais conhecerei. Imagino meu pai como um garoto. Mil momentos solitários e aterrorizantes.

Talvez, se eu segurar suas mãos, ele não se sinta sozinho. Talvez ele não beba hoje à noite. Amanhã eu posso ligar para Janice e persuadi-lo a ir a uma reunião do AA. Sinto uma calma tomar conta de mim enquanto penso no plano. Estendo os dedos em sua direção e abro a boca para lhe contar. Mas Abu se levanta tão rápido que quase derruba a cadeira para trás.

Ouço o ruído de seu prato na pia. Um armário é aberto. Um copo tilinta. Sinto o cheiro, o fedor brusco a que nunca vou me acostumar, e então o suspiro de alívio dele conforme suas lembranças se esvaem em um esquecimento manso e misericordioso.

PARTE IV

∞

Perdi o relógio de mamãe. Ah! E nem quero
lembrar a perda de três casas excelentes.
A arte de perder não é nenhum mistério.

— *Elizabeth Bishop*,
"Uma arte"

CAPÍTULO 28

Misbah

Outubro, antes

Da janela da cozinha, a chuva impedia uma visão clara do motel. As luzes fluorescentes gritantes pareciam mais serenas. Os números dourados dos quartos lembravam peixinhos laranja nadando.

A chuva era limpa e doce. Ela trazia consigo o cheiro da terra ressecada que se elevava, bebendo e dançando. Eu sentia o cheiro da esperança, da possibilidade.

Também de pakoras de batata, recheadas com pimentinhas verdes e recém-saídas da frigideira. Pakoras e chutney verde eram feitos para a chuva.

Joguei uma na boca bem quando a sineta tocou. O som era agudo, mas eu estava acostumada. Ele me lembrava um macaco que um dos meus tios mantinha como animal de estimação demonstrando seu desagrado com qualquer pessoa que não o alimentasse rápido o suficiente.

Destranquei a porta do escritório, grunhindo enquanto a escancarava.

Uma figura pequena esperava no aguaceiro, com uma figura ainda menor amarrada ao peito. O cabelo fino e claro se amontoava despenteado e triste em sua cabeça. Um coração de prata se aninhava no côncavo de sua garganta, uma pedrinha vermelha no centro dele.

— Desculpe — ela sussurrou — incomodar tão tarde. — Ela secou o nariz e os olhos no cobertor do bebê. — Espero que a senhora não tenha filhos.

— Ainda não.

— Eu preciso da sua ajuda. Eu tenho este bebê doente e onze dólares no meu nome. Não tenho cartão de crédito nem identidade, porque a minha carteira foi roubada. Por favor, senhora... Meu marido morreu e estou morando com a mãe dele. Ela me expulsou de casa e o abrigo está fechado e...

— A avó do seu filho expulsou vocês de casa?

A mulher anuiu, e eu pensei em minha avó, Bari Dadi, gorducha e cheirando a alho e romã, com uma barriga grande e macia em que eu enfiava a cabeça.

Ela criou doze netos — todos os meus muitos primos. Ela trocou fraldas, acalmou crises de choro, até árvores escalou.

Avós que colocavam seus netos na rua. Que país estranho eram os Estados Unidos.

Analisei a mulher. *Você escolheu dar um chute naquele momento, Salahudin. Ama, você parecia dizer, ajude-a.*

Mesmo então você confiava nas pessoas.

Dei a ela o quarto que tínhamos acabado de reformar. Nós havíamos tirado a cama quebrada e os móveis gastos e substituído tudo por um colchão confortável e cadeiras laranja recém-estofadas. Toufiq consertou a TV. Eu encontrei uma *National Geographic* antiga sobre o Yosemite e emoldurei as fotos do parque para pendurar sobre a cama. A porta foi pintada. Era um quarto do qual tínhamos orgulho.

— Aqui. — Nossas chaves eram à moda antiga, douradas com uma etiqueta oval trazendo o número do quarto, mas eu as achava charmosas. — Quarto 1. À direita.

A mulher ergueu o rosto e seus olhos ficaram marejados. Dei um tapinha em seu ombro e ela se encolheu.

— Desculpe. — A mulher olhou para baixo. — Me desculpe.

Aquela noite, ao lado do meu marido adormecido, eu rezei. Rezei para que o bebê da mulher melhorasse e ela dormisse bem, não ficasse acordada a noite inteira.

De manhã, quando fui limpar o quarto, bati na porta primeiro. Nenhuma resposta. Peguei a chave-mestra e entrei.

Em um primeiro momento, não entendi nada. Dei um passo atrás para conferir o número na porta. Era o quarto certo.

Mas ele estava vazio. Nenhuma televisão consertada. Nada de lençóis novos. Nada de cadeiras recém-estofadas, nada da mesa de fórmica, nada de colchão firme. Tudo havia sido levado, não restara nada.

No chão, vi uma página rasgada da Bíblia da mesa de cabeceira. Li as palavras no topo. Eclesiastes. A letra nas margens era confusa.

"Sinto muito ele me obrigou."

Chamei Toufiq, que estava no apartamento.

— Meu Deus, Toufiq — sussurrei. — Tanto dinheiro que nós investimos. O que vamos fazer agora? Eu sou uma tola!

— Bondade não é tolice, coração. — Ele abraçou minha cintura. — Enfim. Pelo menos eles não levaram os quadros.

CAPÍTULO 29

Noor

Abril, agora

Jamie Jensen anuncia no fim de abril que foi aceita na UCLA. Ela é a única outra aluna da Juniper High que se candidatou para essa universidade — que eu saiba, pelo menos. As decisões foram tomadas tarde este ano, mas, se ela recebeu notícias deles, então eu deveria ter recebido também.

Mas não recebi.

— Vou para Princeton, é claro — ela diz para Atticus, Grace e Sophie no fim da aula de cálculo. — Mas é bom saber que eu tenho um plano B aceitável.

Ela olha para mim quando diz isso. Da mesma forma os seus amigos. Meu rosto esquenta e me concentro em enfiar minha pasta na mochila. Mas não sou cuidadosa, e uma pilha das minhas coisas cai no chão: uma muda de roupas, barras de cereal, meu passaporte, a carteira, o celular.

— Você é moradora de rua, por acaso? — Jamie ri. — Por que anda com toda essa merda na mochila?

Enquanto pego meu celular, ela apanha meu passaporte. Quando Jamie o abre, meu velho green card cai no chão.

— Ui. — Jamie o levanta para seus amigos. — Olhem a Noor bebê! — Ela está sorrindo, mas seus olhos estão mortos. — Por que você carrega essas coisas? Para não ser deportada, é isso?

Agarro meu passaporte, mas ela fica com o green card.

— Espera aí. — Ela estreita os olhos. — Este documento expirou.

— Srta. Jensen — o sr. Stevenson chama da frente da sala de aula. — Chega.

— Sr. Stevenson. — Jamie segura o cartão. — O green card da Noor expirou. Ela está aqui ilegalmente.

— Não estou. — Mal consigo dizer as palavras. Estou tão brava. — Meu tio fica com o cartão válido. — Consegui tirar meu cartão antigo da pasta dele sem que ele percebesse, porque precisava do número para enviar às universidades. Não sei por que fiquei com ele. Acho que me faz sentir mais segura. Tento pegar o cartão, mas Jamie o tira do meu alcance. — Devolve — exijo.

— Acho que nós devíamos guardá-lo para a imigração, você não...

— Para com isso, Jamie — Atticus diz a ela, estranhamente sério. Eu me lembro vagamente de um trabalho que ele fez na oitava série sobre uma avó cubana que buscava asilo. Após encarar o namorado, Jamie me passa o cartão.

O sinal toca e eu saio voando. Contudo, mesmo eu tendo encerrado o assunto com Jamie, ela não o encerrou comigo.

— Qual é o seu jogo, Noor? — Ela corre para me alcançar. Quando continuo caminhando, ela salta na minha frente como um boneco de filme de terror. — Por que você não fala nada? Você sabe que é ilegal se candidatar a universidades se você não tem um green card.

— Jamie. — Sigo em frente. — Sai do meu caminho. Preciso ir para a aula de economia.

— Não — ela diz. — Isso está errado, Noor. Olha, eu sei que você passou dificuldades, mas você não pode simplesmente entrar em um país...

— Não estou aqui ilegalmente — sibilo para ela. Jamie dá um passo para trás. — Mesmo que estivesse, não seria crime me candidatar a uma universidade. Existem vários programas para estudantes sem documentos...

— A única maneira de você saber disso — ela diz — é estar sem os documentos.

— Por que você se importa? — Estou tão cansada. — O ano está quase no fim. Nós vamos seguir caminhos diferentes. Você nunca mais vai me ver.

— Eu me importo porque sou uma cidadã legítima deste país e meus pais pagam impostos para manter pessoas como você fora daqui.

— Quem é a nossa representante no Congresso, Jamie? — Diante do silêncio dela, eu respondo. — É Abigail Wen. Aliás, essa é uma pergunta da prova de cidadania. Você ama o seu país. Não deveria saber a resposta?

— Você se acha muito melhor que todo mundo, não é?

Há uma loucura nela. Uma fome. Não creio em pessoas que se dizem capazes de ver o futuro. Agora é agora, e a única coisa que sabemos é que não sabemos de merda nenhuma. Mas, por um segundo, eu vejo Jamie adulta. Hostil e maldosa. Pulsos magros e voz profunda. Persuadindo pessoas ingênuas de que o caminho errado é o certo.

Ela se aproxima tanto de mim que posso ver seus poros. Posso sentir o cheiro do bacon que ela comeu no café da manhã.

— Diga alguma coisa, sua puta!

— Eu não tenho nada a dizer para você. — Não elevo a voz. — Nunca tive.

Quando me mudei para Juniper, eu não falava uma palavra de inglês. Meus pais não sabiam que eu precisaria disso. Chachu se achava distinto demais para falar urdu ou punjabi. Eu o ouvia na loja de bebidas, então ia para o banheiro e praticava no espelho.

Olá, meu nome é Noor.

Desculpe, você pode repetir?

Desculpe, não entendi.

A escola era um saco. Crianças sabem ser maldosas. Salahudin era o único que não tirava sarro de mim. É claro que todos os outros tiravam. Meu sotaque. Minhas roupas. Meu cabelo, que se despenteava todo. Eu não entendia por que eles eram tão maus. Mas agora eu entendo. É aquela velha história cansativa. Eu tinha uma aparência diferente. Falava diferente. Era mais fácil partir para cima de mim do que encontrar defeitos em si mesmos.

— Eu sei o seu segredinho — Jamie diz subitamente. — O seu *outro* segredo. E, quando você for para a universidade, Noor... vou garantir que eles saibam também.

— Você... O que você quer dizer?

Ela me olha fixamente, triunfante. O sentimento mais esquisito toma conta de mim. Não medo, como antes. Não raiva.

Alívio.

Finalmente. Alguém sabe. *O seu outro segredo.*

— Suas redações — ela diz. — Você pediu para o Salahudin escrever para você.

Diante da minha expressão — que deve ter sido uma combinação de choque e tristeza —, Jamie praticamente cacareja. Ela diz algo mais. Não a ouço.

Quando ela disse *eu sei*, achei que *realmente* soubesse. Que soubesse da coisa que mais temo que alguém saiba.

A coisa que eu queria que alguém *soubesse.*

Mas ninguém vê. Ninguém sabe. Nem mesmo a garota que me observa como uma águia desde o momento em que decidiu que eu representava uma ameaça.

No meio de seu discurso raivoso, eu me afasto. Como se Jamie fosse um cão latindo para mim em vez de um ser humano falando. Não quero ouvir. Não quero ouvir o que ela tem a dizer. Não me importo.

Porque percebo finalmente que ninguém jamais vai ver.

Há pessoas à nossa volta agora. Pessoas observando. Tento ignorá-las.

— Ei! — ela rosna, e seu rosto está vermelho-vivo, como se todo o ódio que vinha guardando para mim estivesse explodindo por baixo de sua pele. — Responde, sua jóquei de camelo trapace...

Ela agarra meu braço. Eu o arranco dela e golpeio. Meu punho acerta o rosto de Jamie com um ruído denso que eu conheço bem demais. Ela cai para trás, gritando e segurando o nariz.

Subitamente, algo me atinge de lado, tirando o fôlego dos meus pulmões. Darth Derek torce meus braços para trás e pressiona meu rosto contra o chão de terra.

— Me solta, filho da p...

— Pare de resistir! — ele ruge como os policiais na TV. — Pare de se mexer!

Mas não consigo. Toda a minha ira ferve dentro de mim e não tem para onde ir. Eu me debato. Grito. Rosno e mordo. Deixo que ela me percorra. Deixo que ela me domine.

Em algum lugar por perto, Jamie chora feito uma histérica.

CAPÍTULO 30

Sal

Grace diz que Noor ameaçou matar Jamie. Atticus diz que Jamie falou alguma coisa terrível para Noor e ela perdeu a cabeça. Ninguém sabe quem chamou a polícia, mas uma viatura aparece rápido, e vejo um policial andando pelo campus na hora do almoço.

Enquanto isso, Darth Derek entrou no modo stormtrooper total e está conferindo armários e mochilas — embora isso não tenha nada a ver com a briga em si.

Vc está bem?

Noor... o que aconteceu?

Quer q eu risque o carro da Jamie?

Ela não me responde, e agora estou preocupado. Se Riaz descobrir o que aconteceu, pode ficar puto com ela. Desde que o imã Shafiq me falou das suas suspeitas, ontem à noite, tenho revirado meu cérebro tentando descobrir uma maneira de fazer Noor falar de Riaz. Mas tudo em que eu penso soa óbvio demais. Repassei nossas mensagens e e-mails antigos, tentando ver se tinha alguma coisa que deixei passar. Chego a ler a redação dela para a UCLA, pensando que ela pode ter feito alguma menção ao assunto.

Só na hora do almoço consigo finalmente escapar do campus para ver se Noor está em casa. No entanto, quando chego ao meu carro, Art me chama. Ele não está sorrindo.

— Diz que você não vendeu para a Ashlee. — Ele está perto, perto demais, na minha cara, suas mãos me empurrando contra a porta do meu carro. Eu o empurro de volta com tanta violência que alguns garotos ali perto param para olhar, farejando uma briga.

Art os vê também e, uma vez na vida, baixa a voz.

— Ela acabou de me ligar. Disse que estava no carro perto do Ronnie D's. Ela mal conseguia falar. Eu ouvi a Kaya no banco de trás. O que você vendeu para ela?

— O que você me passou — respondo. — Ela queria remédios para a dor nas costas. Pediu uma cartela, mas eu só dei dois comprimidos.

Ashlee me pagou cem dólares. Eu depositei tudo no banco hoje de manhã e finalmente quitei a dívida com o First Union. Deveria ter sido uma vitória. Em vez disso, me perguntei como iria conseguir o dinheiro para as contas do mês que vem.

— Puta que pariiiiiiu. — Art puxa o cabelo até parecer um ouriço possuído. — Eu vendi uma cartela para ela, Sal. Achei que ela só estivesse comprando de mim. Eu não teria vendido se soubesse que você tinha passado alguma coisa para ela.

— Ela tomou os *dois*? — O pânico me percorre. — Precisamos ir atrás dela.

— Não podemos, cara — ele diz enquanto destranco meu carro. — Não é seguro.

— Você está falando sério?

— E se os policiais aparecerem? — Art segura meus ombros. — Eles podem revistar a gente...

— Não encosta em mim — exijo, baixo e discreto. Minhas mãos são punhos, e ele os vê. Art recua, cauteloso, e eu entro no carro. Ligo para Ashlee assim que começo a dirigir, mas ela não atende.

Juniper é pequena e eu chego ao Ronnie D's em alguns minutos. Mas não vejo o Mustang de Ashlee. Dou a volta no estacionamento e estou prestes a seguir para a casa dela quando uma ambulância passa com a sirene ligada.

Depois um carro de polícia.

Então outra ambulância.

Então os bombeiros.

Antes mesmo de segui-los para os fundos do Ronnie D's, antes mesmo de ouvir Kaya gritando, antes mesmo de ver o Mustang de Ashlee, eu sei. Eu sei que alguma coisa terrível aconteceu. E sei que a culpa é minha.

Os policiais não tiveram tempo de colocar nenhuma fita ainda, e, depois de estacionar, corro em direção ao carro de Ashlee.

— Ei. — Um homem se coloca à minha frente. — Você não pode passar, garoto.

— Ela... Ela é minha amiga.

O policial, um homem branco mais velho com um bigode espesso, olha para mim como se eu pudesse tentar roubar sua arma.

— Ela está bem? A... — Estou prestes a perguntar se Kaya está bem, mas um choro de romper os tímpanos me dá a resposta. Um policial tenta convencer a menina a sair do carro. Mas ela não obedece.

— Mamãe! — ela grita. — Eu quero a mamãe!

Dois paramédicos tiram Ashlee do carro enquanto outros dois pegam uma maca. Funcionários do Ronnie D's saem pela porta dos fundos, observando.

— A pressão está em sete por quatro e caindo. O oxigênio está em noventa e quatro.

— Ela tem um adesivo...

— Aqui está o Narcan...

As palavras se partem e quebram e então silenciam quando vejo Ashlee. A boca escancarada, os olhos vítreos meio abertos, com a maquiagem escorrendo pelos cantos. Quando os paramédicos a movimentam, ela parece se esvair, como se os ossos tivessem virado água. O vômito salpica suas roupas.

Ela não parece uma estudante do ensino médio. Parece ter sobrevivido a uma guerra.

— Ela não está respirando — diz um dos paramédicos, e não entendo como ele pode estar tão calmo.

Eles começam a massagear o peito dela. *Você fez isso*, grita uma voz em minha mente. *Isso é culpa sua.*

Uma voz no meu ouvido. O policial de bigode.

— Isso aqui não é um show — ele diz. — Cai fora.

Os paramédicos carregam Ashlee para a ambulância.

Você. Você. Você. Isso é por sua causa. Eu sabia que isso poderia acontecer. Eu sabia e vendi aqueles comprimidos para Ashlee mesmo assim.

Se Ama pudesse me ver agora, ficaria doente com isso. Quando eu era pequeno, ela me perguntava o que eu queria ser quando crescesse. *Que tal escrever, Putar? Pegue todas aquelas histórias e faça um livro.* Ela esperava tão mais de mim do que eu me tornei.

E Noor. Se Noor soubesse, nunca mais falaria comigo.

Ela me perguntou ontem se eu já tinha terminado a redação. A sugestão paira em minha cabeça agora. *Conte uma história ficcional baseada em uma experiência real. Você pode usar a sua própria experiência ou a de outra pessoa, mas deve ser decisivamente inspirada na vida real.*

Agora eu sei sobre o que escreveria: um garoto, e como ele foi idiota ao pensar que um imóvel, uma casa, valia mais que a vida humana. Eu escreveria sobre o egoísmo e o arrependimento dele, e como isso o consumiu por dentro até seu corpo se tornar apenas a casca podre de um espírito que ele não reconhece mais.

CAPÍTULO 31

Noor

A secretária na sala do diretor me pergunta para quem eu gostaria de ligar. Dou o número de Brooke e vinte minutos depois ela chega.

— Desculpe ter feito você sair do trabalho. — Nós entramos na sala de Ernst e minha voz não passa de um sussurro. Se eu falar mais alto, vou começar a gritar. E não vou mais parar.

A sala é um caos organizado. Ernst tem um pôster velho e empoeirado escrito "CORAGEM", com uma águia mergulhando. Abaixo, um adesivo de para-choque escrito "EU AMO MINHA 45". Há um laptop sobre a sua mesa e uma pilha de livros. Enquanto espero que ele fale, leio os títulos. O amarelo vibrante é intitulado *Dear America: Notes of an Undocumented Citizen*. Em cima dele, um livro chamado *O sol também é uma estrela*.

Ele me vê olhando.

— Minha filha é advogada de imigração — diz. — Ela insiste em tentar me educar.

— Funcionou? — pergunto.

Para minha surpresa, Ernst sorri. Ele parece humano por um segundo.

— Um pouco. Sra. Riaz. — Ele olha para Brooke. — Seu marido virá se juntar a nós?

Brooke prende o cabelo loiro atrás das orelhas, coloca a mão sobre o meu ombro e se senta.

— Não temos como fazer contato com ele agora — ela mente. — Falo com ele em casa.

— Trata-se de uma infração muito séria — diz Ernst. — A srta. Riaz poderia ter machucado para valer o rosto da srta. Jensen. Estamos avaliando uma possível queixa por agressão. Tenho um policial aqui...

— Vocês vão mandar me prender? — Não consigo evitar que o pânico soe em minha voz. Antes que Ernst possa responder, a porta se abre e um policial enfia a cabeça para dentro da sala. Ele é jovem e negro, e seus olhos, que pousam em mim por um breve instante, são a única coisa amável neste aposento.

— Sr. Ernst, vou falar com os pais da srta. Jensen — ele diz. — Tudo bem pelo senhor?

Ernst anui e o homem nos deixa.

— O policial Dixon está aqui para tomar depoimentos, não para prender ninguém. Mas...

— A Jamie contou para o senhor o que ela me falou? — pergunto. — Ela...

— A srta. Jensen mencionou que houve uma discussão acalorada. — Ernst levanta a mão. — Mas violência física não é a resposta para um insulto, não importa a natureza dele.

— Ela me chamou de jóquei de camelo trapaceira. Ela é horrível comigo desde o primário.

— Se você achava que a srta. Jensen estava fazendo bullying, nós temos um protocolo...

Dou risada.

— Vocês não teriam feito nada. E não sei o que ela disse para o senhor, mas eu *não* estou aqui ilegalmente. Não que isso devesse importar...

— Srta. Riaz, eu sei exatamente quem são meus alunos sem documentos. E sei que você não é um deles. Realmente isso não deveria importar, e não importa.

Ele suspira, olhando de mim para Brooke.

— Noor... — Talvez Ernst ache que usar meu primeiro nome vai me amolecer. — Você é uma das melhores alunas da Juniper High. O sr. Stevenson depôs a seu favor. Ele disse que a srta. Jensen provocou você na aula. Então, este episódio não ficará registrado *se* você escrever uma carta pedindo desculpas à srta. Jensen, e *se* você...

Estou quase de pé antes que Brooke me puxe de volta.

— Eu não vou pedir desculpas.

— Então você vai encarar uma suspensão de dois dias. Isso vai ficar registrado no seu histórico acadêmico e será reportado às universidades no fim do ano.

— Muito bem — eu digo. — Terminamos?

— Noor... — A voz de Brooke é tão baixa que quase não a ouço. — Talvez...

— Eu imploro que reconsidere, srta. Riaz. Isso pode ter um efeito negativo nas suas chances de...

— Nem morta eu vou me desculpar com Jamie Jensen. — Não consigo mais segurar minha raiva. Não quero. — Só me arrependo de não ter batido mais forte nela.

Eu me levanto e saio. Fico na dúvida se o policial Dixon vai me parar, mas ele está do outro lado da sala com Jamie e sua mãe, uma morena com aspecto cansado. Ele tem os braços cruzados e não parece impressionado, enquanto Jamie segue discursando, irada, o nariz sangrando.

— Você precisa *prender* essa garota — ela está dizendo. — Ela me atacou *e* é ilegal. Você não entende que...

— Srta. Jensen, ou você fala comigo com respeito, ou encerramos a conversa aqui...

Não ouço o resto. Segundos mais tarde, estou na rua, caminhando para o estacionamento. Os passos leves de Brooke ressoam atrás de mim.

— Noor.

— Por favor, não conte para Chachu.

Ela caminha ao meu lado agora.

— Não vou contar. Você sabe que não.

— Sei?

— Você saberia — ela diz. — Se conversasse comigo.

— Se *eu* conversasse com você? — Eu paro. — Você nunca me pergunta nada. Você não é capaz de me dirigir duas palavras na maioria dos dias. E quando...

Chachu é a única razão de eu estar aqui. Não Brooke.

Ela não responde e nós seguimos em silêncio o caminho todo até em casa. Quando finalmente paramos na entrada, ela olha para mim.

— Vamos falar que você voltou para casa porque está doente. Você vai ficar doente até terminar a suspensão.

É um raro momento de solidariedade. Um momento pelo qual sou grata. Eu assinto.

— Vamos manter esse assunto entre nós duas — ela diz. — Certo?

Nós mantemos o assunto entre nós duas. Por um dia.

E então tudo dá errado.

CAPÍTULO 32

Sal

A mãe de Ashlee anda de um lado para o outro na sala de espera da emergência. Quando me vê, ela me puxa para um abraço de mãe tão intenso e rápido que só o que posso fazer é esperar que ele termine.
— Sra. McCann...
— Srta. McCann, por favor. — Ela me solta. — McCann é o meu sobrenome, não do meu ex-marido ladrão. Não vejo o canalha há dezessete anos e dou graças a Deus por isso.
— Sinto muito pela Ashlee...
— Ah, não precisa se desculpar, querido. — A srta. McCann me puxa para uma cadeira ao seu lado. — Eu sei que vocês terminaram e entendo. Eu falei para ela, eu disse: "Ashlee, a mãe daquele pobre garoto acabou de morrer, não vá pensar que o problema é você". Mas as adolescentes, meu Deus, elas acham que tudo é questão de vida ou mor... — Ela cerra os lábios e balança a cabeça.
— O médico falou alguma coisa? Como ela está?
— Já perguntei mil vezes — ela responde. — Eles só falam para eu esperar.
— Onde está a Kaya? Ela... Ela está bem? — Eu esperava ver a filha de Ashlee aqui, ainda chorando, como estava quando os policiais a tiraram do carro.
— Ela está com o meu pastor e a esposa dele.
A voz da srta. McCann treme e acho que ela vai começar a chorar, então encontro uma caixa de lenços de papel e pego um café. Está tão queimado que arde meu nariz, mas ela bebe sem comentários.

— A Ashlee deve ter tido uma reação esquisita a alguma coisa — ela diz quando me sento novamente. — Nós pegamos comida no Jimmy's Grill ontem à noite. Ela parecia doente, mas achei que uma boa noite de sono ajudaria. — Ela segura o pingente do colar, um coraçãozinho de prata com uma pedra vermelha no centro. — Por Deus, se a minha filhinha não sobreviver, não vou descansar até ver o Jimmy na cadeia, e se ele não for preso vai desejar ter sido, e como.

Ou ela não faz ideia de que Ashlee teve uma overdose, ou não quer admitir.

A maneira como seus olhos não se fixam em nenhum lugar, a maneira como ela pega o colar me fazem pensar que é a segunda opção.

— Com licença? — Reconheço a médica grisalha e pálida com bolsas debaixo dos olhos. Dra. Ellis. Minha antiga pediatra. Ela gesticula para a srta. McCann das portas que levam à ala principal do hospital.

— Ela está bem? Ah, por favor, meu Deus...

— A sua filha está estável. Mas seria melhor a senhora conversar com o médico de plantão...

— Não, dra. Ellis. Você cuida da Ashlee desde que ela era uma coisinha de nada. Eu confio em você.

A doutora nota a minha presença. E parece surpresa.

— Salahudin... Por que...

— Ele é da família — diz a srta. McCann. — Podemos ver a Ashlee?

— Ainda não. — A dra. Ellis parece perplexa, mas nos leva através da ala principal até uma salinha feia onde provavelmente nada agradável nunca foi discutido.

Quando nos sentamos, ela me observa novamente. Mas em dúvida agora. Como se não conseguisse descobrir a razão de eu estar ali.

— Nós vamos discutir questões médicas bem sérias, srta. McCann. A senhora se sente confortável...

— Só porque não é da mesma cor que eu, ele não é da família? Quantas vezes eu preciso dizer isso?

Fico achando que a dra. Ellis vai ficar sem graça, mas ela balança a cabeça.

— Eu perguntei porque tenho a obrigação de perguntar, srta. McCann.

— Eu posso sair — murmuro. Quando fico de pé, a srta. McCann gesticula para que eu me sente de novo.

A dra. Ellis abre uma pasta sobre a mesa.

— De acordo com o médico de plantão, a Ashlee tinha uma dose alta de carfentanil no organismo. É uma forma sintética extremamente perigosa do analgésico fentanil. Ela também tinha Oxycontin...

Sinto um nó no estômago. Oxy. A merda que eu vendi para ela.

— Os dois são opioides. Nós temos visto um número significativo de overdoses em Juniper...

— Overdose? — A srta. McCann segura o colar. — Minha filha não é drogada.

— Foi isso que o laboratório encontrou no organismo dela...

— Ela talvez tenha tomado essas medicações porque não estava se sentindo bem. Ela ficou com um problema nas costas depois que teve a bebê, mas ela é mãe, por favor. Ela não vai... não vai injetar heroína com a filha no carro feito uma viciada...

— Não foi heroína — corrige a dra. Ellis educadamente. — Foram opioides. A quantidade encontrada no corpo da Ashlee sugere que ela tomou uma dose grande demais de uma só vez. Srta. McCann... eu sei que isso é difícil de ouvir. Às vezes não sabemos por que as pessoas fazem coisas terríveis...

A doutora olha de relance para mim neste momento. Mas sua expressão não é acusatória. É... outra coisa.

A srta. McCann não aceita.

— A Ashlee não é uma viciada, caramba.

A médica pega a ficha de Ashlee. Os resultados dos exames. Então os repassa calma e serenamente. Ela é pediatra, não médica de emergência, e me pergunto se já teve esta conversa antes.

A srta. McCann segue balançando a cabeça. Parece loucura que ela negue o que está bem à sua frente.

Mas então penso em como Ama reagiria se eu tivesse uma overdose. Considero o que ela fez quando se defrontou com o alcoolismo de Abu.

Penso que a negação pode encontrar seu caminho dentro de uma família, sussurrando doces mentiras e se sentindo em casa.

Ama pediu a Abu que ele fosse aos Alcoólicos Anônimos. Que se internasse. Ela pediu, não exigiu. Ela dava um jeito nos estragos dele, mas não o largou quando percebeu que ele nunca mudaria. Ela escondeu o vício dele de mim até isso não ser mais possível. Mesmo depois, eu jamais ouvi a palavra "alcoólatra" sair de seus lábios.

Ama nunca contou para ninguém no Paquistão. Nunca pediu ajuda. Nem quando Abu não parava de faltar no trabalho e era demitido de um emprego depois do outro. Nem quando o dinheiro ficou curto. Talvez ela não acreditasse que alguém pudesse ajudá-la. Talvez achasse que Deus a ajudaria.

Penso em como Ama era comigo, também. Lembranças suspiram e se alteram, criaturas antigas há muito adormecidas. Lembranças estranhas — coisas em que não penso há muito tempo. Eu desejando a presença de Ama quando estava cercado de outras crianças. Dizendo à professora que eu precisava ir para casa. Dizendo, depois gritando, depois berrando. A raiva tomando conta de mim, o pânico, a necessidade de controle, e nada disso fazia sentido.

Ama com a mão carinhosa em meu peito. "Bas, Putar, bas." *Chega, filho, chega.*

Pesadelos. Um quarto escuro. Uma porta azul.

Percebo que fiz algum ruído, pois a sala está em silêncio e tanto a dra. Ellis quanto a srta. McCann estão olhando para mim.

— Srta. McCann — eu digo. — Meu pai... tem um problema. — Tento fingir que a médica não está sentada ali, me julgando. — Ele bebe. Muito. — Agora eu sei por que Noor usa frases curtas. Às vezes é a única maneira de seguir em frente com uma conversa. — Ele precisa parar, mas não para. Ele não é mais um pai para mim.

É a primeira vez que admito esse fato em voz alta. Até para mim mesmo.

— Talvez não precise ser assim com a Ashlee.

A srta. McCann se levanta rapidamente.

— Eu... Eu vou procurar o médico de plantão. — Ela se vira para mim. — Obrigada por ter vindo, querido. Você é igual à sua mãe.

Não consigo imaginar quando o caminho de Ama cruzou com o dela — mas então penso em todas as pessoas que eu não conhecia e estavam no funeral de Ama.

— Você conhecia a minha mãe?

— Sim. — Ela parece ainda mais triste do que antes. — Ela não me conhecia. Mas eu a conhecia.

Uma enfermeira acompanha a srta. McCann, e sou deixado ali, de frente para a dra. Ellis.

— Salahudin — ela diz em voz baixa. — Venho tentando falar com você por telefone.

— É mesmo? — Por um breve segundo, paranoico, acho que ela me viu vendendo aquelas merdas. Mas então me lembro de todas as chamadas perdidas do hospital. A pilha de contas não pagas.

— Tem uma coisa que eu gostaria de discutir com você. É um pouco delicado.

Fico em pé.

— Estou levantando o dinheiro para pagar o hospital — explico. — Você... não precisa me ligar sobre isso.

É esquisito que ela tenha me ligado para tocar nesse assunto. Ela nem era a médica de Ama — era a minha. Abro a porta, pois quero cair fora dali, mas a dra. Ellis me segue até a emergência.

— Sal, eu não estava telefonando para falar sobre a conta — ela diz, e as rugas em torno de seus olhos se aprofundam. — A sua mãe... chegou a falar com você sobre o seu histórico médico?

— Meu histórico médico? Por que ela me falaria sobre isso? — Paro de caminhar, alarmado. — Tem alguma coisa errada comigo? Eu tenho uma... uma doença ou algo parecido...

— Não! Nada disso. — A dra. Ellis olha em volta, acenando ligeiramente quando uma enfermeira a cumprimenta. — Eu só gostaria de discutir o seu histórico com você. Vou te ligar. Aqui...

Ela pega o celular, salva meu número e me envia uma mensagem.

— Agora você vai saber que sou eu — diz. — E, Sal? — Ela passa o peso do corpo de um pé para o outro. — Quando eu ligar, por favor atenda. É importante.

⁓

Do lado de fora do hospital, esbarro em Art, escondido nas sombras.

— Se você está aqui para ver a sua prima, vá em frente — digo. — Mas, se está aqui para falar comigo, cai fora.

Ele olha em volta. À procura de policiais, provavelmente.

— A polícia guinchou o Mustang dela. Você disse alguma coisa...

— *Como está a minha prima, Sal?* — imito sua voz potente. — *O que o médico falou?* — Art tem a decência de pelo menos parecer envergonhado. — Valeu por perguntar, imbecil — digo na minha própria voz. — O exame toxicológico mostrou que ela misturou Oxy com uma merda horrível chamada carfentanil... aquela cartela que você vendeu para ela. A Ashlee tem sorte de estar viva.

Art respira aliviado. Pelo visto ele não é um monstro completo.

— Pra mim deu — declaro. — Não vou mais vender.

— Sal, para de frescura...

Eu me afasto dele rapidamente e sinto como se caminhasse sobre areia movediça. Porque na realidade não estou deixando Art para trás. Ou as drogas. Ou o tráfico. Estou deixando o motel para trás. A esperança.

Estou deixando o sonho de Ama para trás.

⁓

É de tarde quando chego em casa, e não consigo encontrar Abu em parte alguma. Normalmente ele não anda pela rua a esta hora. Quatro da tarde é a hora do pico da bebedeira.

A casa está limpa. Não uma limpeza caprichada como Noor e eu fazemos, mas uma melhoria definitiva no estado costumeiro.

Saio para o pátio da frente, debaixo das três árvores que Ama dizia representarem a nossa família. Apesar do frio que ainda faz de manhã, já vejo folhas novas nas árvores e o vento é uma aragem agradável.

Uma dobradiça geme e a porta da lavanderia se escancara.

— Abu? — Fico do lado de fora da porta, sem vontade de entrar.

— Não precisa entrar, Salahudin — diz meu pai. — Já estou terminando.

Estou tão acostumado a ouvi-lo enrolar a língua que fico confuso. Quando o observo, percebo que Abu está sóbrio. Suas mãos tremem e ele está suando. Mas seus olhos estão claros e ele me encara através dos óculos de lentes grossas.

Vamos ver até quando isso dura.

— Eu posso ajudar a dobrar as roupas — ofereço.

— Você não tem lição de casa? Ou... — Ele é cuidadoso com as palavras, temeroso com a maneira como vou responder. Talvez eu não deva duvidar dele. Ama gostaria que eu o apoiasse. Como ela sempre fez.

— Sim, eu tenho que estudar — respondo. — Vou ter algumas provas na semana que vem.

— Ah. Pode ir, então — ele diz. — Tem queijo Kiri e biscoito salgado na geladeira. — Fico surpreso que ele se lembre do meu lanche favorito. — Eu... não vou estar em casa hoje à noite. Tenho uma... reunião com a Janice. Você lembra...

— A sua madrinha. — Um fio de esperança surge no deserto do meu cérebro. — Eu lembro.

Eu poderia ficar bravo com ele. Dizer que ele esperou tempo demais para parar de beber. Que Ama merecia algo melhor. Nesse momento, isso talvez realmente entrasse em sua cabeça.

Mas penso em Shafiq. *Esta vida é jihad... uma luta. Às vezes a luta é mais do que qualquer pessoa sã consegue suportar.*

— Estou orgulhoso de você, Abu. Eu sei que não é fácil.

— Não tem sido fácil para você — ele diz. — Tem sido muito fácil para mim. Mas agora... estou mudando. A sua mãe. — A voz dele cai. — Ela teria vergonha de mim. — Abu respira fundo. — O quadragésimo dia da morte dela passou, Putar. Nós devíamos ter lido o Alcorão ao lado do túmulo dela. Não fizemos isso. Mas podíamos fazer agora. Isso a confortaria. Nós... Nós...

Abu baixa a cabeça — sofrendo conforme a verdade de suas próprias palavras recai sobre ele. Até agora, a ausência de Ama parecia temporária. Como se ela estivesse viajando. Uma viagem para o Paquistão, talvez. Algumas semanas visitando tio Faisal. Ela voltaria. É claro que ela voltaria.

O quadragésimo dia é tão permanente. Nós nem o notamos.

Vou até ele, mas, tão logo entro na lavanderia, o cheiro de detergente e alvejante me atinge e eu quero vomitar. Uma vez perguntei a Ama por que esse cheiro me deixava tão enjoado.

— É como a Noor, que odeia lugares apertados. É só o jeito como você é.

Abu me olha com uma expressão tensa.

— Estou bem. — Cambaleio para trás. — Desculpe. Estou bem.

— Você... — O rosto dele oscila, então desaba, e toda a força que o havia feito Abu de novo por alguns minutos desaparece. Ele desliza pela lateral da máquina de lavar e cai em um choro profundo, silencioso.

Respiro pela boca e entro de novo na lavanderia, pois não sei o que mais fazer. Seguro Abu em meus braços. Ele é tão menor do que eu. Em algum momento no ano passado eu me tornei mais alto que o meu pai, maior que o meu pai, mais forte que o meu pai, e odeio a injustiça disso. Ele chora, esse homem destemido que enterrou os pais e atravessou oceanos, que se apaixonou por uma mulher que mal conhecia e construiu uma vida com ela em um lugar desolado.

— Eu sinto falta dela — murmura Abu. — Ela conhecia todos os meus segredos.

Sussurro uma oração e abraço Abu do jeito que Ama costumava me abraçar. Como se a esperança vivesse em sua pele e, se ela me segurasse por tempo suficiente, viveria na minha também.

— Pode me contar os seus segredos, Abu — digo. — Eu vou guardá-los por você.

— Eu não consegui proteger ninguém. Nem o meu primo, nem Phopo. Nem os meus pais. Nem a sua ama. Nem você.

— Como assim, "nem você"?

Mas Abu me solta e vira de costas, como se não pudesse suportar me ver. Ouço o poema de Elizabeth Bishop. *A arte de perder não é nenhum mistério.*

Ela estava certa. Eu já perdi a minha mãe. Agora estou perdendo o meu pai também.

CAPÍTULO 33

Misbah

Novembro, antes

Quando você nasceu, meu filho, tinha olhos gentis como os do seu pai e cabelos indomáveis como os meus. Tão silencioso quando olhou para nós dois, enquanto o segurávamos pela primeira vez.

Seu pai sussurrou o chamado para a oração no seu ouvido. Você ouviu, e éramos só nós três em um momento perfeito. Você comia bem. Dormia como um sonho. Acordava todas as manhãs com um sorriso. Gorducho, feliz e doce. Os hóspedes do motel adoravam você. Sempre diziam que você deveria estar em um comercial de comida para bebê. Seus avós o amavam de longe. Baba desfilava com a sua foto por todo o ilaqa.

Seu pai... Meu Deus, você era o orgulho e a alegria dele. Ele vinha para casa do trabalho para dar o seu almoço, mesmo que isso significasse que mal teria a chance de fazer a refeição. Ele ninava você para dormir à noite. Cortava suas unhas minúsculas com tanto cuidado que você ria quando ele o fazia. Eu não acreditava que ele pudesse ter pensado um dia que seria um mau pai.

Você era o meu mundo. Mas para o seu pai, Salahudin, você era o sistema solar. Maior que isso. O universo em si. "Ele vai ser neurocirurgião", seu pai dizia. "Vai ser escritor. Vai ser arquiteto."

Tantos planos ele tinha para você. Tantos sonhos. Mas não é assim com todos nós? Nós planejamos. Sonhamos. Temos esperança.

Nos Estados Unidos, em alguns dias o sonho parece tão próximo que você pode sentir o gosto dele. E as crianças, meu putar? As crianças são o maior sonho de todos. Um sonho manifesto — caminhando, falando, aventurando-se na imensidão do mundo. Abertas ao sucesso, à alegria e à grandeza. Abertas a possibilidades espetaculares, sem limites.

Mas abertas à destruição, também.

CAPÍTULO 34
Noor

Maio, agora

— Você não está indo para a escola. Está doente?

Faz só um dia que bati em Jamie. Chachu está na porta do meu quarto. Estou encolhida na cama, fingindo estar enjoada. Chego a segurar uma lata de lixo contra o peito.

Chachu não acredita em mim.

— Está com febre?

— Meu corpo está doendo. — Pelo menos isso não é mentira. Ainda estou dolorida do tombo que Darth Derek me deu.

Os olhos do meu tio se estreitam.

— O que você tem? — ele pergunta. — Sintomas?

— Dor de cabeça e febre — diz Brooke da porta. No fim das contas, ela mente melhor do que eu pensava. — E ela vomitou ontem à noite.

Chachu coloca a mão na minha testa. Tento não me encolher.

— Você não está vomitando no momento, não está com febre e aparentemente está com domínio de todas as suas funções cognitivas. — Ele baixa o braço. — Portanto, se você não vai para a escola, vai me ajudar na loja. Hoje vai ser movimentado.

— Shaukat... — Brooke diz bem quando eu chamo:

— Chachu...

— Levanta. Mente vazia só traz encrenca.

Ele nos deixa. Brooke se recosta no batente da porta e cruza o olhar com o meu. *Tenha cuidado*, ela parece estar dizendo. Fácil. Eu consigo ficar de boca fechada se ela ficar também.

Chachu tem razão sobre ser movimentado. A loteria está sorteando novecentos milhões, então já há uma fila quando abrimos, às seis da manhã. Alguns dos clientes regulares brincam com Chachu, perguntando se ele tem um teorema sobre suas chances de vencer.

Mas ele mantém o papel milimetrado escondido. Mesmo Chachu sabe que é idiotice explicar impossibilidades estatísticas para clientes de loteria.

Depois de uma hora, o fluxo de pessoas diminui. Quando o último cliente vai embora, Chachu se lança em uma explicação sobre probabilidades estatísticas — ou improbabilidades, no caso da loteria.

— Resumindo... — Ele tira um cigarro do maço e o acende. — Todas as pessoas que compram um bilhete são imbecis.

— O que você faria se ganhasse? — A pergunta sai da minha boca antes que eu possa pensar.

— Você não estava ouvindo. — Chachu sopra a fumaça em minha direção. — Como sempre. Primeiro eu teria que comprar um bilhete de loteria, Noor. O que eu jamais faria. Porque é inútil.

Volto para a máquina de raspadinha que estou limpando. Chachu diz que a esperança é para os idiotas. Mas alguém vai ganhar o prêmio.

Sou uma idiota por ter esperança de que a UCLA me aceite? Por acreditar que a carta deles se perdeu e que há um problema no portal de admissões? As chances são pequenas. Uma improbabilidade estatística, diria Chachu.

Mas ainda me imagino caminhando naquele campus de tijolos e calcário. Assistindo às aulas, estudando na biblioteca e indo a shows em clubes sobre os quais só li a respeito.

O sino na porta tilinta.

— Oi, Noor. Oi, sr. Riaz.

Jamie Jensen. "Seven Devils", de Florence and the Machine, toca em minha cabeça. Jamie é todos os sete.

Em minha mente, eu a derrubo. Jogo um saco da mistura para raspadinha na cabeça dela. Uma fenda se abre na crosta da Terra e a engole.

Na vida real, eu a encaro. Chachu faz um cumprimento com a cabeça. Ele a conhece vagamente.

— Que bom que está se sentindo melhor, Noor. — O nariz de Jamie parece bem. Um pouco vermelho. Ou ela tem um cirurgião plástico incrível, ou Ernst estava exagerando quando disse que eu "machuquei para valer" o rosto dela.

Ela pega uma barra de proteína e uma água gourmet e passa o dinheiro para Chachu.

— Você vai para a escola hoje, Noor?

Não confio em minha voz, então balanço a cabeça.

— Ah, é mesmo. — Jamie assume uma falsa expressão de tristeza. — Você foi suspensa. Espero que isso não prejudique as suas chances com as universidades.

Ela tem inveja, tia Misbah me disse uma vez, quando reclamei de Jamie. *Ela gostaria de ser o maior peixe em um laguinho. Ela fica incomodada por você querer encontrar um lago maior, mais interessante.*

É por isso que Jamie me odeia tanto? Salahudin tinha conjecturado a respeito. *Talvez os pais dela não abraçassem quando ela era criança.* Chachu não me abraçava também, e eu não sou um monstro. Talvez não seja por causa dos pais ou da infância. Talvez algumas pessoas sejam horríveis, e não haja rima ou razão para isso.

— Universidades? — A voz de Chachu é impassível. Ele não olha para mim.

— Chachu — digo. — Eu não...

— Você trabalhou tão duro naquelas candidaturas. — Os olhos dela brilham e eu penso em sua acusação: a de que Salahudin escreveu as redações para mim. — Imigrantes são muito dedicados, né? Até mais tarde!

Ela sai porta afora enquanto Robert, um cliente regular que fala demais, entra. Nunca senti tanta alegria em vê-lo. Chachu não parece incomodado. Outro cliente chega, e mais um. Chachu os atende sem olhar para mim.

Um rugido na rua. O caminhão de cerveja estaciona.

— Reabasteça o freezer — Chachu me diz. Não há tensão em suas palavras. Suas mãos estão soltas. Ombros relaxados.

Talvez ele não tenha acreditado em Jamie.

Termino com a entrega de cerveja. Então passo um pano no chão, reabasteço os doces, varro a calçada da frente e tiro o pó. Quando Brooke entra na loja, ao meio-dia, estou sem fazer nada nos fundos. Se Chachu não me vir por um tempo, talvez esqueça que eu existo.

— Noor — ele chama. — Venha. Vamos para casa.

— Eu posso... hum... ficar e ajudar a Brooke.

— Você precisa descansar — diz ele, sem emoção. — Para não adoecer de novo.

Ele inclina a cabeça abruptamente para a porta. Brooke ergue o olhar da revista que pegou. Insegura. Chachu a encara. Tento buscar os olhos dela, mas ela não vira para mim.

Todo mundo tem um instinto de réptil. Aquela voz que diz *Não encoste nessa cobra venenosa* ou *Saia dos trilhos do trem, idiota*. O instinto que nos mantém vivos.

Eu esqueci a maior parte do que aconteceu antes do terremoto. Mas sei que, naquela manhã, os cachorros estavam agindo de maneira estranha. Latindo e rosnando. Mesmo a nossa pastora-alemã me mordiscou quando tentei alimentá-la. Isso me perturbou. Eu era a favorita dela.

Não lembro bem dos rostos da minha família. Ou de suas vozes. Não lembro do nome da nossa cachorra. Mas lembro do som da terra rugindo. Como o rosnado da cachorra. Mais profundo, porém. Mais antigo.

As pessoas começaram a gritar. Eu corri para o quarto dos meus pais. Para o armário. Não pensei a respeito. O instinto me colocou ali. Me forçou a abrir a porta. A me encolher dentro daquele espaço minúsculo. A me fazer pequena e calada enquanto meu mundo inteiro sangrava e quebrava e morria lentamente.

O instinto me manteve viva naquele dia. Ele está gritando agora. Irado comigo. *Não vá, Noor.*

— Entre no carro, Noor. — Quase antes que ele termine de dizer meu nome, estou caminhando até o carro. Abrindo a porta.

Algumas coisas são mais fortes que o instinto.

Medo. Hábito. Desespero.

Eu entro no carro.

CAPÍTULO 35

Sal

Na manhã seguinte à briga entre Jamie e Noor, dou uma passada na casa de Noor, mas ninguém atende. Já enviei umas cinquenta mensagens para ela — sem resposta. Vou para a escola porque tenho esperança de que ela esteja na aula. Mas ela não está. Então caio fora.

A caminho de casa, a srta. McCann me envia uma mensagem.

Srta. McCann: Alta hoje à tarde! A Ash está cansada, mas animada. Ela vai voltar para a escola na segunda. Depois disso vamos ver os próximos passos. Ela vai adorar te ver.

Mando uma carinha sorridente. Então pego o celular não rastreável e envio uma mensagem para Art.

Desovando o trabalho da escola na sua casa.
Vou deixar atrás da mangueira do jardim.

Tão logo a mensagem é enviada, arranco o chip do celular, o esmago com um martelo e o jogo numa lixeira. Então busco a lata de tinta onde guardo as drogas: frascos e mais frascos de comprimidos cheios de algodão para que não façam barulho, e alguns saquinhos de heroína.

Enfio tudo nos bolsos. Parece mais pesado do que é na realidade. O vento, mais quente agora que o verão se aproxima, sibila através dos ramos da romãzeira que Ama plantou junto ao galpão.

Eu sei o que você tem, as folhas parecem sussurrar. *Eu sei o que você fez.*

No apartamento, Abu anda de um lado para o outro da cozinha. Ele não me pergunta por que não estou na escola. Não tenho certeza se ele se dá conta de que eu deveria estar lá. A batalha contra o vício está entalhada em seu rosto, marcas que o fazem parecer estar sempre com uma careta.

— Putar — ele diz. — Poderia se sentar por um momento?

Já são mais de onze horas. Quero ir à casa do Art e depois passar pela loja de bebidas para ver se Noor está lá.

Mas Abu raramente pede qualquer coisa. Então eu me sento, observando que a mesa de apoio onde ele pousa a xícara de chá foi limpa e está sem pó. Ele colocou uma foto de Ama ali. Estou no colo dela aos quatro anos, o sol do deserto brilhando sobre nós, sua testa franzida enquanto ela me observa. Eu me pergunto onde Abu encontrou essa foto.

— Salahudin, nós precisamos vender o motel.

O caramba. *Cinco segundos inspirando. Sete expirando.* Tento respirar fundo, mas meu peito está apertado demais.

— Não precisamos vender. Eu tenho tudo sob controle, Abu. As contas de luz e água estão pagas até o fim de maio...

Ele retorce as mãos juntas.

— A questão não é o dinheiro, Putar. Eu... Este lugar... — Ele balança a cabeça. — Woh harh jagah mojood heh. Iss ghar keh dar-o-diwar bhee rotay-henh.

Ele fala em urdu, não em punjabi. Ainda assim, eu compreendo. *Ela está em toda parte. As paredes desta casa choram.*

— Sua mãe e eu falamos sobre vender este lugar, de qualquer forma. Ela queria guardar o dinheiro para a sua educação e a de Noor. Ela queria...

— Não podemos vender. — Eu me apoio na mesa, olhando fixamente para minhas mãos, do mesmo formato e cor que as de Abu. — Ama adorava este lugar. Você está arruinando tudo pelo que ela sempre lutou. — Minha voz se eleva. — E tudo isso porque não consegue controlar a sua...

— Salahudin...

— Não! — Subitamente estou pairando sobre ele, os punhos cerrados. — Você não pode ficar ausente por anos... *anos*! E depois querer tomar decisões por nós dois. Você não tem esse direito.

— Eu ainda sou o seu pa...

— Uma ova. Pais cuidam dos filhos. Pais não agem como crianças de colo porque estão tristes. Eu estou triste também, mas ainda estou de pé... — Minha voz treme, e dou as costas para ele, para que não veja meus olhos marejados. — Ama foi minha mãe e meu pai — digo. — Você? Você não é nada. Devia ter sido você naquela cama de hospital. Não ela.

Abu não se levanta quando eu saio porta afora. Minhas mãos tremem conforme ligo o carro, mas me forço a recitar uma oração que Ama inculcou em minha mente — a que ela sempre dizia antes de ir de carro a qualquer lugar.

E eu deveria ser grato por essa oração. Porque ela é a única coisa que me impede de engatar ré rápido demais e atropelar a pessoa imóvel atrás de mim no meio do acesso para o motel.

CAPÍTULO 36

Noor

Chachu permanece em silêncio no carro, mas seus dedos tamborilam. Os nós dos dedos grossos subindo e descendo. Isso é pior que qualquer coisa, essa espera. Eu gostaria que ele já saísse gritando comigo.

Quando chegamos em casa, faço menção de ir para o meu quarto. A voz dele me detém.

— Na sala, Noor — ele diz.

Eu me sento na ponta do sofá, e por um minuto ele não diz nada. Sessenta segundos são intermináveis quando passados em silêncio com um animal perigoso. Quando Chachu finalmente fala, é sucinto. Como um professor fazendo uma pergunta de matemática.

— Em quantas universidades você se candidatou?

— Sete — sussurro.

— Quanto custou cada candidatura?

— Algumas... Algumas custaram quarenta. Outras oitenta.

Ele olha fixamente para os velhos tapetes monocromáticos no chão. Seus olhos estão encobertos. Não sei dizer quão irado ele está.

— Você roubou o dinheiro da loja?

Balanço a cabeça.

— Eu economizei. Do pouco que você me pagou. E... do Eid...

— Eid? — Ele ergue a cabeça imediatamente diante da menção ao feriado religioso.

Eu costumava vestir as roupas para o Eid na casa de Salahudin. Tia Misbah ligava dizendo que eu estava doente; isso nunca isso foi questionado em nenhuma das escolas em que estudei.

— Quem lhe dava dinheiro no... — Então ele compreende. — Aquela mulher tem sorte de estar morta. Ou eu daria uma lição nela por se meter com você, lhe ensinando todo aquele lixo religioso...

— Não fale mal dela! — eu grito. Minha ira surge do nada. Segui direto de *Fique calma, Noor* para *Cale a boca, Chachu*. Meu rosto está quente. Minha cabeça vibra, como se estivesse cheia de abelhas. — Ela foi uma mãe para mim. Ela se importava comigo. Ela me amava. Ela fez mais por mim do que você a vida inteira, e *ela* queria que eu fosse para a universidade...

Chachu é a única razão de eu estar aqui.

Eu tinha seis anos quando um terremoto atingiu meu vilarejo no Paquistão. Chachu dirigiu por dois dias, desde Karachi, porque os voos para a região norte do Punjab não estavam...

Lá vem o primeiro soco, bem no meu estômago, e não consigo respirar.

Quando chegou ao vilarejo, ele engatinhou sobre as ruínas da casa dos meus avós, onde meus pais e eu morávamos também. Ele arrancou as pedras com as próprias...

Mãos atacando meu rosto. Chachu grita. Berra. Irado. Triste. Não consigo compreendê-lo.

Os homens da defesa civil disseram que era...

— Inútil! Você é uma inútil, sua puta mal-agradecida — ruge Chachu. — Eu abri mão de tudo para cuidar de você! — Ele me empurra e eu bato com tanta força contra a parede que meus dentes chocalham. Mas tudo bem. Não tem problema se for por dentro. Só vou ter que me explicar se ele bater no meu rosto. Se aparecer. *Volte para a história, Noor. Volte.*

A palma de suas mãos...

Sangue por toda parte — escorrendo do meu nariz, do olho, e isso é ruim, porque não tenho como esconder isso. Vão saber... na escola, vão saber. Sinto gosto de sangue...

As unhas foram arrancadas. Meus pais, primos, avós... todos estavam mortos. Mas Chachu continuou escavando, até me ouvir...

— Desculpe, Chachu. — Não estou gritando agora, apenas chorando. Só quero que ele pare. — Desculpe...

Ele me tirou de lá. Me levou para o hospital e não saiu do...

Meu lado está doendo demais. Estou no chão e ele me chuta, rosnando algo que não compreendo. É como se doze anos de como ele realmente se sente estivessem explodindo no mesmo instante. Eu me encolho e espero o fim disso. A lembrança desaparece. Dissolve-se em nada, exceto o que está acontecendo aqui. Agora.

Sim, Chachu me salvou. Ele me levou para o hospital. Não me deixou.

Ele esbravejou dizendo que não podia cuidar de mim. Que estava no meio da faculdade e não teria tempo. Por fim, os médicos ordenaram que ele esperasse lá fora até se acalmar. É a minha primeira lembrança clara dele.

Ele ligou para um parente atrás do outro. Mas todos estavam mortos. Como se sua família jamais tivesse existido. Ele chorou. Ficou de luto. Depois ficou irado. Gritou. Berrou com Deus.

— *Por que ela?* — Chachu murmurava sobre mim para ninguém em particular.

Ele perguntou isso no hospital e, mais tarde, em um hostel onde ficamos enquanto ele conseguia minha passagem e meu visto. Perguntou isso no avião para a Califórnia. Ele provavelmente achou que eu não me lembraria. Ou talvez não se importasse com isso.

— *Tem que haver alguém que possa ficar com ela* — ele dizia para si mesmo.

Mas não havia ninguém. Nós éramos — nós somos — os dois últimos.

— Como você ousa?! — ele grita comigo agora, mas está chorando também. Talvez pelo que perdeu. Ou pelo que está fazendo. — Como ousa?!

Como eu ouso desafiá-lo.

Como eu ouso sobreviver.

O tênis dele acerta com tudo minhas costelas. *Não quebrem. Não quebrem.*

Oh, Deus. Me ajude. Alguém me ajude. *Socorro.*

Brooke? Mesmo se ela estivesse aqui, Brooke teria muito medo de pará-lo. Ela passou anos demais se esquivando da ira dos homens. Mesmo quando ela vê, desvia o olhar e desvia o olhar e desvia o olhar.

Um domingo, quando tia Misbah e eu estávamos esperando outro drama começar, troquei de canal para um programa sobre natureza em que um leão perseguia um filhote de gnu. O filhote era fraco e pequeno. Mas queria viver. Desesperadamente. Então ele corria e se esquivava, mesmo quando parecia que o leão o tinha alcançado. Ele aproveitava cada chance que tinha, cada pequena vantagem. Saltava sobre pedras e subia montes e finalmente escapou.

É isso que eu preciso fazer.

Abro os olhos e ele está de costas para mim. Está resmungando, como fazia quando eu era criança. Preso, talvez, naqueles momentos de tanto tempo atrás, quando se deu conta pela primeira vez de que estava sozinho no mundo.

Agarro a coisa mais próxima de mim: uma pesada escultura de bronze de uma águia que Brooke comprou em um mercado de pulgas. Eu me levanto com dificuldade. Chachu se vira quando me ouve. Jogo a escultura nele e ele grita algo — meu nome, ou um xingamento.

Então me afasto, cambaleando. Pego minha mochila, ainda largada junto à porta, e corro e corro e corro.

CAPÍTULO 37

Misbah

Agosto, antes

Salahudin adorava perambular pelo motel quando aprendeu a caminhar. Seu lugar favorito era a lavanderia. Ele a procurava com suas perninhas fortes quando eu estava trocando os lençóis ou varrendo o estacionamento. Eu fingia que não fazia ideia de onde ele estava, então acendia as luzes e o varria para fora do seu pequeno ninho debaixo das toalhas.

Um dia, me deitei na cama do quarto 6 por um momento. Era noite — e era meu último quarto. Salahudin estava se divertindo com seu aspirador de brinquedo à minha volta. Sorri, ouvindo seus barulhinhos de vum-vum-vum.

Fechei os olhos. Caí no sono.

Quando os abri, o universo tinha mudado.

Toufiq encontrou nosso filho na lavanderia.

Não compreendi, em um primeiro momento, o que havia acontecido. Toufiq me contou.

Levamos Salahudin para a emergência. Chamamos a polícia. Mas o hóspede que machucou nosso filho tinha dado um nome falso. Tinha pagado a conta em dinheiro. E desapareceu.

— Salahudin não vai se lembrar da agressão. — A médica que nos disse isso era jovem, com olhos tristes e gentis. O crachá dela dizia ELLEN ELLIS. *Eu ligaria para ela muitas vezes nos anos seguintes. E ela sempre seria gentil. — Fiquem de olho nele. Observem sinais de agressividade, pesadelos, xixi na cama...*

Assenti, mas não era isso que eu queria. Eu queria gritar. Encontrar o homem e arrebentar com ele. Matá-lo lentamente. Machucá-lo do jeito que ele machucou o meu garoto. Quebrá-lo do jeito que ele nos quebrou.

Quando voltamos para casa de manhã, Salahudin dormia em meus braços, ainda sedado. Eu me sentia feliz por ele estar sedado. Feliz com o fato de que ele não se lembraria de nada.

Toufiq não falou uma palavra.

Não importava. Inalei a fragrância do cabelo do meu filho, tão doce quanto no dia anterior. Eu o segurei perto de mim e sussurrei uma centena de orações. E, embora não quisesse deitá-lo, eu o deitei. Então coloquei meu tapete de oração ao lado do seu berço.

Não permita que ele se lembre, rezei. *Puna quem fez isso. Puna-o com dor, Deus. Puna-o como só o Senhor pode fazer.*

Quando terminei, encontrei Toufiq me observando. Em silêncio.

— Diga alguma coisa — implorei. — Qualquer coisa. — Com quem mais eu poderia compartilhar essa tristeza? Não com minha mãe nem com meu irmão, certamente. Nem mesmo com meu baba, que sempre implorava que eu retornasse ao Paquistão. "Por favor, borboletinha. Volte para casa."

Não havia para onde me voltar fora meu marido.

Mas Toufiq não falou. Em vez disso, foi até o armário onde guardávamos tudo que os hóspedes deixavam para trás. Pegou um copo e o encheu com um líquido âmbar tão potente que senti uma ferroada nos olhos ao olhar para ele. Ele bebeu tudo, do jeito que havia feito apenas uma vez antes, quando seus pais morreram.

Mas dessa vez ele não parou.

CAPÍTULO 38

Sal

Maio, agora

Os braços de Noor são como uma armadura segurando seus ossos. Quando saio do carro, ela cruza o olhar com o meu. Há um corte em sua testa e sangue corre pelo seu rosto. Sua mochila cheia demais está a seus pés. As duas tranças estão uma bagunça, o lenço azul torto. Fico horrorizado, congelado, pois isso tem que ser um pesadelo.

— *Salahudin...*

Ela tenta dizer o meu nome, mas nenhum som sai de sua boca. Corro até ela, e ela desaba sobre mim, calada e sem forças.

— Noor — eu digo. — Preciso te levar para o hospital. — *E depois vou ligar para a polícia e mandar prender o merda do seu tio.*

— Não — ela sussurra. — Não quebrou nenhum osso. Eu conferi.

— Nós precisamos de um médico...

— Por favor — ela sussurra. — Vamos só sair daqui, ir para algum outro lugar.

Eu me afasto cuidadosamente dela e me inclino para mirar seus olhos.

— Noor, não. Você está machucada de verdade.

— Eu vou entrar no carro. — Ela ergue o olhar para mim, tremendo com uma fúria que jamais vi antes, desprendida e selvagem. Dou um passo para trás. — Se você pegar o caminho do hospital, eu pulo. Estou falando sério. E se você chamar a polícia... só vai piorar as coisas para mim. Então não faça isso.

— Me deixe ligar para o imã Shafiq... ou para a Khadija. Noor...

Ela abre a porta do passageiro do Civic e se senta. Toda a energia se esvai de seu corpo.

— Apenas dirija — ela diz. — Por favor. Por favor, me ouça. Alguém me ouça.

Pego sua mochila e ela se abre, deixando cair tudo. Está sempre cheia, mas pela primeira vez entendo por quê. O passaporte de Noor está ali, e uma muda de roupa em uma sacola plástica. As contas de reza pretas reluzentes que Ama lhe deu. Outra sacola com barras de cereais baratas, castanhas e uma garrafa de água.

Ela sempre esteve pronta para fugir. Todos os dias ela ia para a escola se perguntando se aquele seria o dia em que fugiria. A percepção me deixa doente de vergonha. Eu deveria ter percebido. *Feito* alguma coisa.

— Dirija, Salahudin — diz Noor.

Então eu dirijo. Deixamos Juniper, e, quando a cidade é um pontinho distante atrás de nós, Noor finalmente relaxa. O sol não vai se pôr por horas, então sigo para Veil Meadows, bem nas montanhas, uma hora de viagem ao norte. Abu nos levava para acampar ali às vezes, quando Ama ainda estava bem.

Eu pigarreio.

— Não venho aqui desde...

A Briga.

— Se um dia eu for embora de Juniper — sussurra Noor —, quero ir para algum lugar verde. Algum lugar sem barro, bolas rolantes de feno e poeira.

— *Quando* você for embora — corrijo. — Não tem "se". Vai acontecer.

Tiro uma das mãos do volante e busco a mão dela antes que perca a coragem. Não sei se Noor quer ser tocada neste momento. Talvez, depois do que Riaz fez, ela só queira distância de todo mundo.

Mas Noor pega a minha mão e a segura tão firme que dói com todas as coisas que ela não pode dizer.

Deixamos a rodovia e seguimos por uma estradinha cheia de curvas que leva em direção ao campo. O mato dá lugar à floresta, e Noor apoia os dedos finos no vidro da janela, como se quisesse pegar uma das árvores que passam rapidamente. O único som é o cascalho esmagado embaixo dos pneus, e o vento aumentando à medida que subimos mais.

— Quer ouvir música?

Ela balança a cabeça, segurando minha mão mais firme.

— Você ainda tem aquela pipa no porta-malas? — ela pergunta. — Aquela que empinamos da última vez?

— Gandalf? — A pipa é um mago com os braços abertos. O nome foi uma conclusão óbvia. Fico surpreso que Noor se lembre de sua existência, no entanto. — Acho que nunca saiu do porta-malas.

Paramos em um mercado na beira do campo. Noor espera no carro enquanto eu compro sanduíches, refrigerantes, salgadinhos e bem mais chocolate do que qualquer um dos dois poderia comer.

Quando volto para o carro, ela está descansando a cabeça no antebraço. O corte no supercílio parou de sangrar, e sua bochecha está vermelha. Os machucados no pescoço escureceram também, e a ira me consome tão rápido que chego a ficar tonto. Riaz é menor do que eu. Tem braços mais curtos. Eu poderia fazê-lo pagar.

— Ei. — Noor acena com uma mão para mim.

— Desculpa — digo. — Por favor, me deixa te levar para o hosp...

— Não.

— Noor, você está menosprezando a minha necessidade anormal de consertar as coisas. Pelo menos me deixa limpar esse corte na sua cabeça.

— Tudo bem — ela concorda. — Pode limpar o corte.

Enquanto pego o kit de primeiros socorros, vasculho meu cérebro em busca de alguma forma de convencê-la a me permitir levá-la para o hospital.

Esse é o tipo de merda que não ensinam na escola, mas que nós devíamos saber. O que você faz quando a sua melhor amiga está machucada e sangrando e se recusa a ir ao hospital? O que você faz quando quer ajudar, mas ela não deixa?

Noor se encosta na porta do carro. Põe as mãos nos bolsos e inclina a cabeça para trás. É mais frio nas montanhas, e sua camiseta não é quente o bastante. Tiro meu moletom.

— Uma vez na vida você trouxe o agasalho. — Ela o cheira enquanto o coloca. — Está perfumado.

— Acho que você jogou na máquina de lavar umas duas semanas atrás. Achei no fundo do meu armário hoje. Ele estaria cheirando a garoto fedido se não fosse você.

Noor sorri, um brilho que faz meu coração bater mais rápido.

— Garotos fedidos não são tão ruins.

Os olhos dela se fixam em mim, enfumaçados e castanhos. Ela desfaz as tranças e puxa o cabelo para trás. Mergulho um algodão em gel antibacteriano e passo sobre o corte, desejando uma vida de cortes no globo ocular de Riaz a cada passada.

— Noor — tento. — Por favor, me deixa ligar para a Khadija. Ou para o imã Shafiq.

— Eu vou ligar — ela sussurra. — Prometo. Mas não agora. Eu preciso... Eu preciso... — A respiração dela é rasa e sua pele marrom fica descorada.

— Respira fundo — peço. — Cinco segundos inspirando. Sete expirando. Assim. — Mostro a ela. Já fiz isso por anos a esta altura. Subitamente, me pergunto onde aprendi. A lembrança passeia nos limites do meu cérebro, tímida e sinuosa, antes de ir embora dançando.

Eu a espanto para longe. O que importa é que Noor está respirando fundo, que está comigo — e que eu peguei suas mãos e isso parece certo.

Quando a cor volta à sua pele e o kit de primeiros socorros é guardado, encontro a pipa escondida por baixo de sacolas de compras, um lençol floral e uma trava de direção enferrujada.

Veil Meadows é o oposto de Juniper. É a esmeralda perfeita e silenciosa na Sierra Nevada. A grama é alta e macia, entrecortada por dezenas de riachos bem margeados, com águas de um azul profundo, de videogame. Poucas pessoas vêm aqui, pois o Yosemite fica a apenas duas horas de carro, e quem quer uma esmeralda quando se tem um diamante?

Seguimos por uma velha trilha usada por animais até um trecho de campo onde a grama é mais baixa. O lençol floral é grande o suficiente para que possamos espalhar nosso tesouro de delícias sem valor nutricional algum. Noor ignora a comida e vai direto ao Gandalf.

— Eu coloco no céu — digo, e ela está prestes a protestar, porque é melhor com pipas do que eu, mas Noor está dolorida, e, caso tenha quebrado algum osso, não quero piorar a situação. — Sou mais alto — argumento. — Mais próximo das correntes de ar.

Ela revira os olhos, mas pega a carretilha e solta a linha. Quase não preciso lançá-la. O vento da montanha agarra a pipa, puxando-a tão forte que Noor quase é tirada do chão, tão leve quanto uma folha de papel.

O medo toma conta de mim diante dessa visão. Estou convencido de que ela vai desaparecer, como Ama. Mas então ela se firma e nós sentamos no lençol. Lentamente Noor solta a linha, até que Gandalf é um cisco branco ondulante contra o vasto céu azul.

Noor segura a carretilha em uma das mãos e meus dedos na outra. Fico maravilhado com a sensação que ela me passa. Pele. Calor. Tão bom quanto um abraço deve ser. Fico maravilhado que não doa.

— Um poder secreto — digo. — Invisibilidade, voo ou transfiguração?

— Transfiguração em um dragão — ela escolhe. — Para poder voar. E eu teria a barriga azul, assim poderia desaparecer no céu.

— Não, não, não — reclamo. — Você tem que escolher *um* poder...

Já discursei dois parágrafos sobre o motivo de sua resposta não ser válida quando me dou conta de que sua cabeça está virada para mim.

Falar é subitamente um esforço complexo, que exige coordenação demais entre a boca e o cérebro.

— Ei. — Ela levanta a mão, que paira perto do meu rosto. Posso sentir seu calor.

— Oi — digo, então me recosto em sua mão por alguns segundos. Recuo antes que comece a gerar mal-estar. Ela não parece incomodada. Nós trazemos Gandalf de volta e fazemos barcos de junco para competir no riacho.

— Três pedras para cada um — diz Noor. — Quem afundar o outro ganha o último pedaço de chocolate.

Eu venço, porque a mira dela é péssima, mas lhe dou o chocolate de qualquer forma. Nós conversamos sobre rixas idiotas de celebridades e ouvimos umas dez músicas que Noor ainda não tinha me apresentado.

— Você estava escondendo isso de mim — acuso. — Você sabe que eu não consigo encontrar essas coisas sozinho.

— Eu estava guardando essas — ela diz. — Para um dia como hoje.

Olho de relance para o celular dela. Algo chamado "I See You" está tocando, do Kygo. Quando vejo o título do disco — *Kids in Love* —, acho que vou sair voando. O velho lençol floral se torna uma ilha fora do tempo. Eu não odeio Ama e Abu por suas escolhas. Riaz não é um monstro. Noor não está com dor.

É como a malfadada ida para Veil Meadows no ano passado — mas feita do jeito certo. O calor de Noor se mistura ao meu, e o medo que pairava sobre ela como um manto desde esta manhã começa a se dissipar.

Quando a noite cai, deitamos e nos maravilhamos com as estrelas. Noor aponta para o Cinturão de Órion e pestaneja.

— Ele é o meu namorado celestial — ela diz. — Tão nobre com o seu arco.

Olho fixamente para a constelação, sentindo um surto de ódio.

— Foda-se ele, então.

— Ciúme?

— De um monte de estrelas estúpidas? — Eu bufo, depois reconsidero. — Sim. Sim, estou.

Ela tem um calafrio em meu moletom, porque a noite aqui é mais gelada que sovaco de pinguim. O parque está oficialmente fechado, mas não aparece ninguém para nos incomodar. Quando Noor dá um tapinha em minhas pernas, eu levanto o joelho, confuso, e ela as empurra para abri-las, ajeitando-se entre elas, de maneira que suas costas estão contra o meu peito.

Sinapses demais estão disparando. Tem partes demais dela tocando partes demais minhas. Meu corpo inteiro formiga.

Ela fica imóvel. Mas não de um jeito ruim. De uma maneira estou-tentando-pegar-o-seu-jeito. Quando eu relaxo um pouco, ela se recosta. Inseguro, ergo os braços como se estivesse me equilibrando em uma corda bamba, então ela corre as mãos pelos meus antebraços e entrelaça meus dedos nos dela. Sinto o calor dela em minhas pernas, na barriga, nos braços, no peito. Ela está por toda parte.

Eu a abraço com cuidado, preocupado que meus braços sejam pesados demais sobre as partes dela que estão doloridas. Ela me puxa para mais perto. A longa curva do seu pescoço implora para ser beijada, então eu inclino a cabeça, inspiro-a e levo os lábios até sua pele. Noor faz um ruído engraçado, entre um arfar e um gemido.

O que me faz sentir coisas que me deixam apreensivo que ela vá sentir também, então afasto o corpo um pouco.

— Você está bem? — ela sussurra, e mesmo isso faz meu corpo formigar, porque sua voz é baixa e um tanto rouca, e fico estupidamente, espetacularmente excitado.

— Sim — tento dizer. *Ssmmm* é o que sai.

— Salahudin — ela diz. — Eu te devo desculpas.

Estou atônito.

— Deve?

— Quando nós éramos pequenos, ouvi a tia dizer um milhão de vezes: "Eu vou te dar um abraço, tudo bem, Putar?" E no outono passado, antes da Briga, eu ainda assim me joguei em cima de você. Eu não... Eu não te dei escolha.

— Não sei por que eu sou... — *Assim*, eu ia dizer. Mas sinto dificuldade de falar qualquer coisa.

Ela se vira completamente e eu percebo que sinto falta do seu calor.

— Você é perfeito — ela sussurra. — Entendeu? — Miro seus olhos, reluzindo sombriamente, e coloco as mãos de leve em sua cintura. Então corro um polegar ao longo da pele macia acima de seus quadris. O corpo inteiro dela treme, mas, quando eu paro, ela rosna para mim. *Mais*.

As mãos de Noor estão em meus antebraços, meus bíceps, meus ombros. Ela corre os dedos pelo meu cabelo, observando meu rosto o tempo inteiro. Quando passa as unhas levemente em meu couro cabeludo, com uma lentidão torturante, eu a seguro mais perto. Algo dentro de mim se enovela tensamente, e todo o meu corpo formiga, desperto da melhor maneira possível.

Ela me empurra de costas no chão. O cabelo de Noor cai de cada lado do meu rosto, as estrelas brilhando entre os fios, como se ela fosse feita delas. Seus olhos descem para a minha boca.

— Você... hum... tem certeza? — pergunto. — Você está machucada.

— Eu quero sentir outra coisa — ela sussurra. — Só por um tempinho. Quero não sentir dor. Quero esquecer. Me ajuda a esquecer, Salahudin.

Quando nossos lábios se tocam, tenho certeza de que vou me transformar em uma corrente viva. Subitamente eu preciso dela, toda ela. Eu preciso que ela esteja perto de mim. Jogo um braço em torno de sua cintura e a puxo para mim.

Tudo se desfaz. Não há sombras entre nós. Estamos ligados um ao outro, os lábios dela nos meus, a chama da sua cintura embaixo dos meus dedos. Exploro mais profundamente sua boca e ela suspira em mim, suas mãos leves sobre meus braços, meu peito.

Ela se afasta, arfando. A grama à nossa volta se ondula e canta uma ode a Noor, a lua deixa seu cabelo azul. Seus olhos grandes e castanhos estão felizes e quentes nos meus. *Lembre-se disso*, eu penso, quase freneticamente. *Lembre-se.*

— Uau. — Ela sorri. Meu coração se aperta e eu quero beijá-la de novo, mas não beijo, porque então talvez façamos coisas que não estamos prontos para fazer e eu me recuso a estragar isso, afinal é a melhor coisa que já aconteceu em toda a minha vida.

— Noor — sussurro. — É melhor a gente parar. Senão talvez a gente, hum...

Ela rola para longe de mim.

— Não devemos fazer isso — diz. — Você sabe. Em termos religiosos. A não ser que estejamos... — Ela desvia o olhar, sem jeito.

Abro um largo sorriso para ela.

— Está me pedindo em casamento?

— Ai, meu Deus, não! — Não preciso vê-la para saber que ficou vermelha.

— Estou brincando — digo. — De qualquer forma, provavelmente existem outras coisas com que Deus se incomoda mais do que duas pessoas se beijando — aponto. — Guerras. Bombardeios. Assassinatos.

— Monstros — sussurra Noor. Com essa palavra, a realidade cai sobre nós como um meteoro. As últimas horas, este lençol, o campo... foi tudo uma distração da merda horrível que aconteceu com ela. Que aconteceu com nós dois.

— Noor — chamo, e ela desvia o olhar de mim. — Você vai... Você vai me contar o que aconteceu?

— Nada... Eu... — A voz dela soa esganada, e o pânico em sua atitude é o mesmo de quando a busquei. — Chachu é a única razão de eu estar aqui. Ele... Ele dirigiu...

Ela para.

— Não consigo falar sobre isso — murmura. — Eu só quero esquecer. Desculpa.

Nós recolhemos o lençol e caminhamos ao longo de uma trilha iluminada pelo luar que segue as curvas do rio. Eu gostaria de poder levá-la ao hospital em um passe de mágica. Gostaria de poder mandar Riaz para fora do planeta. Para o vácuo no espaço, onde ele poderia sufocar. Ou para Mordor, onde os orcs poderiam comê-lo vivo.

Eu preciso que Noor me conte o que aconteceu. Porque temo que, se ela não fizer isso, vai se convencer a voltar para a casa de Riaz. Para que as coisas não mudem.

— A memória é uma coisa esquisita — comento. Talvez, para se sentir segura em falar sobre merdas assustadoras, ela precise que eu dê o salto primeiro. Talvez, para abrir a porta do seu segredo, ela precise ouvir o segredo de outra pessoa. — Eu digo que não sei por que o toque me faz sentir desconfortável. Mas eu me pergunto... eu me pergunto se alguma coisa aconteceu para que eu me sinta desse jeito.

Tropeço nas palavras em que jamais me permiti pensar, muito menos dizer.

— Eu... Eu sei que alguma coisa ruim aconteceu — sussurro. — Meu corpo sabe disso. Eu acho que... que é por isso que o controle é tão importante para mim. Mas não lembro desse acontecimento ruim. Não lembrar faz parecer que não aconteceu. E, se não aconteceu, então não sei por que estou avariado.

— Você não está avariado.

— Uma parte de mim *está* avariada — insisto. — Dizer que eu não estou apaga o fato de que alguém fez algo terrível comigo. Apaga o fato de que eu sobrevivi. Porque, sim, talvez eu esteja avariado, mas eu sou forte também.

Eu me viro para dentro, de um jeito que jamais me permiti. Para um espaço interno estranho, um espaço vazio que é puro branco, o branco de uma mortalha, o branco do chão de um necrotério, o branco da parede de um manicômio. Esse espaço é a dor. Esse espaço é a coisa que aconteceu. Eu quero encontrar os momentos que preenchem esse espaço, mas não quero. Eu quero compreendê-los, mas quero fugir deles.

Eu me pergunto se vai ser assim quando eu tiver vinte e oito anos, trinta e oito, cento e oito. Se eu vou morrer com esse espaço branco ainda aberto e abismal dentro de mim, com dentes afiados e para sempre desconhecido.

— Só estou dizendo — sigo em frente — que existem coisas que não devemos esquecer, porque, se esquecermos, então as pessoas ruins se livram das suas merdas. E nós seguimos sendo machucados.

— Ele fica tão bravo — diz Noor. — Ele tenta não ficar. Ele caminha de um lado para o outro ou acende um cigarro. Fala sozinho. Mas nada que eu diga parece certo. Nada que eu faça parece certo. E aí ele perde a cabeça. É como se existisse um monstro dentro dele.

— É ele — afirmo. — Ele é o monstro.

— Sempre que ele... que ele fica bravo, eu fujo para dentro da minha mente, porque é mais fácil do que pensar que vai ser sempre assim. O problema é que ele é esse gêiser de ódio e eu sou o buraco negro onde ele derrama esse ódio, e às vezes é demais. Mas eu bagunçei com a vida dele toda. Não é à toa que ele perde a cabeça.

— A culpa não é sua. — Paro de caminhar. — *Não* é. Noor, fique na minha casa. Não vou incomodar você. Nem o meu pai. Ele provavelmente nem vai perceber. Eu durmo no sofá. Por favor.

— Não posso. Você já tem coisas demais para se preocupar — diz Noor. — Conseguiu negociar com o First Union?

— Eu já paguei o banco, mas esquece isso...

— Pagou como?

Ela faz a pergunta tão rápido que fico sem resposta.

— Eu... andei ouvindo coisas — ela diz. — Sobre você e o Art. Ouvi dizer que vocês... estavam metidos em alguma parada.

Talvez eu deva abrir o jogo. Absorvi o suficiente dos dramas de Ama para saber que guardar segredos tem um custo. Mas Noor já tem muita coisa na cabeça. Estamos bem de novo faz pouco tempo. Contar para ela vai estragar essa coisa bonita e frágil entre nós.

— Um cara marrom andando com o Art — ironizo. — É claro que as pessoas vão falar merda. Não tem nada acontecendo.

O rosto de Noor está sombreado e ela cantarola algo familiar, algo lento que ela já colocou para tocar.

— "Terrible Love" — ela diz baixinho. — Do National.

Nós percorremos o resto da trilha em silêncio.

CAPÍTULO 39

Noor

Como pode o pior dia da sua vida ser também o melhor?

Salahudin e eu colocamos nossas coisas no carro e sentamos ali dentro, os dedos entrelaçados. Uivamos juntos com Jimi Hendrix cantando "All Along the Watchtower". Conto para ele sobre ter derrubado Jamie. Ele conta o que aconteceu com seu abu na lavanderia.

Pergunto se ele já esteve no túmulo de tia Misbah. Salahudin não responde e eu conto a ele um pouco sobre as horas antes de ela ter morrido — embora não conte tudo.

Eu ficaria para sempre neste carro se pudesse. Minha música tocando. A voz dele, baixa e acolhedora. No entanto, quando passa da meia-noite, ele liga o motor.

— Meu abu, Noor — ele diz. — Nós brigamos hoje. Ele vai ficar preocupado. E... — Os olhos dele avaliam meu rosto. — Eu vou levar você para o hospital. Por favor, não ameace pular do carro. Quando chegarmos lá, vou ligar para o imã Shafiq. Ele pode nos ajudar a fazer a denúncia na polícia.

Uma vez, quando eu tinha oito anos, alguém me ouviu chorando. Os vizinhos, talvez. Uns policiais apareceram em casa. Chachu os recebeu e me trouxe para a rua. Eu sorri, porque ele me disse o que aconteceria se eu não fizesse isso. Eles fizeram algumas perguntas. Chachu sabia exatamente como responder. Os policiais foram embora.

Depois disso, quando as coisas ficavam ruins, eu me olhava fixamente no espelho. *Conte para alguém*, pensava. *Simplesmente conte para alguém*. Mas para quem eu contaria? Os policiais não acreditariam em mim. Os professores na escola chamariam o serviço social e eu seria colocada para adoção. Chachu era família. Minha única família. Se eu o perdesse, não teria ninguém. Eu não queria envolver tia Misbah. E se ele a machucasse também?

Eu tinha tantas justificativas, cada uma delas nascida do medo. Temia que não acreditassem em mim. Eu gritaria *Ele está me machucando* para o mundo, e o mundo seguiria seu caminho.

Fecho os olhos e recosto a cabeça. A estrada é suave abaixo das rodas, a janela fria contra o machucado no meu rosto. Anna Leone canta "Once", sobre o que significa seguir em frente e deixar o passado para trás.

— Às vezes, Salahudin — digo —, parece que é demais. Penso sobre os lances que já lemos na escola. Aqueles livros todos sobre um problema. Um garoto que sofre bullying. Um garoto que apanha. Uma garota que é pobre. E então penso em nós dois e em como ganhamos na loteria da merda toda. Nós temos todos os problemas.

— Nazar seh bachau. — Ele cita a frase de tia Misbah contra mau-olhado tão fervorosamente que eu dou risada.

A fome vem quando você lamenta a enchente, ouço tia Misbah dizer em minha mente. *Sempre pode ser pior.*

— Você acredita que a nossa vida adulta vai compensar tudo que passamos na infância? — pergunto a ele.

— Tipo o que, a gente sai daqui, você vai estudar medicina, eu me torno um escritor e a nossa vida vai ser incrível?

— Não precisa ser incrível. Só não... — Meu rosto estremece. — Não assim.

— Você vai escapar deste lugar, Noor. — Ele olha para mim. — Você vai ser médica. A sua vida adulta vai compensar tudo isso.

A esperança reacende em meu peito quando ele diz isso. Ele soa tão certo quanto sua ama quando falava de Deus. Certo o suficiente para me fazer acreditar.

Salahudin pega a saída para Juniper, e ver as luzinhas minúsculas se aproximarem me faz ter um calafrio. Não quero voltar. Não quero encarar o que vem em seguida.

— E você? — distraio a mim mesma. — Você ainda tem aquele concurso literário para participar. E aulas avançadas para se inscrever.

— Abu quer vender o motel.

Eu já tinha me perguntado quanto tempo tio Toufiq levaria para chegar a essa conclusão.

— Vocês poderiam mudar para uma cidade maior — sugiro. — Eu poderia ir junto. Fazer uma faculdade comunitária. Ficar longe de Chachu. O seu abu poderia conseguir ajuda.

— De jeito nenhum. — As mãos de Salahudin estão apertadas no volante. — O Clouds' Rest era importante demais para Ama, não posso simplesmente abrir mão dele.

— Lembra daquela música que a sua ama adorava? "The Wanderer"? — pergunto, e ele assente. — A letra toda é baseada em uma passagem da Bíblia que fala que a gente não deve colocar valor nas coisas. Nos lugares. Nada disso tem significado e só faz a gente se sentir vazio. A sua ama sabia disso, Salahudin. Ela ia entender se vocês vendessem o Clouds' Rest.

Ele está balançando a cabeça.

— Você parece a narradora de "Uma arte" — ele argumenta. — Me dizendo que não há problema em perder coisas. Mas eu não posso. Ama ficaria muito desapontada. Confie em mim. Eu conhecia a minha mãe de um jeito que você não conhecia.

Não é verdade, quero dizer. Em vez disso, fico em silêncio. Estamos em Juniper agora. As ruas estão na maior parte vazias. Quero esquecer o hospital, seguir neste carro para sempre. Contudo, quando entramos na avenida principal, Salahudin vira à esquerda, na direção da cruz vermelha gigante ao longe, e acelera.

Meu estômago revira.

Não quero fazer isso. Só quero dormir. Estou prestes a dizer isso a ele quando luzes brilham atrás de nós. Uma sirene toca alto.

— Que merda é essa? — Salahudin fica instantaneamente tenso, o que é esquisito. Em regra, ele mantém suas emoções absolutamente sob controle.

— Marrom dirigindo — declaro. — Como ousa?

Salahudin não ri.

— Acho que eu estava acima da velocidade — ele diz. — Merda. *Merda*.

A porta da viatura bate atrás de nós. A figura magra de um policial cresce no espelho retrovisor. Salahudin respira fundo.

— Ei. Está tudo bem. — Toco seu pulso. Ele arranca o braço do meu alcance, como se a minha pele o queimasse. — Salahudin, não se preocupe.

Meu rosto repuxa. Os machucados... os cortes. Se o policial me vir, vai pensar que foi Salahudin quem fez isso. Não é de espantar que o meu amigo esteja nervoso.

Quando o policial chega na janela de Salahudin, levanto o capuz e encosto a cabeça na janela. Talvez se eu fingir que estou dormindo ele não me olhe de perto.

— É bem tarde para vocês estarem na rua. — O policial foca a lanterna no rosto de Salahudin, deixando-a ficar ali, antes de passar por mim rapidamente. Ele parece entediado enquanto pede a habilitação e o documento do carro. — O limite de velocidade é quarenta quilômetros por hora — ele diz enquanto Salahudin passa os documentos. — Você estava fácil a uns setenta.

— Sinto muito, senhor. — A voz de Salahudin treme. Ele tamborila os dedos na direção, e eu quero pegá-los só para que ele pare. — Vou dirigir mais devagar.

— Para onde vocês estavam indo?

— Para o hospital. Minha amiga... não está se sentindo bem.

O policial vira a lanterna para mim e eu ergo a mão.

— Por favor abaixe a mão, senhorita, e olhe para mim.

Merda. Eu obedeço, e a lanterna fica mais tempo em mim do que eu gostaria. Sinto o policial avaliando cada machucado. Cada arranhão. Não consigo ver bem o rosto dele, mas vejo sua identificação. MARKS.

— Esperem aqui. — O tom de Marks é duro. Frio. Ele desaparece na viatura. O rádio estala.

— Merda — diz Salahudin. — Eu conheço esse cara. Ele quase prendeu Abu no hospital no dia em que Ama morreu. — Ele olha de relance sobre o ombro. Então abre o porta-luvas e pega alguma coisa. Um saco de papel.

Salahudin examina o banco de trás e finalmente esconde o saco debaixo do tapete, depois enfia minha mochila por cima.

— Salahudin, o que...

— Tudo bem — ele diz, mas posso afirmar que está falando para si mesmo. Não para mim. — Está tudo bem.

O policial Marks ainda está na viatura. Outro carro passa lentamente — mais um policial — e para à nossa frente.

Salahudin está ofegante. Ele enfia a mão no bolso de sua calça cargo. O que quer que ele arranca dali tem um brilho apagado. Ele passa os objetos para mim. Os dois de plástico. Um sólido, o outro mole — um frasco de comprimidos e um saquinho.

— O que é isso? — sussurro. — Salahudin?

— Enfie debaixo do seu banco — ele sibila. — Rápido!

Não penso. Só faço o que ele diz, bem quando o policial Marks reaparece.

— Sr. Malik. — Ele tem uma das mãos pousada no cinto. Não sobre a arma. Mas não longe. — Por favor, saia do veículo.

— Ei — eu digo. — Ele não fez isso. — Gesticulo para o meu rosto. — Não foi ele.

— Senhorita, fique onde está. Sr. Malik, eu preciso que você saia do carro. Agora.

— Claro — diz Salahudin. — Sem problemas.

Ele se movimenta como se não conhecesse bem o próprio corpo. Sua pele é azul sob as luzes do carro de polícia. Uma rajada de vento faz uma bola de feno passar rolando e levanta a poeira. Do outro lado da rua, um caminhão reduz a velocidade para ver o que está acontecendo. O deserto fora do carro parece tão vasto. Como se continuasse para sempre. Como se não existisse mais nada além de nós, este carro e a vastidão além.

Meu pânico cresce. Mas não tem vazão.

— Por que você está tirando ele do carro? — falo sem pensar. — Dê logo a multa para que a gente possa ir embora.

— Senhorita — Marks fala lentamente, como se para uma garotinha. — Vamos só conversar rapidinho.

Tudo vai ficar bem. Nada terrível vai acontecer, porque a vida tem sido uma porcaria há tempo demais e nenhum de nós merece que ela piore.

Nós vamos contar essa história daqui a muitos anos. Vamos rir dela.

Marks prensa Salahudin contra o carro.

— Por que você precisa conversar se ele estava acima da velocidade? — grito para fora da janela. A pergunta soa mais irritada do que eu gostaria.

Calma, Noor. Aguenta firme.

Mas eu sempre aguento firme. Eu sempre escondo o que sinto. Não me ajudou em nada.

— Isso é uma palhaçada! — berro agora, irada demais para ter medo.

O policial Marks pede reforço pelo rádio. Já há duas viaturas e três policiais aqui. Todos têm armas. Nós temos guloseimas e uma pipa de mago.

Eu busco a maçaneta. Então lembro da vez que Chachu chamou a polícia, quando um cliente começou a quebrar garrafas na loja. O cara ficou puto porque Brooke pediu a identidade dele. Os policiais prenderam Chachu em vez dele. É assim que as coisas são em cidades pequenas. Juniper não é diferente.

Se eu sair do carro, talvez piore as coisas. Então me recosto no banco. Fervendo por dentro.

A porta de Salahudin está aberta. Sua janela também. O policial o revista e não consigo ver seu rosto, mas posso imaginá-lo fazendo uma careta.

Então Salahudin xinga. Eu me inclino sobre seu banco para descobrir o que está acontecendo.

O policial tirou alguma coisa do bolso de Salahudin. Ele segue procurando — e encontra outros itens, pequenos demais para que eu consiga ver.

Um brilho prateado. Salahudin se vira, levando as mãos às costas. O queixo dele está tenso — mas isso é tudo que consigo ver do seu rosto. Não entendo o que está acontecendo.

E então compreendo.

O policial o está algemando.

Ele está prendendo Salahudin.

— Não... *Ei!* — Começo a sair do carro. Mas uma policial está parada junto à minha porta, a mão estendida. Eu nem a vi se aproximar.

— Senhorita — ela diz. — Fique no veículo.

— Ele está prendendo o meu amigo. Não fizemos *nada*...

— Senhorita. — A voz dela endurece repentinamente e eu dou um salto. — Fique no veículo. Mãos no painel, onde eu possa vê-las.

Eu obedeço.

— Não entendo por que vocês estão fazendo isso — eu digo. — Só deem a multa e nos deixem ir embora. Ele não fez nada. Nós não fizemos nada.

A policial troca algumas palavras com Marks, e, quando retorna, sua voz é mais calma.

— Eu preciso que você saia do carro devagar... e vá comigo até a calçada. Vou abrir a porta agora.

Eu obedeço. Quando chegamos ao meio-fio, ela pede que eu coloque as mãos sobre a cabeça.

— Eu vou revistar você. Você está machucada em alguma outra parte, fora o rosto?

— Nas costelas — digo, e, quando ela me revista, seu toque é cuidadoso. Eu a vejo observar meu rosto, a testa franzida. Salahudin também está no meio-fio, mas do outro lado da rua. Dois policiais conversam com ele. Não consigo ouvir o que dizem. — Por que vocês estão prendendo ele?

— O seu namorado sabe por quê.

— Ele não é meu namorado... e ele não fez nada.

A policial — cuja identificação diz ORTIZ — suspira.

— Ele fica agressivo com frequência?

— Ele nunca fica agressivo — afirmo. — Nunca.

— Quem fez isso no seu rosto? E não me diga que você tropeçou e caiu.

— Não é da sua maldita conta.

Ortiz estala a língua.

— Você beija a sua mãe com essa boca?

— Minha mãe morreu quando eu tinha seis anos.

Não é uma frase que eu diga com frequência. Não preciso. Todos na escola sabem que eu vivo com os meus tios. Todos que vão à loja sabem disso também. E isso resume bem o meu mundo. Se alguém um dia ficou curioso a respeito dos meus pais, nunca perguntou.

Não consigo ver a reação de Ortiz. Está escuro demais e ela está com a lanterna apontada para mim. Alguns segundos se passam e ela pigarreia.

— O seu amigo obriga você a vender drogas?

— Não!

— *Você* o obriga a vender drogas?

— Não — respondo. — E não vou mais falar com você.

Eu praticamente cuspo no rosto dela. As pessoas sempre veem o lado errado. Jamie olhou para mim e viu uma trapaceira. Ortiz olhou para Salahudin e viu um sujeito que bate em mulheres. Mas eles vão olhar para Jamie e ver uma garota popular em vez de uma imbecil racista. Vão olhar para Riaz e ver um herói que adotou a sobrinha órfã em vez de um monstro.

— Olha — diz Ortiz. — Eu não posso te ajudar a não ser que você me ajude. O seu namoro... amigo... está algemado. Ele não tem como te machucar.

— Ele não bateu em mim.

— Vamos deixar isso de lado por enquanto. Você acha que vamos encontrar alguma coisa quando revistarmos o carro?

Olho de relance para o Civic. O porta-malas está aberto. Gandalf está no chão, metade dele embaixo da bota de um dos policiais. Dois outros policiais revistam os bancos da frente. Ouço o ruído dos pneus de mais uma viatura parando.

Salahudin fala — ouço sua voz, mas não o que ele está dizendo. *Não conte nada a eles*, quero gritar para o meu amigo. *Quanto mais você contar, mais eles podem ferrar você.*

— Me conte onde vocês esconderam as drogas — pede Ortiz. — Talvez não sejamos tão duros com você. Você é jovem. E, quer admita ou não, é óbvio que ele está te machucando.

Aquelas coisas que enfiei debaixo do banco — *comprimidos*. Mas Salahudin deve ter uma explicação para isso. Porque ele me disse que não estava vendendo. E ele não mente para mim.

— Puta merda — diz um dos policiais enquanto revista o banco dianteiro do carro. Subitamente, todos estão tensos e calados. — Marks — ele quebra o silêncio. — Você precisa ver isso.

CAPÍTULO 40

Sal

Levei muito tempo para me encaixar quando era pequeno. Antes que eu soubesse o que havia de errado comigo, os outros garotos pareciam ter descoberto. Eles sentiam isso no meu jeito de manter os olhos baixos, no jeito como eu parecia não ouvir o professor, no fato de eu fazer tudo um segundo atrasado. Eles nunca falavam comigo mais do que o necessário. Nunca sentavam do meu lado. Eles ouviam aquela parte deles que sussurrava: *Diferente. Outro.*

Isso me deixava triste. Porque eles não sabiam coisas que eu sabia. Porque eles poderiam ser gentis, mas não sabiam como.

Talvez aquela tristeza tivesse se transformado em algo pior. Amargura. Uma vida de ódio. Mas ela foi contida, roubada de sua potência com um mês de aulas na primeira série por uma menina que apareceu atrasada e entrou sozinha, sem pais para se preocuparem com ela.

As roupas sobravam em seu corpo magro, e o cabelo estava penteado em duas tranças desiguais. Ela não falava inglês.

Uma pessoa generosa teria olhado para ela e visto uma criança de seis anos que precisava de amor. A professora, sra. Bridlow, olhava para ela e via uma dor de cabeça. *Essa é a Nora*, disse a sra. Bridlow. *Ela é do Paquistão. Como o Sal!* E colocou a garota no único assento vazio, ao meu lado, no fundo da sala.

As outras crianças conversavam, riam e brincavam. A menina e eu nos encaramos como dois cães arredios, os olhos castanhos fixos uns nos outros, o arruinado conhecendo o coração partido, Salahudin conhecendo Noor.

Eu não fazia ideia do papel que aqueles olhos iriam desempenhar na minha vida, quantas vezes eu olharia para eles, quantas vezes desviaria o olhar. Não dissemos nada. Simplesmente nos encaramos. Nenhum dos dois parecia achar isso estranho.

— O que é isso? — Apontei para algo roxo e verde em seu braço.

Ela o cobriu com a mão, mas não falou.

— Ghoray varga lagadha heh. — *Parece um cavalo*, eu disse, já que ela era do Paquistão, e eu não tinha idade suficiente para me dar conta de que ela talvez não falasse punjabi.

Ela espiou o braço, como se nunca tivesse considerado que a dor pudesse assumir a forma de um animal. A professora nos chamou para a hora da história; Noor me seguiu até o tapete e sentou ao meu lado quando a história começou. Ela riu quando eu ri, e não era quando todas as outras crianças riram. Em determinado momento ela apontou para uma aranha subindo na estante de brinquedos atrás de nós. Nós a observamos juntos.

Subitamente compreendi por que minha ama havia pedido, com aquela expressão ansiosa nos olhos, que eu fizesse amigos. Por que todas aquelas crianças andavam em bando. Porque era bom ter um amigo.

Era a primeira vez que eu chamava alguém assim em minha cabeça. E todos os amigos que vieram depois jamais estariam à altura do que senti aquele dia ao pensar nessa palavra, porque nunca, jamais houve alguém parecido com Noor.

Penso naquele dia agora, enquanto os policiais tiram as drogas do carro. Enquanto a algemam. Enquanto me empurram para o banco traseiro de plástico duro da viatura. Enquanto ela olha para mim através do vidro, o maxilar apertado, os olhos marejados. Enquanto ela se vê frente a frente com o tamanho das minhas mentiras, falsidade e estupidez.

Enquanto ela se dá conta de que sua vida nunca mais vai ser a mesma.

Eu observo e me espanto com a simetria horrorosa de tudo isso. Párias desde então até agora, sempre. Do momento em que ela me salvou quando criança ao momento em que a amaldiçoei quando adulta.

Eu gostaria que ela tivesse sentado em qualquer outro lugar aquele dia, tanto tempo atrás. Gostaria de ter sido horrível com ela. Gostaria que ela tivesse sido horrível comigo. Eu dispensaria todas as aventuras que vivemos se isso significasse que ela não teria de enfrentar o que está por vir.

Mas não tenho como. A vida de Noor vai estar para sempre dividida entre o momento em que fomos parados e o momento depois disso.

E a culpa é minha.

PARTE V

∞

Perdi duas cidades lindas. E um império
que era meu, dois rios, e mais um continente.
Tenho saudade deles. Mas não é nada sério.

— *Elizabeth Bishop*,
"Uma arte"

CAPÍTULO 41
Misbah

Janeiro, antes

Eu nunca fui uma mulher violenta, mas a sua professora do primeiro ano, Roberta Bridlow, era tão horrível que meus dedos coçavam para dar um thappad na cabeça dela, do jeito que a minha nani fazia com qualquer um que fosse impertinente.

A sra. Bridlow tinha um pequeno capacete de cabelo loiro-grisalho e lábios que pareciam ter comido achar azedo demais.

— Salahudin. — Sall-i-iu-dim. O assassinato do seu belo nome me fazia perguntar como ela havia se tornado professora se não sabia ler letras simples. — Ele está desmotivado, sra. Malik.

— Ele tem seis anos.

— Ele não escreve. Ele não lê.

Cruzei os braços.

— Ele adora histórias — respondi. — Ele vai aprender.

— Olhe — ela prosseguiu. — Eu não sei como é no lugar de onde vocês vieram, mas aqui nos Estados Unidos os pais têm que participar ativamente da vida escolar dos filhos. Eu tenho trinta e duas crianças na sala de aula e não posso ajudar todas elas.

— Só as brancas, então?

Ela abriu e fechou a boca, como um peixe particularmente estúpido.

— Isso... Isso não tem nada a ver com a questão. O Sal... Nós o chamamos de Sal na sala... Ele não está se desenvolvendo, sra. Malik. Ele fala inglês em casa?

— Ele fala um inglês perfeito. Punjabi também.
— As múltiplas línguas devem confundi-lo...
— Ou talvez você não esteja fazendo o seu trabalho.

Ela engoliu tão alto que achei que se engasgaria com o ruído. Então limpou a garganta.

— Quem sabe ensino domiciliar...
— Você quer que eu o ensine em casa porque não consegue fazer o seu trabalho.
— Tem questões sociais também, sra. Malik. Ele não se relaciona bem. Fica incomodado se outras crianças encostam nele. O Sal está... seguro? Em casa? A senhora está? Eu conheci uma moça uma vez que era casada com um muçulmano e eles podem ser...

Levantei tão rápido da cadeira de criança em que estava sentada que ela caiu para trás ruidosamente.

— Eu vou falar com a diretora sobre esta conversa, sra. Bridlow.

Fui embora. Não falei com a diretora. Falei com a companheira dela, dra. Ellis.

Sua professora não falou mais sobre ensino domiciliar.

Mas ela estava certa quando disse que você tinha dificuldade para se relacionar. Eu o levei a uma médica... uma terapeuta. Ela queria continuar vendo você, mas eu estava preocupada que isso o fizesse se lembrar do que aconteceu. Que o fizesse reviver aquilo.

Eu ficava arrasada ao ver como você tinha mudado. Coisas pequenas. O silêncio quando antes havia riso. A hesitação quando antes você corria até mim. Você mesmo parecia não compreender. No meio da noite você acordava chorando. Mas pior era quando ficava calado. Fora de alcance.

Eu não sabia o que fazer. O seu pai não conseguia me ajudar, não importava o que eu dissesse a ele. Talvez eu devesse ter continuado levando você à terapeuta. Talvez ela o tivesse ajudado a compreender a si mesmo.

Mas eu era jovem e tola. Não voltei ao consultório dela. Em vez disso, pensei: A pessoa que o meu filho se tornará não vai ser a soma do que aconteceu com ele. Eu não deixaria ninguém quebrar você. Se um abraço não o confortasse, então talvez uma história conseguisse. Se uma conversa *o assustava, talvez a bondade o acalmasse. Se outras crianças não o compreendiam, então eu falaria para você sobre Deus, que compreende todos nós, mente, coração e alma.*

Eu tentei, meu filho. Tentei lhe devolver o que aquele monstro levou. Espero que tenha funcionado. Porque agora, enquanto o tempo me escapa, percebo que a coisa mais importante que ele pode ter roubado de você não foi sua inocência, mas sua esperança.

CAPÍTULO 42

Noor

Maio, agora
FRIARSFIELD, CALIFÓRNIA

A área de identificação da cadeia do condado está lotada. O burburinho é parecido com o do vestiário feminino da Juniper High — e o cheiro também. O policial com quem eu vim — não vi seu nome — me passa para uma policial loira robusta que tira minhas algemas e escaneia minhas digitais. Ela me acompanha até uma parede branca vazia. Não percebo que está tirando minha foto até ela dizer "olhe para cá" e apontar para uma câmera de notebook minúscula.

Eu me pergunto se Salahudin também foi trazido para a prisão do condado em Friarsfield. Meu peito dói ao pensar nele. Eu sabia que alguma coisa esquisita estava acontecendo. Mas não quis acreditar. E ele achou que eu não merecia saber a verdade.

Doze anos de amizade, tendo ele como a gravidade que evitava que eu saísse girando no vazio. E agora estou à deriva.

Por quê por quê por quê, Salahudin?

Não, ele não é mais Salahudin. É o Mentiroso.

A policial encontra uma pequena escrivaninha de metal, me faz sentar e colhe as informações básicas. Nome. Data de nascimento. Cidadania.

— Preciso do seu green card.

— Está... Está nas minhas coisas. Mas eu sei o número.

Ela o anota.

— Onde você nasceu?

— Kot Inayat, no Paquistão.

— Kot-o-quê?

— Kot I-nay-at — repito lentamente. Ela me faz soletrar.

— Paquistão, é? Fica perto do Afeganistão, não fica? — O "Afeganistão" dela soa muito esquisito. Diante da minha concordância, ela assobia. — Um monte de terroristas por lá.

Ela diz isso como se eu os conhecesse pessoalmente. Como se talvez houvesse alguns na minha família.

— Sim, de monte. Tem em todo lugar.

Se ela captou meu sarcasmo, não demonstra. Em vez disso, passa pelo restante das perguntas. Endereço. Ocupação. Número da previdência social.

— Vamos até o corredor para você dar o seu telefonema.

Balanço a cabeça. Há apenas duas pessoas para quem eu ligaria nesta situação. Uma está morta e o outro é um mentiroso.

A policial dá de ombros e me leva por um corredor de concreto até uma porta branca simples. Eu sei que é uma prisão de condado e não um presídio estadual. Sei que vou ficar aqui por alguns dias, talvez. Não anos.

Ainda assim, penso em "Prisoner 1 & 2", do Lupe Fiasco. A chamada a cobrar no início. A porta das celas abrindo e fechando com um ruído metálico. Essa música me ensinou mais sobre a prisão do que qualquer coisa na TV ou em um livro. Quando ouvi pela primeira vez, fiquei surpresa ao perceber que ela não falava do medo.

Falava sobre a raiva. A desesperança.

As músicas me ajudam a processar a vida. Me ajudam a sentir. Mas neste momento não quero fazer nenhum dos dois. Expulso Lupe Fiasco da cabeça.

Outro policial abre a porta branca e uma onda de barulho me atinge. Entro em uma cela que tem seis metros de comprimento por seis de largura. Está lotada. Algumas mulheres me encaram quando entro. Uma delas assobia.

Há uma cama de lona no canto da cela. Uma senhora de cabelo branco está deitada enquanto outra — pelo visto sua filha — monta guarda, de braços cruzados. Preciso fazer xixi, mas não há parede para esconder a privada e não há papel também.

A maioria das mulheres está de pé ou sentada ao longo da parede. Algumas são brancas, algumas marrons, algumas negras. Encontro um canto vazio e me recosto ali, deixando que o cabelo caia sobre o rosto para esconder meus ferimentos. Um policial chama o nome de uma mulher e ela se levanta enquanto ele destranca a cela.

Ninguém vai vir me buscar. Ninguém faz ideia de que estou aqui, tirando o Mentiroso.

Pare, Noor. Pense. Eu vou ficar bem. As drogas não eram minhas. Nunca trafiquei na vida. A sra. Michaels vai confirmar. O sr. Stevenson vai confirmar. Oluchi, do hospital, vai confirmar. Meus registros telefônicos vão confirmar.

Repito isso para mim mesma por uma hora. Então a ideia começa a fazer sentido. Ela se emaranha em minha cabeça. O sol nasce — consigo ver pela janela, que mais parece uma fenda no topo da cela.

Fecho os olhos e sinto as mãos do Mentiroso em mim, tão cuidadoso. Penso que seu corpo me fez sentir em casa. Que ter tanto dele próximo de tanto de mim quase me fez esquecer por que estávamos em Veil Meadows para começo de conversa.

E o rosto dele quando perguntei sobre Art. Aquela sombra nos olhos. A mentira. Ele estava vendendo drogas. É claro que estava — de que outra maneira poderia bancar tudo no motel?

Não valeu a pena. O Mentiroso se ferrou. E me ferrou também.

Quando fugi da casa de Chachu, eu queria um sinal do universo. Alguma coisa boa. Eu queria saber que, mesmo se não conseguisse ser aceita por uma universidade, haveria mais na minha vida do que um tio raivoso, uma loja de bebidas e uma cidadezinha no meio do deserto.

Achei que o Mentiroso fosse o sinal.

Talvez eu devesse ter morrido naquele terremoto. Talvez Deus venha me dando sinais de que estou vivendo em um tempo emprestado — e eu sou idiota demais para perceber.

— Noor Riaz?

Um policial abre a porta, a mão sobre a arma na cintura, para o caso de alguma das mulheres cansadas aqui tentar atacar um cara armado com o dobro do tamanho dela.

Eu me ponho de pé, mas não digo nada. Ele me algema. Seus dedos apertam meu braço bem em cima de um machucado.

A sala para onde sou levada é pequena e fechada, e tem uma mesa com uma cadeira de cada lado. Há um relógio na parede que me diz que é quase meio-dia. Sou deixada sozinha por tempo suficiente para que a minha vaga necessidade de urinar se torne um problema real. Quando um homem estranhamente laranja com um crachá escrito BREWER aparece, estou prestes a me agachar no chão.

— Noor Riaz. — Brewer se ajeita na cadeira segurando uma pasta fina. O uniforme dele é volumoso: um colete com um milhão de bolsos. Eu me pergunto se ele vai participar de uma batida policial em uma boca de fumo depois daqui.

Ele olha fixamente para a pasta — a minha pasta — por um longo tempo. Tempo suficiente para que eu saiba que não está lendo nada. Só está tentando me dizer alguma coisa.

Bom, eu também posso dizer alguma coisa. Eu me recosto e conto os tijolos.

— Noor, Noor, Noor — ele diz finalmente. — Belo nome. O que significa?

— Eu preciso ir ao banheiro — digo a ele.

— Claro — ele responde. — Depois que terminarmos aqui.

Meia dúzia de palavras. Mas fica imediatamente claro que ele não é como a policial que fez o meu registro. Ou como Ortiz e seu questionamento cuidadoso ontem à noite.

— Srta. Riaz, vou fazer algumas perguntas. Você vai responder. — Ele não espera a resposta. — Os policiais que pararam vocês encontraram apetrechos para o uso de drogas, assim como um frasco de Oxycontin e doze gramas de heroína debaixo do seu banco. Há quanto tempo você vende drogas?

— Aquelas coisas não eram minhas.

— Eles também encontraram um frasco de hidrocodona no banco de trás, embaixo da sua mochila. Você tem receita para esse medicamento?

— Não é um analgésico?

— Você conhece os seus opioides.

Dou de ombros. Ele olha ostensivamente para os machucados no meu pescoço. Nos meus braços.

— O seu namorado fez isso com você?

— Eu não tenho namorado.

Brewer bate com a caneta na minha pasta. Não sei dizer a cor dos seus olhos. Azuis, talvez. Ou verdes. Alguma coisa fria. Reptiliana.

Ele já tomou uma decisão a meu respeito.

— Se Salahudin Malik estava coagindo você a vender, podemos enquadrá-lo por violência doméstica, transporte e posse de drogas. Eu conferi o seu histórico escolar. — Brewer faz uma pausa. Eu me pergunto se em algum lugar no manual de interrogatórios existe uma parte sobre o poder do silêncio para pressionar um criminoso. — Suas notas são boas. Surpreendentemente boas. Você está planejando ir para a universidade, segundo o seu diretor. Mas você teve algumas questões disciplinares.

— Uma questão disciplinar.

— Aqui diz que o seu pai é Shaukat Riaz... que tem uma loja de bebidas...

— Ele é meu tio — corrijo.

Brewer ergue a sobrancelha.

— Você já trabalhou na loja de bebidas?

Fico inquieta. Sinto que preciso responder. Mas não sei o que ele planeja fazer com o que eu tenho a dizer.

— Sim. — A verdade é mais simples. — Eu trabalho lá.

— Bom lugar para vender os seus comprimidos. Bom disfarce. Foi o seu tio que colocou você nisso?

Merda. Brewer espera uma resposta. Não lhe dou uma. Em vez disso, penso em Chachu. Em como ele gritava com a TV quando assistia a *Law & Order*. *Não diga nada a eles, seu idiota.*

— Eu gostaria de falar com um advogado, por favor.

— Certamente. — Ele sorri sem mostrar os dentes. — Mas, Noor? Um pequeno conselho. Declare-se culpada. Não arraste a sua família para essa confusão.

— Há alguns segundos você estava perguntando se foi a minha família que me meteu nessa.

— E foi?

Balanço a cabeça e digo, mais devagar agora:

— Eu gostaria de falar com um advogado.

— É claro. — Brewer se coloca de pé, mas para na porta. — Sabe, eu olho para uma garota como você — ele diz — e simplesmente não entendo. Você é inteligente. É bonita. Tem família. Você tem tudo a seu favor. E joga isso fora.

Neste momento, eu gostaria de ser uma poeta. Não para falar de beleza. Mas para falar de dor.

Eu encontraria uma maneira de explicar que isso não é culpa minha. Que eu não joguei meu futuro no lixo — ele foi tomado de mim. Tomado justamente pela pessoa em quem eu achava que podia confiar.

Não falo nada. Não faz sentido. Brewer decidiu que sabe quem eu sou. Ele não vai mudar de ideia. E eu não vou desperdiçar meu tempo tentando fazê-lo mudar.

As pessoas veem o que querem ver. Estou cansada de esperar que elas me vejam.

CAPÍTULO 43

Sal

Abu atende no terceiro toque, e, quando ouço sua voz, as palavras que eu ensaiei — *Você pode vir tirar a Noor da cadeia do condado de Friarsfield, por favor?* — me escapam. Quando ele fala, ouço Ama. Não sua presença, mas sua ausência: o peso da tristeza que pressiona o coração de Abu como um punho; o timbre rouco em sua voz que fala de sua solidão.

— Abu. — As coisas horríveis que eu gritei para ele ontem ecoam em minha mente. — Ama ficaria com tanta vergonha de mim. Eu estraguei tudo. Estraguei feio.

— Onde você está, Putar? — Sua voz é clara; ele não andou bebendo. Ele fica em silêncio quando conto o que aconteceu. Em silêncio quando termino.

— Não se preocupe comigo — peço. — Mas você pode vir buscar a Noor, por favor? Ela não pode ligar para o Riaz, ele...

Antes de dizer mais, eu paro de falar. Noor não contou aos policiais sobre Riaz. E eles provavelmente estão ouvindo este telefonema.

— Por favor, Abu — insisto. — Venha buscar a Noor. Depois nós podemos resolver o meu lado.

— Estarei aí em breve. Vamos dar um jeito nisso. Certo?

— Certo, Abu.

Ama me ensinou que agradecer aos pais é desnecessário. Seria como agradecer aos pulmões por respirar. Toda vez que eu tentava, ela me olhava como se eu tivesse recusado a paratha de sábado de manhã.

Mas espero que ele o ouça na minha voz. Espero que ele saiba.

O sujeito atrás de mim diz que é melhor eu me apressar e eu desligo rapidamente. Quando me viro para encará-lo, ele dá um passo para trás. Noor uma vez brincou que eu tenho cara de assassino quando estou sério. Então, não sorrio enquanto dois policiais me levam para uma cela. Não é difícil — suas mãos em meus braços parecem tornos que ficaram no fogo por tempo demais.

Tenho mais de um metro e oitenta de altura, sei dar um soco pesado, sem falar na minha cara de assassino. E ainda assim estou assustado pra valer quando entro na cela de detenção da cadeia do condado de Friarsfield.

Só não irrite ninguém. E não apanhe.

Há poucos caras por ali. Alguns me ignoram, mas um deles — um sujeito branco com a cabeça raspada e uma tatuagem de suástica — me avalia atentamente. Eu me obrigo a encará-lo de volta e passo alguns minutos temendo que essa seja a última decisão coerente que vou tomar por um bom tempo.

Mas ele desvia o olhar.

Me imagino contando a Noor que, pelo menos uma vez na vida, a cara de assassino me ajudou. Quer dizer, se ela voltar a falar comigo um dia.

Ela vai. Abu vai tirá-la da cadeia e a polícia vai perceber que ela não teve nada a ver com a minha estupidez. Ela vai gritar comigo e me perdoar em algum momento.

Eu me remexo sob o olhar de um garoto que parece mais novo que eu, deitado sobre uma cama de lona suja. Seu cabelo castanho-claro é bem curto, quase careca em alguns lugares, como se ele mesmo tivesse cortado. Ele pode estar olhando para mim por um milhão de razões. Porque está surtando. Porque acha que eu sou confiável. Porque gostou da minha camiseta escrito VOCÊ NÃO VAI PASSAR.

Finalmente, ele vem até mim com passos arrastados.

— Ei. Ei. Ei. — Há uma vermelhidão em torno dos olhos do garoto, e de perto ele tem aquela tensão suada e inquieta que aflige os viciados quando precisam de uma dose. — O que você fez?

Já li livros suficientes de Elmore Leonard para saber que não se diz nada para ninguém na prisão. Mas o sujeito toma o meu silêncio como um convite para conversar.

— Minha namorada chamou a polícia e disse que eu bati nela. — Ele puxa a manga da blusa com força e vejo quatro cortes fundos que parecem arranhões. Um deles está começando a fechar. Só fico olhando para os nós vermelhos dos seus dedos. — Aquela puta bateu em *mim*. Ela acha que estou de história com a viciada da irmã dela. — Ele me olha para avaliar minha resposta e, quando não digo nada, se inclina, chegando mais perto. — Ei... você tem um bagulho aí? Eu tenho dinheiro.

— O garoto não tem nada no rabo, seu noia. — Um homem parrudo, com a pele um tom mais clara que a minha, se aproxima. O noia se manda como uma barata na luz do sol. — Ignore ele — diz o homem para mim. — Ele pergunta para todo mundo. Queria que tivessem colocado ele em uma cela própria.

Há uma tatuagem no braço do sujeito. *Eclesiastes 1,14.*

— Eu me chamo Santiago — ele diz. — Primeira vez aqui, né? — Quando não respondo, ele ri. — Você tem aquele olhar. Fica frio, cara. Ninguém na cela de detenção vai fazer alguma merda com você com os policiais olhando. Nem o White Power ali.

O skinhead ergue o olhar do seu poleiro perto da cama de lona, os olhos faiscando.

— É o presídio que você precisa evitar. Já falou com os policiais?

Balanço a cabeça.

— Bom — diz Santiago. — Não fale. Eu gostaria que alguém tivesse me dado esse toque da primeira vez que me jogaram aqui. Aqueles *pendejos* estão falando sério quando dizem que qualquer coisa que você disser ou fizer poderá ser usada contra você.

Meu olhar pousa no braço dele de novo.

— O que a sua tatuagem quer dizer? — pergunto.

— É um versículo — responde Santiago. — Do...

A porta abre com um ruído, e um policial chama meu nome. Em um primeiro momento, acho que Abu chegou. Mas só passou uma hora, e ele levaria duas vezes mais que isso de carro de Juniper até aqui. E, de qualquer forma, ele deve pegar Noor primeiro.

O policial me algema e me leva para a sala de interrogatório, que cheira a uma lixeira lotada de gambás mortos. Alguns minutos depois, um sujeito com um bronzeado artificial alaranjado e um colete preto sobre o uniforme entra na sala. O crachá dele diz BREWER.

Ele olha para a minha pasta por um longo tempo. Fico inquieto.

— Salahudin, Salahudin, Salahudin. — Ele assassina o meu nome, é claro. — Nome legal. O que quer dizer?

— Quer dizer "virtuoso na fé" — respondo.

— Hum. — Brewer anui. — Você é religioso?

— Eu acredito em Deus.

Ele sorri.

— É bacana ver um jovem que acredita em alguma coisa. Então, Sal... Posso te chamar de Sal? Sou o policial Brewer. E só estou aqui para bater um papo.

Ele tagarela por um tempo sobre minha ficha limpa. Diz que, se eu contar para o promotor quem é meu fornecedor, vão pegar leve comigo.

— Só quero que a minha amiga fique bem — eu digo. — Ela está bem?

— A sua amiga vendia drogas com você?

— Não. Ela... não é assim.

O policial faz uma careta — ou talvez seja um sorriso. Ele tem um bigode castanho cheio, como nas séries policiais clássicas dos anos 70 que Abu vê até cair no sono.

— As drogas eram suas, então?

— Se eu te disser que as drogas eram minhas, você solta a Noor?

— Vamos focar em você por um minuto em vez da Noor. — Brewer me observa com o queixo apoiado na mão. — O policial que te prendeu me disse que os seus pais administram o Clouds' Rest, lá em Juniper. A sua mãe morreu e o seu pai foi detido por bebedeira algumas vezes. Pelo visto ele não aceitou.

Dou de ombros e Brewer bate com a caneta na minha pasta.

— Meu pai bebia pra valer também — ele diz. — E me batia quando estava bêbado.

— Meu pai não bate em mim.

Brewer pigarreia.

— Ele te deu uns tabefes no hospital há alguns meses?

É claro que o policial Marks compartilharia isso.

— Aquilo foi... Olha, a minha mãe morreu naquela noite...

— Certo — diz Brewer. — Então vamos ver se eu entendi. A sua mãe morre. O seu pai não está sendo um pai. Isso deixa você sozinho para tocar as coisas. Um garoto que está tentando terminar o segundo grau. Parece um pouco injusto.

Colocando a questão dessa maneira, parece injusto mesmo. Não consigo dizer se ele está sendo sincero. Parece que está. Eu gostaria de ter visto todos aqueles episódios de *Law & Order* pelos quais Riaz era obcecado. Meu conhecimento enciclopédico de curiosidades nerds não tem a menor utilidade agora.

— Meus pais não queriam que as coisas fossem assim — eu digo.

— É claro que não. Então. Você precisa de dinheiro. Começa a vender. Isso é mixaria, garoto. Você provavelmente não vai pegar muito tempo. Já a sua amiga...

— A Noor não é traficante. — Eu agarro a mesa. — Ela trabalha em um hospital. Ela vai ser médica. Ela *ajuda* as pessoas...

— Em um hospital? Interessante. Com certeza tem um monte de remédios dando sopa lá.

— Não, espera... Não é isso...

— Para alguém que passa bastante tempo lá, não deve ser difícil pegar alguma coisa, né? Você a ameaçou? Outra pessoa a ameaçou?

— Não...

— Olha. Uma garota da sua cidade teve uma overdose um dia desses. Ela sobreviveu... por pouco. A merda que você e a sua amiga estão vendendo é do mal. Ela machuca famílias. Destrói vidas. Você não parece o tipo de garoto que quer ser um assassino. Então por que não compensa um pouco o mal que você fez? Quem é o seu fornecedor? Onde você e a Noor conseguem a merda que estão vendendo?

Não vou entregar o Art. Estou com ódio dele no momento, mas ele consegue a maior parte dos produtos na deep web e não sei com quem mais eu estaria mexendo se o entregasse.

— Eu quero um advogado — declaro.

Pela primeira vez, Brewer parece irritado. Ele se levanta e, quando abre a porta, um policial enfia a cabeça para dentro.

— Eu preciso levá-lo até o tribunal para o indiciamento dele.

— Consiga um advogado para ele. — Brewer se volta para mim. — Eu gosto de você, Sal. Você me faz lembrar de quando eu era garoto. Pense no seu velho quando chegar a sua vez de se declarar culpado ou inocente — ele diz. — Uma garota é só uma garota. Mas o seu pai é o seu sangue, mesmo bebendo. Se você terminar na cadeia logo depois de a sua mãe ter morrido, isso vai acabar com ele. Eu não ficaria surpreso se o seu velho bebesse até morrer antes de você sair da cadeia.

⁂

A sala de audiência cheira e parece com um tronco cheio de traças, as paredes tão próximas que posso ouvir a respiração difícil do oficial de justiça. A luz fluorescente acima faz todos parecerem figurantes de *The Walking Dead*.

A cadeira para a qual sou levado é de metal e não inspira muita confiança. Ela me faz lembrar das cadeiras que Ama arrastava da garagem quando tínhamos visita.

— Tente parecer inofensivo, Salahudin — meu advogado, um sujeito obscenamente bonito chamado Martin Chan, me avisa. Ele se encaixa neste tribunal como um mulá em uma praia onde se faz topless. — Vai demorar um pouco.

— Ok. — Sinto-me compelido a sussurrar, preocupado que, se falar alto, o teto possa cair.

A juíza, uma mulher de cabelos grisalhos com uma boca severa, leva pouco tempo para despachar a maioria das pessoas à minha frente. Ouço a conversa silenciosa entre os advogados e seus clientes, sobressaltado ao perceber que há criminosos que já estiveram aqui tantas vezes que sabem que juízes trabalham em quais salas e que oficiais de justiça são imbecis.

Finalmente, meu nome é chamado e a juíza lista as acusações.

— Posse de heroína para venda.

Ela está falando de mim. Não de algum traficante na TV.

— Transporte de heroína para venda. Posse de Oxycontin para venda.

Não de um estranho em uma reportagem. Ou de um personagem em um livro.

— Transporte de Oxycontin para venda. Posse de fentanil para venda. Eu.

Eu sou o criminoso aqui. O bandido. O cara mau. Essa ficha não caiu quando fui preso. Ou na sala de interrogatório, com o policial Brewer.

Agora a ficha cai a cada acusação que a juíza pronuncia naquela voz mecânica e indiferente.

As palavras de Brewer voltam a mim. *Eu não ficaria surpreso se o seu velho bebesse até morrer antes de você sair da cadeia.*

Ele me enganou quando disse que o que fiz é "mixaria". As acusações — e são tantas — são sérias. São delitos graves. Se eu for condenado, vou acabar preso. Abu vai pirar. Ele talvez não venda o motel — talvez simplesmente o perca para o banco. Termine na rua. Ou morto.

Martin me declara inocente e então discute a minha fiança. Ele fala de Abu e do motel, da minha frequência na escola e das minhas notas em inglês e história.

Sinto vergonha da maneira como ele busca algo na minha vida que seja bom para dizer. Finalmente, a juíza assente.

— A fiança está estabelecida em vinte e cinco mil dólares.

— Martin — sibilo depois de ele agradecer à juíza. — Não tem a menor chance de o meu pai conseguir tanto dinheiro!

— Ele só precisa conseguir dez por cento. E ele já está em contato com um fiador. Você deve estar fora daqui em algumas horas.

— E a Noor? — pergunto. — Você tem alguma...

Martin suspira e fala em voz baixa.

— Salahudin, você parece um bom garoto. Mesmo. Mas você tem sérios problemas pela frente. Se não quiser afundar de vez, é preciso começar a pensar em si mesmo. E em como vamos vencer essas acusações.

— Eu entendo isso — digo. — Só estou preocupado com...

— A sua amiga. Eu sei. Mas você pode ser expulso da escola. E nós estamos falando de quase oito anos de prisão.

Oito anos. Oito *anos?*

— Mantenha a cabeça baixa — diz Martin. — Fique longe de problemas. E fique longe de Noor Riaz. Para o seu bem. E o dela.

CAPÍTULO 44

Noor

As horas seguintes são miseráveis. E educativas. Aprendo que os médicos da prisão podem julgar você sem dizer uma palavra. Aprendo como são desconfortáveis as cadeiras de um tribunal. Que um juiz pode discutir o seu futuro inteiro sem te olhar nos olhos uma única vez. Como a sala de um tribunal pode ficar quente quando é de você que o juiz está falando. Aprendo que "liberada provisoriamente sob a sua própria responsabilidade" significa que não preciso usar algemas ou ter um policial atrás de mim.

— Você está livre para ir embora. — A advogada que me designaram é uma mulher pequena e bem-vestida, com óculos de lentes grossas e cabelo castanho crespo com alguns fios grisalhos. — A sua audiência de...

— Srta. Bradley, certo? — Uma voz macia a interrompe. — Eu assumo daqui em diante. Asalaam-o-alaikum, Noor.

Khadija está usando um terno elegante. O hijab é preto e discreto. Para qualquer outra pessoa, ela pareceria uma advogada ligeiramente irritada.

Para mim, ela é cada heroína que o Mentiroso costumava tagarelar a respeito. Miss Marvel. Okoye. Princesa Leia.

— O que... O que você...

Khadija dispensa minha defensora pública — que parece aliviada — e me leva a passos rápidos em direção à saída do tribunal.

— Toufiq me ligou — ela diz. — Ele está tentando tirar Salahudin, mas não queria que o seu tio viesse. — O olhar de Khadija passa rapidamente pelo meu rosto antes de se desviar. — Vou cuidar da sua defesa de agora em diante. Nós vamos encontrar uma saída. Mas...

Ela para um pouco antes das portas. Elas assobiam enquanto giram com o agito sem fim de pessoas entrando e saindo.

— Noor. — Khadija estende a mão e toca um machucado em meu rosto. — Você vai ter que me contar tudo.

Eu quero voltar para Juniper e ficar no meu canto. Mas Khadija tem uma dezena de perguntas. E depois disso, mais uma dezena. Ela é amável — e persistente. Não me deixa fugir do assunto.

Talvez ela esteja certa.

A noite cai enquanto estamos no carro, voltando para Juniper. Ela para em uma lanchonete e pede um hambúrguer e um milk-shake de chocolate para mim. Não como desde ontem. Ainda assim, mal consigo chegar à metade do sanduíche.

Porque eu contei sobre Riaz.

— Você vai ficar conosco. — Não é um pedido. — Nós temos um quarto extra. Toufiq disse que você podia ficar com ele e Salahudin, mas...

— Eu não... — As mãos do Mentiroso nas minhas. Seu rosto lindo. Sua traição. — Não quero falar sobre ele. Por favor.

— Você vai ficar bem se o encontrar na escola? — ela pergunta.

Eu esqueci que, em algum lugar em Juniper, meus colegas estão pensando sobre a lição de casa, o baile de formatura e as provas de fim de ano. Jamie Jensen está escolhendo a roupa que vai usar no seu primeiro dia em Princeton.

— Não posso ficar com vocês — eu digo. — Não devolveram a minha mochila... Não tenho roupa...

— Já falei com a Brooke. Ela vai levar algumas coisas para você. E você vai voltar para a escola. Você precisa fazer as provas de fim de ano. Se formar. Você tem um futuro, Noor. Não vou deixar que o tribunal tire isso de você.

— Por que você está me ajudando? — pergunto. — Não tenho como pagar, irmã Khadija.

— Não me ofenda, Noor. — Pela primeira vez desde que me buscou, ela parece brava. — Você acha que estou fazendo isso para ser paga? — Ela balança a cabeça. — Você sabe o que é sadaqa, Noor?

— Boas ações? — Tia Misbah me ensinou isso.

— Sim. E ajudar os outros é parte disso, o que é essencial para um muçulmano. Não importa que você não seja da minha família, ou que eu seja negra e você paquistanesa. Estou fazendo isso porque meu deen é forte. — Deen. *Fé.* — Além disso, você *vai* me pagar, Noor. Quando fizer o mesmo por outra pessoa um dia, quando você for médica.

Ela soa tanto como tia Misbah que meus olhos se enchem de lágrimas. Olho para as estrelas, brilhantes lá fora em meio a toda essa escuridão, e pressiono a testa contra o vidro frio.

— Chachu sabe? Sobre o que aconteceu?

— Ainda não. Nós achamos que não.

Pequenas bênçãos.

— Imagino que o meu trabalho no hospital tenha ido para o espaço.

— Por ora — diz Khadija. — Mas talvez eu precise da sua chefe ou de um colega de trabalho como testemunha de caráter. No mínimo para rebater a ideia de que talvez você tenha roubado os comprimidos do hospital.

Tenho uma boa relação com um monte de enfermeiras no hospital. Oluchi chegou a me escrever uma carta de recomendação.

— Eu posso... posso ir até lá? Explicar o que aconteceu?

— Melhor não — Khadija aconselha, delicadamente. — Eu falo com a sua chefe.

Ela entra em sua rua lentamente. Escaneia a escuridão. Examina os carros estacionados ao longo das calçadas.

Eu me dou conta de que ela está se precavendo. De Chachu.

As luzes estão acesas na casa dela. Quando entramos, o imã Shafiq ergue o olhar do sofá. Ele dá pausa em *Crown of Fates*, uma série que o Mentiroso costumava ver escondido para que tia Misbah não brigasse com ele sobre as cenas com corpos seminus.

— Isso não é um pouco picante demais para um imã?

— Eu adianto o vídeo nas partes pesadas. — Ele encolhe os ombros, e Khadija lhe dá um beijo, depois um tapinha no braço.

— Você acredita que ele me fez perder as finais da NBA por causa dessa bobagem? — ela diz. — As *finais*, Noor. Fiquei com uma raiva. Meus irmãos me mandando a pontuação por mensagem, é o jogo sete, está na prorrogação, e esse idiota escondendo o controle remoto porque o Rei-Sei-Lá-O-Quê está maluco querendo saber quem é o pai dele.

— Ah, espera aí. — Shafiq visivelmente não cruza o olhar com o dela. — Foi uma *baita* revelação.

Khadija larga a bolsa e revira os olhos.

— Seu nerd.

Mas ela diz isso com amor e, quando ele a procura para um beijo, Khadija o aceita. Desvio o olhar.

— Você não comeu nada. — Khadija balança o saco da lanchonete ainda cheio. — Shafiq vai preparar alguma coisa enquanto eu arrumo umas roupas para você. — Ela desaparece no corredor, soltando o hijab enquanto isso.

— Ela adora *Crown of Fates* — diz Shafiq. — Só finge que não porque os irmãos tiram sarro dela.

Eu o sigo até a cozinha, onde ele me prepara um prato de kadu gosht — cordeiro e abóbora. O silêncio é um alívio.

— Sinto muito por isso — eu digo. — Por vir para a casa de vocês...

— Eu sinto muito que não tenhamos percebido antes o que estava acontecendo — ele se lamenta. — Nós devíamos ter percebido. Eu devia.

Ele coloca o prato na minha frente e então serve um para si.

— Só para que você tenha companhia enquanto come, é claro.

O kadu está com um cheiro incrível. Tão bom quanto o de tia Misbah. Achei que não estivesse com fome, mas destruo o prato.

— A tia Misbah costumava dizer que Deus só nos dá o que conseguimos suportar — comento. — Você acha que isso é verdade?

Shafiq considera a questão.

— Ela era uma mulher sábia — ele começa. — Ela falava de você para mim. Ela te amava. De verdade. Acho que, se visse você agora, *ela* estaria na prisão... por atacar o seu tio. No entanto... — Ele dá uma garfada e pensa um pouco mais. — Eu não concordo que só recebemos o que podemos suportar. Pense no tio Toufiq. Ele *não* consegue suportar o que aconteceu... e então se volta para a bebida. Pense nos refugiados vindos da Síria. Nas pessoas que perdem tudo nas enchentes no Paquistão de tempos em tempos. Pense nos sobreviventes de guerra que morrem tentando atravessar o mar. Todos eles não suportam o que lhes foi dado.

— Por que Deus faz isso? — pergunto. — Por que devemos rezar? Por que ter fé, aliás?

— Porque o que a religião oferece... muitas religiões, na verdade... é conforto quando as coisas estão difíceis demais. Uma razão para a dor. Uma mão na escuridão, se estendermos a nossa para ela.

— E se ela não for real? — insisto. — A mão? E se você estender a mão e ela desaparecer?

— Não vou dizer a você o que é real e o que não é — aponta Shafiq. — Isso cabe a você decidir. Mas eu acredito que a mão é o que precisamos que ela seja. Não o que queremos que ela seja.

Não faz sentido. O peso de hoje, de ontem, é demais. Eu quero uma vida diferente. Uma vida em que as minhas preocupações sejam coisas como a aula de matemática. Esportes na escola. Uma vida em que a universidade seja apenas mais uma parada na jornada, em vez de um salva-vidas.

Mas essa vida nunca vai pertencer a mim. Em vez disso, tenho Jamie Jensen. A amargura de Chachu. A doença de tia Misbah. Tenho o terremoto e os corpos em decomposição. Tenho alegria por algumas horas e depois uma prisão e uma acusação de tráfico.

Eu tenho um melhor amigo que me traiu tão feio que a minha vida talvez jamais se recupere.

Tenho um cérebro estúpido que ainda pensa nele, que ainda o quer, que ainda o ama, mesmo sabendo que não vale a pena.

CAPÍTULO 45

Misbah

Setembro, antes

Na primeira vez que Shaukat Riaz trouxe Noor para o nosso motel, ela parecia aterrorizada.

— Obrigado por ficar com ela, Misbah. — Me exasperava o fato de eu ser mais velha que ele mas Riaz não se referir a mim como Baji.

Eu o havia conhecido algumas semanas antes, quando ele veio se apresentar como o proprietário da loja de bebidas na rua principal de Juniper. Quando o cumprimentei com um "Asalaam-o-alaikum", ele recuou, como se eu tivesse atirado aranhas nele.

— Eu não sou muçulmano.

Ele pronunciou a palavra como os americanos nos noticiários. Dei de ombros, porque não fazia diferença para mim. Há muitos paquistaneses que não são muçulmanos. Cristãos. Ateus. Sikhs. Hindus. Eles ainda assim dizem salaam. E ainda assim têm respeito.

— A única fé verdadeira é a matemática — disse Riaz para mim naquele primeiro dia. — Nós devíamos discutir o lenço na sua cabeça um dia, Misbah, e por que você sente a necessidade de usá-lo.

Mas a essa altura Riaz já sabia que não valia a pena mencionar meu hijab.

— Por favor, não fale urdu ou punjabi com ela — disse ele sobre o ombro, ignorando completamente a sobrinha. — E nada de comida paquistanesa... Eu prefiro pratos americanos e quero que ela se acostume com eles.

— É claro — murmurei. Quando seu carro desapareceu de vista, eu me virei para a criança. — Asalaam-o-alaikum — eu disse a ela. — Thinu pookh lagi heh? — Que a paz esteja com você. Está com fome?

Ela olhou para mim com os olhos arregalados, depois para a rua, onde seu tio havia desaparecido.

— Hanh-jee, tia. — Sim, tia. Mal ouvi seu sussurro.

Então eu sorri e ajeitei uma de suas tranças.

— Hai, tou bholdhi kidda sona-inh. — Você fala tão bonitinho.

Eu a levei para a cozinha, a fiz sentar e preparei uma paratha para ela. Salahudin sentiu o cheiro e veio correndo do quarto.

— Oi, Noor — ele disse, até que o olhei séria e ele baixou a cabeça. — Salaam — disse rapidamente.

— Walaikum Asalaam. Hum... oi. — Ela parecia hesitante, embora os dois estivessem na mesma sala na escola já fazia algumas semanas.

— Vamos brincar de Lego?

Ele falava em punjabi, tendo percebido que ela não compreendia inglês. Os dois saíram correndo. Salahudin não agia com ela como com as outras crianças — tão cuidadoso e calado. Com Noor, ele tinha entusiasmo, alegria.

Eu os observei pelo vão da porta do quarto dele. Construíram uma torre juntos. Quando parte dela desmoronou, Noor deu um salto e se encolheu como uma bola, os joelhos no peito, a cabeça enfiada entre eles.

— Desculpa — disse Salahudin.

Quando eu morava em Lahore, o pátio dos meus pais ecoava com a alegria de suas sobrinhas e sobrinhos — meus muitos primos. Eu era a menina mais velha, então cuidava deles. Crianças são como gatinhos brincando. Elas tocam com as mãos e rolam no chão. Riem e se sentam ombro a ombro e compartilham da terra e do ar. Brigam pelo mesmo brinquedo.

Mas Salahudin e Noor brincavam com cuidado. Quando ela escondia o rosto, ele ajustava os blocos em silêncio, até que o nervosismo dela diminuísse. Quando ele se encolhia diante do toque dela, ela tomava cuidado para se sentar longe dele.

Eles não eram gatinhos, aqueles dois. Eram passarinhos cautelosos, piando em uma língua que só eles conheciam. Uma língua de dor e lembranças.

Mas eles conversavam mesmo assim. Conversavam quando achei que Salahudin seria para sempre calado.

Eu olhei para a menina. Para o jeito como sua franja preta caía sobre os olhos. Ouvi sua risada, a única parte dela que não era cuidadosa. Lembrei da vidente que me disse que eu teria três filhos.

— Um menino. Uma menina. E um terceiro que não é nem ela nem ele, tampouco do terceiro gênero.

O menino era Salahudin. O "terceiro" era o motel.

E essa era a menina. Minha última filha.

CAPÍTULO 46
Sal

Maio, agora
FRIARSFIELD, CALIFÓRNIA

Abu chega a Friarsfield após pegar emprestado o carro do imã Shafiq.

Ele paga a minha fiança.

Diz que Noor está segura, com Shafiq e Khadija.

Me acompanha até o carro.

Então me passa a chave e vai para o banco do passageiro. Antes mesmo de eu fechar a minha porta, Abu saca seu cantil e toma um longo gole.

Bem. Somos dois vencedores.

É uma loucura quão rápido você pode se acostumar com as coisas que quer. Abu ficou sóbrio por um dia, e, embora eu soubesse que não ia durar, embora ele tenha tido recaída atrás de recaída, no fundo eu pensava: *Dessa vez é pra valer, ele está melhor.*

Agora, vendo-o beber de novo, a decepção é como uma faca entrando lentamente em meu corpo, enquanto quem a empunha beija minha testa. Não é só uma promessa quebrada, mas uma traição.

— Onde... Hum... Onde você conseguiu o dinheiro para a fiança, Abu?

Ele não responde. Seguimos o restante do caminho em silêncio.

Em torno de meia-noite, um dia depois, a sineta do motel me acorda com seu berro estridente. As batidas na porta rapidamente viram pancadas com punhos fechados. Alguém está irritado.

A porta do meu quarto está aberta e vejo Abu se arrastar até o escritório. Puxo o cobertor sobre a cabeça. Passei o dia de ontem inteiro limpando quartos, tentando não mandar mensagem para Noor e esperando para ver se Ernst havia me expulsado da escola.

O que quer que esteja acontecendo agora — não há toalhas suficientes, não há papel higiênico suficiente, não há água quente, o wi-fi caiu —, não quero saber. Mas então eu ouço...

— ... na casa daquele maldito mulá?

Em um segundo estou de pé. É a voz de Riaz.

A porta bate, mas, antes que eu possa sair para a rua, Abu está na minha frente, uma mão pairando sobre meu peito. Ela treme. Ele está sóbrio mais uma vez.

— Deixe as coisas como estão, Putar.

— Você disse a ele onde ela está?

Abu parece ofendido.

— Claro que não.

— Nós precisamos ligar para o Shafiq e a Khadija — digo. — Avisar que ele está procurando por ela.

— Eu vou ligar — ele me tranquiliza. — Olhe... — Abu encontra o celular e faz a ligação enquanto eu ando de um lado para o outro. Alguns segundos mais tarde, ele deixa uma mensagem.

— E se eles não ouvirem a mensagem? E se estiverem dormindo e ele fizer alguma coisa?

— Salahudin... ele não vai querer ser preso. A polícia já esteve na loja de bebidas perguntando a ele sobre as drogas. Eles revistaram tudo porque a Noor trabalhava lá. Riaz tem uns remédios para dor e está preocupado que o acusem de estar traficando também. Vá dormir agora, sim? Vá, Putar.

Eu vou — mas não para a cama. Não posso simplesmente deixar que Riaz saia caçando Noor. Tenho que fazer *alguma coisa*.

Em silêncio, coloco meu agasalho com capuz e meus tênis. Espero até a porta do quarto de Abu fechar. Os policiais ainda não devolveram nosso carro — o que não importa. Com a sorte que eu tenho, a polícia de Juniper estará vivendo mais uma noite lenta.

A casa de Shafiq e Khadija fica a apenas um quilômetro e meio do motel. *Mais rápido*, penso com o choque dos meus pés atingindo o pavimento. *Não deixe que ele a machuque. Ela já se machucou demais.* Quando chego à rua deles, estou tão sem fôlego que quase dobro ao meio. E Riaz já está na porta.

Khadija está parada ao lado de Shafiq na varanda. Noor está atrás deles, de braços cruzados, parecendo ouvir enquanto seu tio fala ó-tão--razoavelmente com ela.

Mas o rosto dela está paralisado. Os braços se apertam mais junto ao corpo. Quando éramos crianças ela ficava assim às vezes, se a sala de aula estivesse barulhenta demais. Se alguém no parquinho fosse agressivo demais. Sua expressão mudava e ela desaparecia em sua mente, onde era seguro.

— Ei! — Avanço em direção à casa. Uma vida de Ama implorando que eu respeitasse os mais velhos está em guerra com a necessidade raivosa de afastar Riaz de Noor. — Deixe ela em paz...

— Ah, aqui está ele. — Riaz parece calmo, mas vejo sua raiva voltando, um lobo nas sombras por trás de seus olhos. — O bandidinho. Já não arruinou o suficiente a vida da minha sobrinha?

— Sim, eu estraguei tudo. — Seria tão bom gritar com ele, socá-lo de maneira que ele saísse voando como uma bola de futebol chutada em um tiro de meta. E também tornaria tudo pior para Noor. — Mas você bateu nela. E você nunca mais vai bater nela, enquanto eu estiver vivo...

— Ninguém bateu na Noor. Ela caiu...

— Você bateu nela. — Meu olhar baixa para as mãos de Riaz. — Como você explica esses nós dos dedos?

Ele cerra as mãos avermelhadas em punhos e dá as costas para mim.

— Noor — ele diz. — Vamos para casa. Não há razão para fazer uma cena. Isso aqui não é um dos seus dramalhões. A Brooke e eu vamos dar um jeito na sua prisão.

— Você não vai fazer merda nenhuma — anuncio, meu rosto quente de fúria. Se algum vizinho chamar a polícia, vou ser preso. Mas não me importo. — Você vai embora agora.

Shafiq põe a mão no meu ombro.

— Salahudin... é melhor recuar, cara. Afaste-se. Não vale a pena.

— *Claro* que vale — afirmo. — Por que vocês abriram a porta para ele? Não percebem como isso deve ser para a Noor?

Talvez eles não percebam. Eu mesmo não compreendo. Noor vive o pesadelo todos os dias. Ela não consegue acordar. E não consegue escapar.

— Seja razoável. — Riaz avança em direção a Noor. — Nós podemos dar um jeito nisso. Que escolha você tem? Você não vai para a UVA ou a UCLA ou qualquer outra...

Ele é uma cobra alargando a crista, tentando preencher a visão de sua presa. Eu me coloco à frente dele. Khadija ergue o celular.

— Eu não quero ligar para a polícia. Vocês dois precisam ir embora.

— Só vou quando ele for. — Eu encaro Riaz.

— Só vão embora. — Noor está com os braços abaixados. Suas mãos são punhos cerrados, e ela olha de mim para Riaz. — Os dois. Não quero te ver mais, Chachu. Nunca mais...

— Noor, eu *criei* você. Eu te salvei. Eu sou a única razão de você estar...

— Eu sei, Chachu — ela diz. — E eu paguei por isso. Eu já paguei. Vá embora.

Ele fica ali por mais um momento, tentando encontrar uma maneira de exercer controle sobre Noor. Então dá de ombros.

— Não apareça para buscar as suas coisas — ele determina. — Você que ganhe a sua vida agora. Vai ver como é fácil.

Assim que ele bate a porta do carro e dá partida, ouço passos leves atrás de mim. Eu me viro e dou de cara com Noor.

— Noor — digo. — Eu posso falar com você? Só um minuto...

Me desculpa, eu ia dizer. Mas o rosto dela está fechado, os olhos faiscando de raiva.

— Você é pior que ele. — O sussurro dela parece um grito. — Eu sabia o que ele era. Mas você...

Meu coração se quebra, lentas placas tectônicas internas que trituram minha esperança até virar pó. Ela não vai me perdoar, eu percebo então. Jamais.

— Noor... eu sou um idiota e não queria que fosse assim. Eu... vou entender se você não conseguir me perdoar. Mas posso... posso ligar para você? — Eu posso consertar isso. Eu preciso. — Ou mandar mensagem...

— Você pode ir para o inferno.

Por um segundo o olhar dela cruza com o meu e eu me encolho. Por trás de sua ira, há algo ainda pior. Dor.

E o sentimento de ter sido traída.

CAPÍTULO 47

Noor

A primeira canção pela qual eu me apaixonei nos Estados Unidos foi "Bullet with Butterfly Wings", do Smashing Pumpkins. Eu já tinha ouvido muita música àquela altura. Mas "Bullet" falou com a minha alma do primeiro acorde do baixo até o último. Billy Corgan soava tão furioso. Tão frustrado. Sua ira não tinha para onde ir. Ele estava preso a ela.

Assim como eu.

Aquela música me ajudava quando eu estava com raiva. Me ajudava a me acalmar. Eu gostaria de ouvi-la agora.

Mas os policiais pegaram meu celular e meu computador e não tenho mais minha música. Não estou indo para a escola, o que significa que não posso ouvi-la nos computadores da biblioteca. Então, nos dias seguintes à minha prisão, minha raiva não diminui. Não tenho certeza se quero que ela diminua.

Alguns dias após eu ir para a casa do imã Shafiq, em uma quarta-feira, recebo uma visita inesperada. Ashlee McCann.

Ela está segurando alguns papéis.

— O Sal me pediu para... Ah, *merda*.

Eu abri a porta sem pensar. Tarde demais lembro do hematoma no meu rosto. Ele já clareou. Mas não o suficiente.

Ashlee parece atônita.

— Seu tio?

Tento dizer que sim. Minha boca não forma a palavra.

— Você é a única pessoa que não assumiu que foi o Salahudin — digo finalmente.

Ela sobe os degraus da varanda. Ashlee sempre me pareceu alta. Mas agora ela está diferente. Apesar da maquiagem perfeita e das unhas prateadas reluzentes, ela parece menor. Apagada.

— O Sal jamais faria isso. — Ela me passa os papéis. — Ele tem pegado a sua lição de casa. E me pediu para deixar com você. Espero que não seja um problema.

Não quero pegar o que ela trouxe. Não quero tocar em algo que ele tocou.

— Fiquei sabendo da prisão. — Ashlee baixa o braço quando não pego o material. — A minha tia trabalha na delegacia. Está planejando voltar para a escola?

A escola me soa quase tão atraente quanto a prisão do condado. Khadija acha que eu devia voltar. Mas só de pensar nisso, fico enjoada.

— Não sei. Talvez.

Ficamos ali paradas, sem dizer uma palavra. Mal conheço Ashlee, então deveria ser uma situação esquisita, mas não é. Eu me pergunto se ela está pensando o mesmo que eu — que é uma pena a gente não se conhecer direito. Que eu poderia ter uma amiga.

— Estou... com medo de voltar — admito. — Com medo que as pessoas saibam o que aconteceu e... sei lá. Fiquem falando.

— É, elas vão falar. — Ashlee pega um cigarro e o acende. — Mas elas não sabem o que aconteceu. E, se souberem, você não precisa confirmar. — Ela dá uma longa tragada e me avalia. — Eu tive uma overdose um dia antes de você ser presa.

Ouço as batidas do sintetizador de "Never Let Me Down Again", do Depeche Mode, surgindo em minha mente. Quase uma década depois de a canção ser lançada, Dave Gahan sobreviveu por pouco a uma overdose.

— O médico disse que eu só me recuperei porque os paramédicos me aplicaram Narcan logo em seguida — conta Ashlee. — Eu estava bem a fim de ter uns dias de folga da escola. Mas a minha mãe me mandou voltar na segunda de manhã. Disse que, se eu não me formasse, que exemplo estaria dando para a Kaya?

— Você foi?

— Sim. E ainda bem. A minha filha... ela tem dois anos, sabe? Minha mãe cuida dela. Insiste que ela tenha horário para acordar, comer e fazer soneca. No começou eu achei que a minha mãe era uma tirana. — Ashlee sorri. — Mas a rotina me ajuda também. Principalmente quando bate a abstinência.

Ela estende o material para mim de novo. Dessa vez eu pego.

— Volte — ela diz. — Vai ser uma distração. Se você está preocupada com o hematoma, eu te ensino a cobrir bem direitinho.

— A sua maquiagem é sempre tão bonita.

— É uma armadura. — Ashlee dá de ombros enquanto vai embora. — Faz o mundo e toda a merda dele ficarem mais distantes.

❦

Alguns dias mais tarde, no fim de semana, Brooke deixa minhas roupas na casa do imã. Ela não fica para conversar. Khadija abre a porta e encontra a porcaria da mala que Chachu comprou por dois dólares na feira de usados de Juniper e uma caixa de cerveja cheia de coisas aleatórias do meu quarto.

Fica claro pelo conteúdo — um livro de ciências do nono ano, uma pulseira que eu nunca usei, um par de sapatos de salto baixo que não me servem — que Brooke estava com pressa. E que ela me conhece tão bem quanto conhece o presidente da república.

Mas há um celular novo baratinho, assim como meus velhos fones com fio. *Música*, penso. *Finalmente*.

Khadija arrasta a mala para dentro.

— Que bom que ela não bateu na porta — diz. — Ou eu teria dado um...

— Raiva é pecado — o imã Shafiq lembra em voz alta da cozinha.

— Então Deus não devia ter me dado tanto dela — responde Khadija. Ele ri.

Há tanta compreensão entre eles que tenho que desviar o olhar. Eu me pergunto como seria estar com alguém que consegue te amar mesmo quando você está com raiva.

Embora eu ache que sei como é. Ou soube. Por algumas horas.

Levo minhas coisas para o quarto e as enfio em um canto, com a pilha cada vez maior de trabalhos não terminados da escola. Quando volto, Khadija toca meu ombro.

— Venha tomar café — ela diz. — Tem uma coisa que precisamos discutir.

O imã Shafiq coloca na mesa uma pilha de pratos Corelle descombinados, que podem ser encontrados em praticamente todos os lares de famílias sul-asiáticas nos Estados Unidos. Ele preparou waffles, mas não os do Ronnie D's, que vêm semiprontos em uma caixa — os únicos que eu já provei. Estes são fofos. Dourados. Crocantes também. E com pedacinhos de noz-pecã.

São waffles de suborno. Tão logo dou uma mordida, sei que, o que quer que Khadija tenha a me dizer, não vou gostar. Eu me adianto a ela.

— Eu estava pensando que, já que não vou voltar para a escola — digo —, eu podia tirar o certificado de equivalência do ensino médio.

Khadija coloca mais um waffle no meu prato e troca um olhar de relance com o imã Shafiq.

— Eu estava pensando que já é hora de você voltar para a escola na segunda-feira — ela diz. — O seu rosto está praticamente curado. E só faltam cinco semanas para a formatura.

Dou de ombros. Minhas notas não significam merda nenhuma.

— Eu prefiro tirar o certificado de equivalência — insisto. — Estou presa aqui em Juniper, de qualquer forma.

— Noor. — Shafiq larga o garfo. — Você se esforçou tanto. Nós conversamos com o diretor Ernst. Ele quer que você volte. Mas...

— Não tem por quê. — Não estou mais com fome. — Eu não fui aceita em nenhuma das universidades que tentei. Mesmo se tivesse sido... elas não iam me admitir com um crime nas costas.

— As provas finais começam daqui a duas semanas — diz Khadija. — Essas notas contam como crédito para a universidade... Você poderia cursar a faculdade comunitária de Juniper por um ano e depois pedir transferência.

— Você só se ausentou da escola por uma semana — acrescenta Shafiq. — Eu falei com os seus professores. A maioria disse que foi uma semana de revisão.

— O... O Salahudin vai...

— Ele não vai incomodar você. Eu falei com ele. — A voz de Shafiq soa curiosamente neutra. O que é o mais próximo que ele chega da raiva, acho. É algo estranhamente reconfortante.

— Ele não vai falar com você — confirma Khadija. — Mas você precisa se acostumar a vê-lo, Noor. Vocês têm o pré-julgamento, uma audiência preliminar, outra citação do juiz e um julgamento pela frente.

— Ele tem advogado? Ele...

— Deixe que o Sal se preocupe com o Sal. Você tem que se preocupar consigo mesma.

Falar é tão fácil. Eu gostaria de conseguir extraí-lo. Arrancá-lo do meu coração como uma erva daninha.

Em vez disso, penso nele preso. Na bondade dele. Em suas piadas terríveis. Na poesia do seu corpo. Como ele vai sobreviver lá?

Deixe que o Sal se preocupe com o Sal.

— Voltar para a escola vai impressionar o juiz se você se formar com boas notas — diz Khadija. — Esse tipo de coisa faz eles pensarem duas vezes sobre a acusação de tráfico, Noor.

Não consigo dizer "não" para eles. Khadija está me defendendo. Eles estão me deixando morar no quarto de hóspedes. Shafiq reza comigo às duas da manhã, quando não consigo dormir porque parece que o mundo está me esmagando do jeito que tentou com o terremoto.

Mas voltar para a escola significa encarar olhares, fofocas e sussurros, quando a única coisa que eu queria era passar despercebida e cair fora da Juniper High.

Eu gostaria que isso não me incomodasse tanto. Eu gostaria de poder explicar por que me incomoda. Mas, como sempre, não encontro as palavras.

CAPÍTULO 48

Misbah

Antes

Por anos, não compreendi por que meu pai escondeu sua doença de mim.

Enquanto encarava uma folha de papel que não fazia sentido no consultório frio de um médico, eu compreendi. Meu pai não tinha as palavras. Elas estavam presas em sua garganta, do mesmo jeito que acontecia comigo, como se eu tivesse comido naan demais e não conseguisse encontrar água para beber.

Baba nem chegou a ir ao médico. Ele morreu com uma rapidez surpreendente, quando Salahudin tinha apenas dez anos. Nunca mais ouvi sua sabedoria passada em telefonemas curtos demais. Nunca mais tive apelos para voltar para casa. Nunca mais ouvi "borboletinha". Ele me deixou. Assim como minha mãe, um pouco depois.

Os médicos não os ajudaram. Nem a mim. Eu fiz exames de sangue. Esperei ansiosamente para descobrir a razão de não conseguir insuflar fôlego neste corpo. Por que, com apenas quarenta e um anos e um filho de dezesseis, eu sentia como se meus ossos fossem revestidos de chumbo e fogo.

— Doença renal crônica — disse o médico. — Bastante avançada, sra. Malik. Estágio quatro. A senhora precisa fazer mudanças significativas em seu estilo de vida. É algo que podemos controlar, mas eu gostaria de discutir opções de transplante...

— Não. — Balancei a cabeça. Meu inglês sempre me fugia em momentos como esse. Toda a linguagem fugia. — Nada de transplante. — Fui

embora, enquanto o médico me chamava às minhas costas. Não tínhamos seguro-saúde. Não tínhamos como pagar um transplante. Toufiq estava sóbrio, ganhando um salário modesto como empregado na base militar de Juniper. Ele não bebia fazia dois anos a essa altura, mas era uma linha tênue que o separava da bebida. Só Deus sabia o que ele faria se ficasse sabendo da gravidade da minha doença.

Meu baba estava certo todos aqueles anos atrás, quando disse que eu era forte. Entre mim e Toufiq, eu ficara com a fatia maior da coragem.

Mas Toufiq estava sempre preocupado com o trabalho. Se eu não quisesse que ele percebesse, ele não perceberia. Tampouco Salahudin, ocupado com seus livros, a escrita, o futebol e Noor. Ele havia trazido ordem à sua vida. Estrutura. Na maior parte do tempo, não enxergava muito além disso.

Mas Noor era diferente. Noor enxergava.

— Tia Misbah. — Ela apareceu alguns meses depois daquela primeira consulta para ver Salahudin, mas acabou entrando na cozinha e começou a me ajudar a preparar o jantar. — Talvez fosse melhor ir ao médico. — A voz dela era baixa e me fez lembrar das sequoias no Yosemite. Fortes e estoicas, demandando pouco, oferecendo muito. — Eu andei pesquisando. Falei com um nefrologista no hospital. Ele disse que às vezes, quando uma pessoa está sempre cansada do jeito que você está, tem alguma coisa errada.

Cruzei o olhar com o de Noor enquanto ela me observava. Seus olhos transmitiam calma, como um rio em uma corrente tranquila.

Mas eu a conhecia.

A rapidez de suas mãos enquanto ela jogava as cebolas na panela, o jeito como ela deu um pulo com o vapor que subiu, a curva dos ombros — tudo isso falava de seu medo por mim.

Aos meus olhos, ela ainda tinha seis anos. Observando uma pilha de parathas crocantes e folhadas que eu acabara de preparar para ela com olhos famintos e esperançosos, o cabelo uma bagunça de tranças. Sussurrando em punjabi para mim, porque Riaz a deixara com medo demais para falar mais alto.

Ela não era do meu corpo ou do meu sangue, aquela criança. Mas era da minha alma.

E ela tinha medo suficiente em sua vida. Dei a ela o sorriso que meu filho herdou e um beijo no rosto.

— Não se preocupe comigo, Dhi. Estou bem.

CAPÍTULO 49
Sal

Maio, agora

Está tudo uma merda. Não quero ir para a escola, mas Martin me salvou de ser expulso e insiste que eu vá.

— Cabeça baixa e boca fechada — ele diz. — Não perca uma única aula.

Então, dois dias depois de chegar em casa, eu me arrasto até a Juniper High. Antes que a minha bunda consiga esquentar a cadeira, o diretor Ernst me tira da aula de inglês e me leva até sua sala, me encarando como se eu fosse um coquetel molotov prestes a incendiar o prédio.

Após um discurso de vinte minutos que vai do "Como pôde jogar fora o seu futuro?" a "Se você cometer qualquer ato ilegal dentro do campus, será instantaneamente expulso", sou ejetado de volta à aula da sra. Michaels.

E eu não consigo prestar atenção. Na maior parte porque estão todos sussurrando pelas minhas costas, como se estivéssemos em um filminho passado em uma escola secundária.

Mas ir para a escola é melhor do que estar em casa. Abu decaiu de novo, tão rápido que é como se seus dias de sobriedade tivessem sido um sonho.

Você não pode simplesmente ser meu pai?, quero perguntar. *Não pode parar de beber por mim? Você não me ama o suficiente?*

Meu Deus, eu sou patético. Li sobre tudo isso depois do incidente na piscina, quando Ama finalmente me contou que Abu tinha um problema com a bebida. Eu *sei* que o vício é ilógico. Abu me ama. Mas neste instante sua necessidade de sumir do mundo é maior que o amor. Até o dia em que ele conseguir mudar, é assim que as coisas vão ser.

Intelectualmente, eu entendo. Emocionalmente, sou um garoto da terceira série emburrado.

E Noor — sinto tanta falta dela. Não consigo dormir, me perguntando se ela vai voltar para a escola algum dia. Se está segura em relação a Riaz. Tento escrever tudo isso, para tirar a culpa, o medo e a preocupação de mim, mas, quando abro meu diário, as palavras se perdem.

Os policiais pegaram nossos celulares, e penso em toda a música que ela tinha no aparelho. Gravações caseiras esquisitas que ela pegou de CDs antigos e shows ao vivo. Eu me pergunto como ela está ouvindo música agora.

O pré-julgamento é a primeira ocasião em que vejo Noor depois do incidente com Riaz. Martin e eu já estamos sentados quando ela entra, Khadija a seu lado. Minha amiga agora se movimenta com mais cuidado ainda no mundo. Quando me vê, os músculos em seu queixo dão um salto, mas Khadija sussurra algo e ela relaxa.

— Salaam, Salahudin — diz Khadija. Sua voz é suave e ela toca meu ombro ligeiramente com a mão. — Você poderia trocar de lugar com o Martin, por favor?

Para Noor e eu ficarmos o mais longe possível um do outro. Palavras não estão funcionando bem para mim. Então apenas assinto e mudo de lugar, de maneira que Khadija e Martin ficam entre nós.

— Não olhe para ela — murmura Martin. — Tente não pensar nela. O seu futuro está em jogo. O promotor ali é Mike Mahoney. Ele pode parecer um vovô bonzinho que entalha brinquedos para órfãos, mas está observando cada movimento seu.

O juiz entra, e, enquanto Khadija e Martin discutem moções e datas, tento não olhar para Noor. Ou me perguntar o que ela está pensando. Mas cada movimento do seu corpo crepita por mim como um raio. A maneira como ela cerra os punhos quando o sr. Mahoney se refere a ela como srta. Riaz — ela sempre odiou o sobrenome do tio. O jogo de emoções em seu rosto, a frustração que perpassa seus membros. Sou um barco no seu mar, jogado para lá e para cá na tempestade da sua mente, do seu corpo em movimento. Quebrado, afogado, ressuscitado e destruído tantas vezes no espaço de alguns minutos.

Após a audiência, Martin senta comigo em um banco fora do tribunal.

— O promotor ofereceu um acordo — ele diz. — E você precisa aceitar. Isso significa ter que implicar a Noor, mas, se você não aceitar, pode ter que encarar anos atrás das grades. Nós *podemos* argumentar que você era um usuário e o juiz pode ser mais tolerante... mas eu prefiro não arriscar.

— Não vou ferrar a Noor.

— A quantidade encontrada debaixo do banco dela... debaixo da mochila dela... não a está ajudando em nada. Mas pode ajudar você. A quantidade que os policiais encontraram com você foi muito menor. Se você só...

Lanço um olhar mortal para ele.

— Nós *não* vamos colocar isso na conta dela.

— Salahudin. — Martin esfrega os olhos e, apesar de ser jovem, parece subitamente cansado. — Meu trabalho é defender você. Mesmo se isso prejudicar a sua amiga. Porque você ainda pode ter uma vida. Mas, a não ser que haja uma intervenção drástica, Noor Riaz vai ser presa. O promotor já decidiu que ela é culpada. Quanto antes você aceitar isso, mais chances vai ter de se salvar.

⁐

Eu não tenho o telefone novo de Noor nem carro, então não é difícil ficar longe dela. Umas duas vezes passei de bicicleta pela casa de Riaz. Uma vez ele estava conferindo a caixa de correio. Odeio o rosto dele, mas vê-lo me faz sentir melhor. Porque isso quer dizer que ele está longe dela.

Uma semana depois da audiência, estou sentado na rua da escola antes do início das aulas, observando os estudantes entrarem aos bandos. Embora sejam sete da manhã, a maioria está de bermuda e regata, porque o deserto foi do frio miserável para o calor miserável em um espaço de uma semana.

Vejo Art se escondendo entre as sombras de dois prédios, falando com Atticus. Saquinhos trocam de mãos e eu me pergunto quanto tempo vai levar para Art se ver na frente de um juiz também.

Provavelmente nunca vai acontecer. Ele tem a sorte dos garotos ricos.

— Ele tem sorte de você não ser dedo-duro. — Ashlee aparece e senta ao meu lado. — Minha mãe disse ao Art que ia quebrar as pernas dele se ele chegasse perto de mim. Não contei a ela que eu comprei de você. — Minha ex me encara. — Achei que a prisão já seria punição suficiente.

As mãos de Ashlee procuram ansiosamente um cigarro, e, enquanto ela pega um, Jamie passa por nós, com Grace, Sophie e Atticus atrás.

— ... devia ser expulsa — Jamie está palestrando. — Ela praticamente tentou me matar, é o que estou querendo dizer. Eu li que os nomes muçulmanos têm significados violentos, como "guerreiro" ou "espada" ou...

— Ela está ficando cada vez mais corajosa com essa merda toda — Ashlee comenta depois que eles passam.

— Se preparando para a política.

Ashlee observa Jamie com os olhos estreitados. O sinal toca e ela apaga o cigarro.

— A Noor voltou — ela diz casualmente, como se a notícia não fosse feito fogos de artifício explodindo em meu cérebro.

— Sério? Ah. Espera, é sério? — eu gaguejo feito um idiota, e Ashlee sorri com tolerância.

— Imaginei que você poderia desmaiar se visse ela na aula.

— É... Desculpa. — Eu me mexo, ansioso. — Isso é esquisito.

— Fala sério. — Ela ri com desdém. — Eu já superei você. Estou saindo com uma garota que sabe mais de *Guerra nas estrelas* do que você já soube um dia. Talvez até a apresente para a Kaya. — Ela me olha com atenção. — Você vai fazer a coisa certa com a Noor?

— O que você quer dizer?

Ashlee sopra a fumaça pelo canto da boca, me olhando fixamente com seus olhos claros.

— Quero dizer: você vai fazer de tudo para ela não ser presa?

— Eu vou tentar...

— "Faça. Ou não faça." — Ashlee cita Yoda. *O império contra-ataca* sempre foi seu favorito. — "Não existe tentar."

As palavras dela grudam em mim enquanto caminho para a aula de inglês, e quando entro na sala minha garganta está tão seca que, mesmo se Noor estivesse ali, eu provavelmente apenas grasnaria para ela.

Mas sua mesa está vazia.

Quando procuro a sra. Michaels depois da aula, ela suspira.

— Não sei onde ela está. Pelo que o diretor Ernst me disse, talvez seja melhor você ficar longe dela e se concentrar em se formar. — A professora cruza os braços. — Já escreveu a redação para o concurso?

— Eu quero escrever, sra. Michaels — garanto. — Mas... não sei sobre o quê. — Antes da minha prisão, eu sentei para escrever um rascunho e fiquei olhando fixamente para o enunciado por duas horas. *Conte uma história ficcional baseada em uma experiência real.* Quando nada saiu, me forcei a pegar o diário, esperando que palavras antigas inspirassem novas palavras. Mas fiquei pensando no tráfico e escrevi uma única frase. *Eu sou um monstro.*

— Boas histórias nunca vêm fácil — diz a sra. Michaels. — Você vai acabar perdendo o prazo do concurso. Mas me prometa que, quando a história vier, você vai escrever. Mesmo que seja só para guardar.

Eu assinto e sigo em frente, ainda esperando encontrar Noor. É só no almoço, enquanto estou olhando sobre o ombro à sua procura, que dou de cara com ela. Típico.

Ela se afasta rapidamente com um salto. Meu coração bate mais forte quando vejo sua camiseta, pois foi um presente meu. Diz: EU OUÇO BANDAS QUE AINDA NÃO EXISTEM.

É um bom sinal, certo? Que ela esteja usando uma coisa que eu dei a ela? A não ser que ela não lembre que foi presente meu. O que é totalmente possível.

— Oi — eu digo antes que ela possa ir embora. — Você não estava na aula de inglês.

Ela tira os fones de ouvido, mas nenhum som sai deles. Noor não ouve música baixo de jeito nenhum. O que significa que está caminhando por aí sem música. É algo tão distinto da sua personalidade que penso em fazer uma pergunta superpessoal para ter certeza de que não roubaram seu corpo.

— É — ela responde ao meu comentário, a voz sem vida. — Não vi motivo para ir. Dá licença.

Ela tenta dar a volta passando por mim, mas dou um passo esquisito para o lado, como um louva-a-deus, desesperado para pará-la.

— As provas finais são na semana que vem — eu me apresso em dizer. — A sra. Michaels nos passou as questões de revisão. — Procuro em minha mochila. Isso é tão esquisito e horrível. Falar com ela como se fosse uma estranha. Encontro a folha de questões e passo para ela.

Noor não pega.

— Você não teve notícias da UCLA, teve? — continuo. — A sua redação estava muito boa. Talvez você seja aceita.

— Não faria diferença se eu fosse. — Ela arranca o papel da minha mão e o amassa. Algumas pessoas param para olhar. — Hoje é dia 10 de maio. O prazo final para admissão foi uma semana atrás. E eu vou para a cadeia, Salahudin.

— Você chegou a conferir o portal da UCLA de novo? — pergunto.
— Talvez...

— Eu vou aceitar o acordo do promotor. — Ela cospe as palavras em cima de mim. — A Khadija vai ligar para ele hoje à noite, quando chegar do trabalho. Ela... Ela pediu para eu e o Shafiq estarmos em casa.

— Não. Noor, não faça isso...

— O que mais eu posso fazer? — As palavras explodem em um grito súbito, de romper os tímpanos. Os estudantes à nossa volta ficam em si-

lêncio. — Esperar o julgamento e ser condenada a oito anos, seu imbecil?
— A voz de Noor fica mais alta. — Se eu não aceitar o acordo, eles vão jogar o código penal na minha cabeça.

— Eu vou explicar que a droga era minha. Vou contar a verdade.

— Meu Deus, como você é burro. Você contou a verdade, Salahudin. Eu também. Em que isso ajudou?

Mais pessoas param para nos observar, Ashlee entre elas. Alguns estudantes têm o celular na mão, como se esperassem que fôssemos nos engalfinhar.

— As suas drogas estavam debaixo do *meu* banco — diz Noor. — Debaixo da *minha* mochila. No porta-luvas, a centímetros das *minhas* mãos. Minhas digitais estavam nos frascos porque, como uma idiota, eu peguei eles de você. Certeza que eu vou para a cadeia.

— O Martin disse que podemos argumentar que éramos usuários. O juiz pode...

— Vá pro inferno, *Sal*.

Faço uma careta ao ouvi-la usar meu apelido. Soa tão esquisito saindo de sua boca quanto da de Abu.

— Noor... por favor. Eu não queria que isso acontecesse. Você não pode pelo menos perdoar...

Ela se aproxima o suficiente para me beijar — ou me dar um soco.

— Não ouse pedir para eu te perdoar — ruge. — Não jogue esse fardo em cima de mim.

— Tudo bem, não me perdoe — eu digo. — Mas assista às aulas. Não desista. Pense na... na Ama, Noor. Ela diria que você é mais do que isso.

Noor ri, mas a risada é toda errada.

— Talvez eu fosse mais do que isso. Antes de você.

— Ah, olhem, a Bonnie e o Clyde marrons. — Jamie aparece em meio ao grupinho de estudantes. Atticus está com ela, parecendo um pouco envergonhado. Acho que é mais fácil ter uma namorada racista quando ela não é tão ostensiva a respeito disso.

— Bonnie e Clyde eram ladrões de banco e assassinos — disparo para ela. — Então você fez uma comparação de merda.

— Ainda assim eram criminosos. Ainda assim destinados ao fracasso e à morte precoce. Como vocês. — Ela olha maliciosamente para Noor, e, enquanto eu fervo por dentro, Ashlee abre caminho aos empurrões.

— Você é doente, Jamie — ela diz. — Por que não vai...

— Não fala comigo, escória — Jamie dispara. — Você transava com esse escurinho, não é? É claro que ia defender o cara.

Um murmúrio baixo é ouvido na aglomeração de estudantes, e Atticus se afasta de Jamie, embora ela não note.

Muitos dos cidadãos de Juniper são orgulhosamente racistas. Já tivemos pessoas pichando símbolos nazistas, "Voltem para o buraco de onde vieram" e "White Power" nas nossas salas de aula. Abu me disse que, após o 11 de Setembro, ele e Ama tiveram que trocar a janela da frente depois que alguém jogou um tijolo nela.

Mas eu não esperava esse ódio escancarado da parte de Jamie. Ela vinha mascarando isso por baixo do esnobismo.

Noor responde com as mãos em volta das alças da mochila, como se estivesse preocupada com o que elas fariam se ela as soltasse.

— Vá embora, Jamie — ela diz.

— Eu vou — a garota responde. — Vou embora para Princeton. Enquanto você vai apodrecer na cadeia, que é o seu lugar.

Noor dá de ombros.

— Você venceu — ela aponta. — É isso que você quer ouvir, não é? Você vai para a universidade e eu não. Você vai ser a oradora na formatura e eu fiquei de escanteio. Você também é um monstro. Tenho certeza que nem os seus pais gostam de você. Eu sei que os seus amigos não gostam.

Jamie ri e vira para Atticus — que desapareceu. O resto dos estudantes observa em silêncio.

Ela fica vermelha.

— Me insulte quanto quiser — diz. — A sua própria vida é a sua punição. E é isso que você merece. Não me importa quais são suas desculpas, Noor. Você é uma imigrante ilegal. Uma criminosa. Você devia ser mandada de volta para o país de merda de onde veio, para casar com um cara cinquenta anos mais velho que você, ou com uma cabra, ou o que quer que o lixo do seu povo faça.

Fico cara a cara com Jamie, palavras cruéis em meus lábios, mas Ashlee me puxa para trás e nem sinto suas mãos, de tão irado que estou.

— Não vale a pena, Sal — diz Ashlee. A poucos metros de mim, Noor me lança um olhar feroz, cheio de desprezo.

Então ela vai embora.

Não a sigo.

A conversa com Noor chocalha em minha cabeça, sacudindo suas correntes e agitando seus ossos, enquanto caminho para casa. Não a pior parte dela — já coloquei tudo isso na caixa "merdas para lembrar quando você estiver se odiando".

Não. Estou pensando na UCLA. No fato de Noor não ter recebido notícias deles.

Por mais horrível que seja, eu entendo por que ela não foi aceita nas outras faculdades. As redações dela estavam uma merda. Noor disse que engasgou nas entrevistas. Mas eu li a redação que ela enviou para a UCLA. E, tirando duas vírgulas mal colocadas e a palavra "memória" inexplicavelmente escrita com dois Rs, o texto estava incrível. E ela tinha todo o resto de que precisava para impressionar o conselho de admissão.

Noor disse que não conseguia entrar no portal da UCLA. *Provavelmente porque eles encerram as contas de todas as pessoas que são recusadas. Para eles eu não existo mais.* Mas não faz sentido. E eu conheço Noor; às vezes o medo dela é tão ruidoso que ela não ouve mais nada.

Ela também disse que não recebeu uma carta da UCLA. Mas talvez tenha recebido. Talvez apenas não tenha visto.

Graças a Deus Chachu nunca confere a caixa de correio. Só que ele confere, sim. Eu o vi fazendo isso alguns dias atrás.

Se ele fizesse ideia de que estou me candidatando...

Noor não contou para Riaz. Mas ele sabia — aquela noite na casa de Shafiq e Khadija. *Você não vai para a* UVA *ou a* UCLA.

Noor só precisa de um sim. Uma vitória. Algo que dê a ela uma razão para lutar. Para não aceitar o acordo do promotor.

Pelo que me lembro de quando Noor e eu entramos escondido no escritório de Riaz anos atrás, ele guardava cada maldito papel que recebia. Por que não guardaria a carta de admissão dela?

Conclusão precipitada, Salahudin. Talvez Brooke tenha contado a ele sobre a UVA *e a* UCLA. *Ou talvez ele tenha recebido a carta, mas de recusa.*

Ama costumava falar: "Hadiyan sach bolti hain". *Os ossos contam a verdade.* Os meus me dizem que tem algo esquisito em relação à UCLA.

Paro no meio da calçada, meu cérebro explodindo com uma ideia súbita e brilhante. Uma ideia que pode dar a Noor o futuro que ela merece.

Uma ideia que pode fazê-la me perdoar.

CAPÍTULO 50

Noor

Ninguém me para conforme saio do campus no meio do período de aulas. Ninguém se importa.

As palavras que gritei para Salahudin ribombam em meus ouvidos. Estou com tanta raiva que acho que vou me partir em pedaços.

Estou com os fones de ouvido. Baixei a maior quantidade das músicas de antes que pude encontrar. Mas não há uma canção que eu queira ouvir. Não há playlist que possa consertar esse sentimento de que nada de bom nunca mais vai acontecer comigo.

A única música para a qual tenho espaço em minha cabeça é a de guitarras quebradas e amplificadores em curto-circuito. Um violoncelo em chamas, um piano jogado de um arranha-céu, uma bateria despedaçada.

Estou com raiva por Salahudin ter mentido que não estava vendendo drogas, por ele ter me arrastado para essa merda, porque vou ser presa, porque meu futuro está destruído.

Mas o que mais me enlouquece é que a pessoa em quem eu mais confiava neste mundo de merda foi quem me machucou da pior maneira. Ele me deu o que eu queria acima de tudo: amor, segurança.

E depois me tirou tudo. Ele jamais vai conseguir consertar isso.

Penso no Verve cantando "Love Is Noise". Florence and the Machine e a bateria retumbante de "Cosmic Love". A dor voraz de Rihanna em "Love on the Brain". Masuma Anwar lamentando seu destino em "Tainu Ghul Gayaan".

As canções se misturam todas em minha cabeça. Um amontoado de notas que não faz sentido. Cortando através delas, a voz de tia Misbah. *Se estamos perdidos, Deus é como a água, encontrando o caminho incognoscível quando não conseguimos.*

— Noor!

Um brilho de cabelos escuros. A sra. Michaels acena para mim e atravessa o estacionamento em minha direção.

— Eu vi você da sala dos professores — ela diz. — Por que você não está na au...

— Porque não faz diferença — respondo, me perguntando se não deveria tatuar as palavras na testa para as pessoas pararem de perguntar.

— Bom... aqui. — A bolsa de couro dela está pendurada na cadeira de rodas, e ela a vasculha antes de pegar um papel. Minha redação final sobre "Uma arte". Eu trabalhei nela por insistência de Khadija e entreguei depois de ler mais sobre a vida de Elizabeth Bishop.

Que, para ser honesta, não foi fácil. Algo que destaquei na conclusão do texto.

Um dos primeiros títulos para "Uma arte" foi "O dom de perder coisas". Talvez devido a todas as perdas em sua vida — família, amigos, casas, pessoas —, Bishop foi obrigada a enxergar a perda como um dom. A perda a cercava. A fim de não se afogar nela, Bishop não podia enxergar a perda como a maneira de o universo dizer "Eu odeio você". Ela precisou fazer as pazes com a perda, aceitar que faz parte da vida e encontrar sentido nisso. Ela teve de aprender que, apesar da perda, ela seguiria em frente.

— Ficou maravilhosa — diz a sra. Michaels. — A minha redação favorita deste ano. — Ela coloca o papel em minhas mãos. — Noor. Você tem tanto a oferecer. Eu sei que está passando por tempos difíceis. De verdade, eu sei. Mas eu acredito que as coisas vão melhorar. E estou pedindo a você, por favor... não desista.

Ela se vira para voltar para a escola, e, enquanto a observo desaparecer entre os prédios, penso em tia Misbah.

Se estamos perdidos, Deus é como a água, encontrando o caminho incognoscível quando não conseguimos.

Por um momento, enquanto olho fixamente para o A+ no topo da folha, eu acredito nisso.

CAPÍTULO 51

Misbah

Março, antes

Dois meses depois de o médico me dar a notícia, Toufiq ficou sabendo da minha doença. Só percebi porque ele começou a beber de novo.

Ele tentou esconder. Mas então urinou na piscina e Salahudin o descobriu.

Depois que cuidei de Toufiq, encontrei Salahudin esperando na cozinha, abalado. Peguei chá, creme, cardamomo e açúcar.

— Quer um chai, Putar? — Busquei uma segunda xícara para ele, para o caso de ele querer. Mas Salahudin balançou a cabeça.

— Eu disse sim algum dia, Ama?

— Não — suspirei. — Mas sempre tenho esperança.

— Ama... O que há de errado com Abu? Por que ele está cheirando como...

Como os bêbados que às vezes quebram garrafas em frente ao motel, ou brigam no beco atrás da piscina.

— O seu pai é... — Eu quase disse a palavra. Alcoólatra. Mas não reuni coragem suficiente. — O seu pai tem um problema, Putar. Um problema com a bebida.

— Mas Abu reza — irrompeu Salahudin. — Eu não entendo.

— O seu pai reza em busca de orientação. Ele está sempre perdido. Os adultos também se perdem, você sabe.

— Você nunca se perde.

— Isso é a vontade de Deus — eu disse. — E não algo que eu faça sozinha.

— Ama — ele continuou. — Por que ele começou a beber quando eu era pequeno?

— O seu pai não conseguiu ser forte — respondi. — Ele não é como eu, Putar. Ou como você.

Salahudin bufou com desdém.

— Eu não sou forte.

Peguei sua mão e ele fez uma careta de surpresa. Eu a apertei forte demais, tentando não soltá-lo. Ele precisa compreender isso, *pensei*. Ele precisa saber que pode sobreviver a qualquer coisa.

— Eu vejo tanto potencial em você, meu filho. Você vai ser o que quiser ser — garanti a ele. — Deseje força e Deus o fará forte. Me diga que você compreende.

Ele delicadamente afastou a mão da minha.

— Eu compreendo — respondeu. — Hum... Estou bem cansado, Ama.

— Vá. — Dei um beijo no seu cabelo e observei suas costas estreitas enquanto ele desaparecia quarto adentro.

Ele não compreendia. Eu sabia disso. Mas ele iria compreender. Eu iria garantir que fosse assim antes de deixar este mundo. Coloquei o chá de lado e rezei.

Por favor, por favor. Pressionei as mãos juntas com tanta força que chegaram a formigar. Me dê mais tempo.

CAPÍTULO 52

Sal

Maio, agora

Quando está quase escuro, Art finalmente volta para casa em seu Camaro reluzente. Seus pais não estão, e, quando ele se aproxima da porta da frente, saio de trás de um pilar perto da sua varanda.

— Sal, puta merda! — Ele dá um salto enorme. — O que...

— Cala a boca. — Eu não encosto nele. Não preciso. Ele percebe que estou usando todo o meu autocontrole para não socar sua cara estúpida. — Você vai me ajudar com uma coisa. Senão eu conto para os policiais quem era o meu fornecedor, seu babaca.

Explico meu plano para ele no carro, fazendo-o passar pela loja de bebidas, onde vemos o velho Nissan azul de Riaz estacionado na vaga de trás. Alguns minutos mais tarde paramos na frente da casa dele. O carro de Brooke não está lá.

Aponto para a janela do escritório de Riaz, que fica de frente para a casa do vizinho, e a cerca perto dela.

— É ali que você vai se esconder — digo. — E precisamos ser rápidos. Temos que estar longe daqui antes que a Khadija ligue para o promotor.

— Mesmo que ela tenha entrado na UCLA — Art olha para a cerca de canto de olho —, ela vai para a cadeia. Essa carta vale tanto para ela quanto um saco de mer...

— Cala a *boca*, Art.

— Eu sei que você ama a Noor — ele insiste. — Mas talvez você não esteja encarando a realidade.

— *Eu* não estou encarando a realidade? — pergunto. — E você? A sua prima teve uma overdose. E você continua traficando.

Art mexe no rádio e sintoniza na KRDK, uma estação Top 40 que eu só coloco quando estou tentando irritar a Noor. Eu desligo na hora.

— Ainda estou falando — digo. — Pense em todo mundo para quem você já vendeu. E se uma dessas pessoas tiver uma overdose? Morrer? Isso vai estar na sua conta.

— Você estava no jogo também, Sal.

— E vou me arrepender disso até o dia em que eu morrer — afirmo. — Meu pai é alcoólatra, eu sei como o vício é insidioso. Eu ajudei outras pessoas a serem viciadas. Eu destruí a minha vida e provavelmente a vida da minha melhor amiga. Mas você ainda pode cair fora, imbecil.

Art balança a cabeça, os nós dos dedos brancos em torno da direção.

— É — ele diz baixo, o mais contido que já o vi. — Talvez você esteja certo.

Ele desliga o carro e nos aproximamos da casa de Riaz em silêncio. Não há o menor empecilho para chegar à janela do escritório. Quando tento abri-la, ela não se mexe.

— Não tem jeito, cara. — Art se afasta. — Não vamos conseguir abrir sem quebrar.

Pego as chaves da mão dele, enfio uma por baixo da janela e forço a esquadria. Depois de um minuto tenso, durante o qual Art respira tão alto que poderia ser ouvido no Alasca, a janela se abre com um guincho.

— Pronto — digo. — Entra aí.

Art suspira e enfia o corpo esguio pela janela, os pés ridiculamente espetados para fora por um momento.

— Procure um envelope grande — instruo. — Provavelmente branco. Com um timbre azul...

— Eu sei como é o envelope de admissão de uma universidade, Sal.

Ouço o farfalhar de papéis. Um ruído surdo e um palavrão.

— Caramba, esse cara não joga nada fora — murmura Art.

Confiro o horário e olho de cima a baixo na rua. Brooke chega em casa antes da oito, normalmente, e já são sete e cinquenta.

— Não consigo ver nada — diz Art. — Estou fechando as cortinas para poder acender a luz.

— Use o celular, burrão!

Ele resmunga algo incompreensível, e vejo o brilho fraco de uma luz azul.

— Para um cara que dirige um Nissan, esse sujeito é obcecado com BMWs. Ele tem, tipo, uns trinta panfletos...

Os faróis de um carro brilham no fim da rua. Estreito os olhos. Mas está poeirento demais para distinguir se é o Ford cinza de Brooke. Parece grande demais para ser o carro dela. E não é cinza. É azul.

— Merda... — Chamo pela janela: — Sai daí, Art. Riaz acabou de chegar.

— Não, eu encontrei uma coisa...

— Fora, cara. *Agora*.

Riaz para o carro no acesso da casa. Ouço a guitarra queixosa de uma música do Soundgarden que Noor colocou para eu ouvir um milhão de vezes. "Black Hole Sun." O motor é desligado.

O silêncio é... sinistro. É uma palavra que eu compreendo conceitualmente porque a li em um milhão de livros. Mas, na realidade, eu a sinto tão espessa e asfixiante quanto lama.

Corre, Sal. Cai fora daqui.

— Olá?

Merda. Riaz ouviu Art. Mergulho atrás da cerca da maneira mais silenciosa possível e torço para ele ter o bom senso de desligar a lanterna do celular. Ouço o ruído dos passos de Riaz se aproximando.

Não se aproxime mais. Por favor, Deus, me dê um descanso.

Ele fica parado ali por um longo momento e me pergunto como será para alguém como ele, alguém que se sente superior às pessoas que ele acredita serem mais fracas. Eu me pergunto como ele consegue se olhar no espelho todas as manhãs.

Derrubá-lo seria tão fácil. Meu futuro são quatro paredes com uns três metros entre elas, não importa o que eu faça. Eu só ficaria preso um pouco mais.

Mas ele vira e se afasta. As chaves tilintam e a porta da frente se abre com um rangido. O escritório fica no fim do corredor. Longe o suficiente para que Art possa sair, se não se atrapalhar.

— Art — sussurro. — Vai logo, cara, ele está...

— Olá? — Dessa vez Riaz está chamando de dentro da casa. Tarde demais, percebo que a porta do escritório está aberta.

Há uma agitação. Riaz grita.

— Ei!

Art mergulha para fora da janela, algo branco apertado contra o peito.

Eu o agarro, o levanto e nós corremos como nunca.

CAPÍTULO 53
Noor

O imã Shafiq chega em casa às sete da noite, após a oração do Maghrib. Desligo uma temporada antiga de *Crown of Fates* que estou vendo desde que cheguei da escola. Mas não antes que ele veja. Shafiq ri tanto que acho que vai deixar cair a embalagem de comida que comprou.

— Não vejo a hora de contar para a Khadija — ele diz. — Eu a peguei fazendo a mesma coisa algumas semanas atrás. Nós três podemos ver o novo episódio juntos no domingo. Só aceite, Noor. Aceite a sua Dunlinian interior.

Khadija entra, vindo da garagem.

— *Não* aceite a sua... sei-lá-o-que interior.

— Dun-li-ni-an — diz Shafiq. — Não finja que não sabe o que é, Khadija.

Eles implicam um com o outro, e ouvi-los me ajuda a ignorar o fato de que eu tenho de tomar uma decisão hoje sobre o acordo do promotor. Já discuti tanto isso com Khadija que a decisão já deveria ter sido tomada.

Mas continuo pensando em Salahudin. Na esperança dele. Balanço a cabeça. O acordo do promotor é a melhor esperança que eu tenho.

— Eu quero aceitar — anuncio, cortando a fala de Shafiq. — Desculpa. — Me sinto mal em interrompê-lo. — Acho que é a melhor coisa a fazer.

Khadija respira fundo.

— Vou falar com Mike Mahoney de novo — ela diz. — Quem sabe conseguimos reduzir a gravidade da acusação e o período para a liberdade condicional. Com um bom comportamento, Noor, você pode estar livre em dezoito meses, fácil.

A campainha toca. Instantaneamente Khadija pega o celular. Shafiq puxa uma faca de cozinha — a qual não consigo imaginá-lo usando.

— Noor — ele instrui. — Vá para a porta dos fundos, por favor. Se alguma coisa acontecer, corra para a casa da sra. Michaels, ok? Ela... — Então espia pelo olho mágico. — Ah.

Ele abre a porta. Mesmo à luz fraca da varanda e através da porta de tela, reconheço a silhueta alta, os ombros largos, o cabelo escuro enrolado. Salahudin.

— Posso... falar... com... a Noor? — O peito dele sobe e desce enquanto tenta recuperar o fôlego. Ele está suado, embora esteja um clima agradável, maio sendo o único mês do ano em Juniper em que o tempo não é uma droga. Vou até a porta, mas Khadija já está ali.

— De jeito nenhum — ela diz. — Você *não* pode vir aqui.

— Ei. — Shafiq põe a mão no ombro de Salahudin. — Vamos dar uma volta. Venha...

— Você foi aceita! — Salahudin sacode um grande envelope branco. — Noor... a UCLA. *Você foi aceita.*

Abro caminho, passando por Khadija. Art Britman está parado mais adiante na rua em seu Camaro preto, fingindo não estar nos observando.

— Noor — diz Khadija. — Eu não acho...

— Dois minutos — insiste Salahudin. — Eu sei que você está possessa comigo. Eu sei que você me odeia. Mas me dê dois minutos. Depois eu caio fora. Nunca mais falo nem o seu nome.

— Está tudo bem — digo para Shafiq, que finalmente baixa a mão. Khadija me lança um olhar de *Se ele chegar a fazer você franzir a testa, está morto.*

— A porta vai continuar aberta. — Ela fecha a tela, mas não se retira completamente.

Salahudin me passa o envelope. É branco. Está um pouco amassado. O timbre no canto diz UCLA em letras grandes e marcadas.

— Desculpa, eu abri — ele diz. — Imaginei que fosse um sim porque o envelope é grande. Mas eu queria ter certeza.

Cara Noor,
Parabéns! Nós estamos...

Não leio o restante. Apenas largo o papel em cima do corrimão da varanda. Rápido. Ele é falso. Tem que ser.
Você é melhor do que este lugar. Mais do que este lugar.
— Mas eu não conseguia entrar no portal. Tentei tantas vezes.
— Não foi porque eles te recusaram — diz Salahudin. — O seu tio deve ter feito alguma coisa. Deve ter mudado o seu login ou a senha.
Ou excluído a minha conta. É exatamente o tipo de coisa que Chachu faria.
— Mas como você ficou sabendo? — pergunto. — E como conseguiu isso?
— Não se preocupe com isso — responde Salahudin. — Ouça, Noor. Não aceite o acordo do promotor. Olhe só o que você conseguiu. Você entrou em uma das melhores universidades do país. Do mundo. Se aceitar o acordo, você vai estar jogando isso fora.
— Mesmo que eu tivesse o dinheiro para ir...
— Tem um pacote de ajuda financeira lá — ele diz. — Bolsas e meios de trabalhar e estudar. Você pode ir, Noor. Mas não se tiver uma ficha criminal.
— O prazo para aceitar...
— Dane-se o prazo! — ele exclama — Ligue para eles! Peça para a Khadija ligar. Fale a verdade. Você vai dar um jeito. Noor, esse pessoal... — Ele pega a carta de admissão e aponta para a foto de um grupo de estudantes rindo em um gramado verde na frente de uma torre que, estranhamente, me faz pensar na Mesquita Badshahi. — Você devia ser um deles.
O ruído da ira em minha cabeça silencia. Salahudin acreditou em mim. Ele sempre acreditou em mim. Ele está me dando uma razão para lutar.

Mas, se não fosse por ele, eu jamais precisaria dessa razão, para começo de conversa.

Quero diminuir a distância entre nós. Olhar em seus olhos, o lugar mais seguro em que já estive. Sentir os dedos dele em minha cintura. O corpo dele contra o meu.

Ele parece subitamente incerto, as mãos graciosas remexendo na carta. Ele pode sentir isso entre nós, eu sei. A faísca. O desejo.

Ele dá um passo à frente, esperançoso. Pairamos no limite do perdão.

Mas, diante da luz em seus olhos, lembro quanto temos a perder. Especialmente agora que tenho um futuro pelo qual lutar. Percebo a improbabilidade de ver esse futuro.

A raiva retorna com tudo. Mais forte que antes, como se andasse levantando pesos, criando músculos, esperando para dar um soco devastador. Sou Fiona Apple destilando veneno em "Get Gone". Julian Casablancas e o The Voidz rasgando guitarras em "Where No Eagles Fly".

— Isso não conserta nada — disparo. — Você sabe disso, não? Eu ainda posso pegar anos de cadeia.

A expressão dele desmorona.

— Eu sei — ele diz. — Pensei...

— Eu te contei um monte de coisas que a sua ama disse na noite em que ela morreu — aponto. — Mas não contei a última coisa que ela disse. — A memória é fresca e dolorosa. Salahudin fica em silêncio. — Ela disse: "Perdoe". Acho que ela sabia que você era um amigo de merda que ia precisar de perdão. Mas você não merece perdão. Você não estava lá com ela. *Eu* segurei a mão dela enquanto ela morria. *Eu* sabia que ela estava doente enquanto você nem se dava conta. *Eu* disse para ela ir ao médico. Você falou que eu não a conhecia, mas eu conhecia, sim. E ela merecia um filho melhor que você. Você não consegue nem lavar a porra da roupa, Salahudin. Não consegue lidar nem com isso.

Eu o empurro. Ele se encolhe e meu rosto fica quente, como se tivesse acabado de levar um tapa — embora tenha sido eu quem deu o empurrão.

Minha mão queima. *Para, Noor. Isso está errado.* Mas não consigo me controlar.

— É melhor você se acostumar com isso. — Agora meus olhos estão marejados. Minha voz treme. — Porque você vai para a cadeia, e lá ninguém vai se importar com o que você sente.

Dou as costas para ele. Tento não ver o choque no rosto de Khadija e Shafiq.

Perdoe, tia Misbah me disse. *Perdoe.*

Mas acho que eu não sou do tipo que perdoa.

CAPÍTULO 54

Misbah

Janeiro, antes

Os dias passavam voando, como água entre os dedos. Até que, em um domingo, Noor me enviou uma mensagem pedindo para eu não ir à loja de bebidas para tomar chai e assistir a Dilan dey Soudeh, *dizendo que tinha muita lição de casa para fazer.*

Então ela começou a ignorar minhas mensagens.

Quando perguntei a Salahudin sobre isso, ele deu de ombros e sumiu em seu quarto. Ele andava mais calado ultimamente. Em silêncio no jantar e desaparecido por horas depois da escola, voltando muito tempo depois de o treino de futebol ter terminado.

— Ele discutiu com a Noor. — Toufiq andava sóbrio nos últimos dias, após uma crise de cansaço me deixar de cama. — Há um mês, quando fomos para as montanhas.

— Sobre o que eles discutiram? — E como eu pude não perceber?

Mas isso daria no mesmo que perguntar a Toufiq como tinha sido o último jogo de futebol de Salahudin.

O que fazer? Eu amava Noor como se ela fosse minha filha, mas não era da sua família. Se ela fosse uma sobrinha de sangue, eu poderia ter visitado sua casa, falado com seu tio.

Mas, em onze anos, Shaukat Riaz nunca parou de me julgar. Após se dar conta de que eu falava punjabi com Noor e lhe servia comida paquistanesa, ele parou de deixá-la comigo. Ele odiava minha presença na vida dela. Ir até a casa dela só criaria problemas para Noor.

Semanas se passaram. Enviei mensagens para Noor. Ela nunca respondia. Eu não conseguia parar de pensar nela. Perturbei tanto Salahudin que mesmo sua paciência, que puxava mais para a do pai que para a minha, acabou.

— Ela está bem, Ama, ok? — ele disparou. — Está brava comigo por causa de uma coisa idiota.

Então fui vê-la no domingo seguinte, em torno de quinze minutos depois de ela abrir a loja. Disse meu salaam, peguei pão e leite e coloquei sobre o balcão.

— Não sei o que aconteceu entre você e Salahudin, Dhi — eu disse a ela em punjabi —, mas preciso assistir a Dilan dey Soudeh. *Ou você assiste comigo, ou vou assistir sozinha, mas não vou esperar mais.*

Outro cliente entrou e eu fiquei de lado.

— Sinto muito, tia. Melhor você assistir sem mim. — Noor parecia tão desanimada. De maneira alguma como a garota que discutia comigo sobre Nusrat Fateh Ali Khan. Ela se esticou para alcançar a prateleira de cigarros quando o cliente pediu um maço de Marlboro.

Foi quando vi o hematoma. Amarelo e roxo em sua pele marrom.

— Noor — eu disse depois que o cliente foi embora. — O que aconteceu no seu braço, meri dhi?

Ela se encolheu e eu soube. Eu soube em meus ossos.

Riaz bancava o matemático civilizado com seus clientes. O imigrante esclarecido cruelmente destinado a administrar uma loja de bebidas, embora sua mente fosse destinada a algo maior.

Mas ele desprezava as mulheres. Pior: ele tinha uma amargura fervilhando por dentro. Um tigre de dentes irados, enjaulado e furioso.

— Tia Misbah? Você está bem?

Noor me chamou e eu me perguntei por quanto tempo fiquei distante. Olhei de relance para o braço dela, mas o hematoma estava escondido agora.

Eu não sabia o que dizer, porque precisava pensar. Uma vez, antes, eu suspeitara de que havia algo de errado e tinha chamado a polícia. Eles não fizeram nada.

Mas Noor estava mais velha agora. Talvez a polícia acreditasse se ela dissesse a eles que Riaz a estava machucando. Ela faria dezoito anos em duas semanas. Poderia deixar Riaz. Ir morar comigo, Salahudin e Toufiq.

Eu precisava falar com a dra. Ellis. Ela fora uma bênção tão grande ao longo dos anos. Ela compreendia os jovens. Talvez soubesse o que seria melhor fazer.

— Eu... Eu tenho que ir. — Eu me virei rapidamente, desajeitada. — Não estou... Não estou me sentindo bem.

— Quer que eu...

— Não precisa — respondi, seguindo em frente para que ela não viesse atrás. Esqueci o leite. O pão. Não importava. Consegui chegar ao carro e até em casa.

Entretanto, no acesso do motel, minha sorte acabou. Fiquei sentada no Civic com os músculos tão pesados que sentia como se estivesse derretendo no tecido quente do banco. Meus ossos não funcionavam. Eu não conseguia levantar os braços. Não conseguia nem desligar o carro.

— Ama?

Salahudin parou junto à janela. As sobrancelhas franzidas, a ruga na testa como a da minha mãe.

— Sabia — eu disse para meu filho — que choveu no dia em que a sua avó me disse que eu me casaria? Aos cântaros. Eu consultei uma vidente depois...

— Ama. — Ouvi o medo de Salahudin enquanto ele me ajudava a entrar em casa. — Você precisa do seu remédio?

— Tempo — sussurrei. — Eu preciso de tempo, Putar.

Mas ele não podia me dar tempo. Ninguém podia.

CAPÍTULO 55

Noor

Junho, agora

Nós rejeitamos o acordo do promotor. Khadija quer que eu testemunhe.

— Se você se sentar no banco das testemunhas e disser ao tribunal o que realmente aconteceu, isso vai passar uma imagem forte para o júri. — Ela defende a mesma ideia todas as noites, andando de um lado para o outro enquanto Shafiq e eu ouvimos. — Você vai mostrar que está preparada para lutar pelo seu futuro.

Mas eu não quero lutar. Estou com medo demais de perder.

Na noite anterior à formatura, Khadija finalmente joga as mãos para o ar na mesa de jantar.

— Não posso te obrigar a testemunhar — ela diz. — Se você sentar naquele banco contra a sua vontade, o promotor vai sacar isso e vai acabar com você. Mas faça uma coisa por mim, pelo menos?

Eu a olho, desconfiada. A seu lado, Shafiq tenta esconder o sorriso.

— Vá à formatura. — Khadija desaparece em seu quarto e retorna com uma beca e um capelo verde-escuros, que eu distintamente não lembro de ter encomendado. — Você vai se arrepender se não for.

Quando eu pego as peças, ela bate palmas.

Agora, no campo de futebol e cercada pelos meus colegas, estou feliz de ter vindo. Eu trabalhei tão duro por isso. Desde a prisão, odiei cada minuto da escola. Mas Ashlee estava certa quando disse que a rotina me ajudaria. E, durante todo o caminho até o último dia, Khadija esteve comigo para que eu desse o meu melhor em cada tarefa.

— Eu não passei uma semana inteira atrás do reitor de admissões da UCLA para você fazer corpo mole na escola — ela disse.

Eu me vejo olhando à minha volta — me perguntando se Salahudin veio. Depois que me contou sobre a UCLA, ele parou de tentar falar comigo. Ele se formou — seu nome está no programa. Mas ele não está aqui.

— Ele provavelmente não quis estragar a sua formatura. — Ashlee ignora o arranjo alfabético feito pelo diretor Ernst para que as pessoas se sentassem e ocupa o lugar ao meu lado, com sua namorada, Bonnie, do outro lado.

— Ele disse isso?

Ela dá de ombros.

— Pergunte a ele da próxima vez que vocês se encontrarem.

Você quer dizer no tribunal, daqui a algumas semanas? Fico em silêncio. Não quero estragar o clima.

Enquanto a banda da escola toca uma versão desafinada das *Marchas de pompa e circunstância*, a música de formatura mais idiota de todos os tempos, há uma ligeira comoção no palco.

— Ei, olha — Ashlee sussurra, e um professor que não reconheço corre na direção do diretor Ernst, passando a ele o celular.

Os alunos perto dele sussurram, um burburinho que se espalha rapidamente, enfim chegando até o lugar onde Ashlee e eu estamos.

— Ele acabou de ver um vídeo no perfil de alguém — sussurra Bonnie. — O vídeo. E agora ele está lendo o artigo.

— Que vídeo? — Eu me viro para Ashlee, e Bonnie abre um largo sorriso. — Que artigo?

— Ah, eu não te contei? — Ashlee sorri e pega o celular. — Eu filmei o discursinho da Jamie aquele dia. Mandei para a reitora de admissões de Princeton. Como não tive retorno, achei que devia mandar para outro lugar. — Ela me passa o celular, aberto em um artigo no Feedbait:

DISCURSO RACISTA CUSTA O FUTURO DE ALUNA DO ENSINO MÉDIO DA CALIFÓRNIA

Jamie Jensen, 18, se queimou para valer esta semana quando uma colega a filmou enquanto ela descarregava um discurso racista contra outra estudante.

"Foi assim o ano todo", uma aluna do terceiro ano da Juniper High, que pediu para não ser identificada, disse ao Feedbait. "Ela é uma racista. Ela tentou esconder isso, mas finalmente veio à tona."

O promotor da Califórnia James Atkins disse que, embora as palavras de Jensen sejam repugnantes, falando de maneira estrita nenhum crime foi cometido.

Enquanto isso, a reitora de admissões de Princeton, Nicola Watson, divulgou uma nota oficial: "Nós levamos muito a sério a integridade desta instituição, e essa integridade é refletida em nossos estudantes. Palavras e a intenção por trás delas importam e são um indicativo da capacidade de um estudante de contribuir para a cultura de Princeton como um todo. Como o comportamento da srta. Jensen é uma violação direta do nosso código de conduta, nós revogamos a sua admissão".

Espera-se que outras universidades que aceitaram a candidatura da srta. Jensen sigam o mesmo caminho. Não conseguimos encontrar a srta. Jensen para que desse a sua versão dos fatos.

O diretor Ernst caminha a passos largos até Jamie, que está distraída ensaiando o discurso de formatura. O rosto dela assume um tom vermelho-vivo quando Ernst se agacha a seu lado e sussurra algo.

Momentos mais tarde, ele assume o palco e começa a chamar os alunos com a letra A, pulando o discurso de Jamie inteiramente.

— Acho que ela não vai para Princeton, no fim das contas — Ashlee comenta com um largo sorriso, então me cutuca com o ombro. — E você? Ouvi dizer que vai para a UCLA.

Quase digo que não. Mas então penso em tia Misbah.

Deus é como a água, encontrando o caminho incognoscível quando não conseguimos.

— Talvez — respondo.

Nós jogamos nossos capelos no ar, Bonnie e Ashlee se beijam e gritam e as famílias tomam conta do campo. Khadija e Shafiq me encontram, pulando e festejando como se eu fosse filha deles.

— Você realmente acha que eu posso ganhar este caso? — Não sei como Khadija consegue me ouvir. Todos estão fazendo tanto barulho. Mas ela ouve.

Então leva as mãos ao meu rosto e o segura. Ela é tão forte neste momento que eu chego a ficar mais alta.

— Acho que sempre há esperança.

Fecho os olhos e ouço tia Misbah. *Perdoe.*

Sinto muito, tia Misbah, eu penso. *Não estou pronta para perdoar ainda.*

Mas estou pronta para lutar.

CAPÍTULO 56

Sal

Depois de encontrar Abu chorando e completamente vestido debaixo do chuveiro gelado, uma garrafa de uísque quebrada sobre o piso, ligo para o imã Shafiq.

— Não desligue, não é sobre a Noor. É Abu, ele... ele... — O medo me faz falar rápido demais. — Ele precisa de ajuda. Nós precisamos de ajuda.

O imã Shafiq chega tão rápido que eu me pergunto se ele tem superpoderes que esqueceu de mencionar. Quase digo a ele para deixar pra lá, que não vale a pena. Mas ele largou o trabalho para estar aqui. *Não há nada para se envergonhar*, digo a mim mesmo. *O imã Shafiq entende a situação.*

— Vão... Vão embora — diz Abu quando entramos no banheiro. Os pés dele estão sangrando por toda parte. — Eu não preciso de ajuda.

Eu desligo a água.

— Abu... por favor...

— Qual o sentido? — Ele enrola a língua. — Qual...

— *Eu* sou o sentido — disparo para ele. — Ama era o sentido. Ela merecia mais do que isso. Eu também mereço.

Meu pai se curva e esfrega as mãos no rosto. Ele vai falar, mas não deixo. Porque, se deixar e ele disser que sente falta dela ou que está acabado sem ela, então não vou ter coragem de terminar o que preciso dizer. O que ele precisa ouvir.

— Você me deixou sozinho por meses, Abu. Agora talvez eu seja preso e, sim, é minha culpa. Mas também é porque eu não sabia o que fazer e você não estava aqui para me falar.

Abu ergue o olhar agora, irritado. *Muito bem*, eu penso. *Fique incomodado. Bravo. Qualquer coisa menos vazio.*

— Eu sou responsável pelos meus erros, mas foi você que deixou de ser um pai para mim. Eu nunca deixei de ser o seu filho. Você não pode simplesmente desistir porque está sofrendo. Você precisa ser melhor por *mim*. Nós somos o que restou, Abu. Você e eu. Ela não vai voltar.

Abu fica em silêncio pelo que parece uma eternidade. Shafiq dá um passo para a frente e estende a mão. Eu estendo outra. Nós o tiramos de pé do chuveiro.

Depois que o enxugamos e eu faço um curativo em seus pés, Shafiq e eu eliminamos cada gota de álcool da casa. Não vai ser a última vez que eu faço isso. Eu sei. Mas ainda assim a sensação é boa.

Na manhã seguinte, às nove horas, Shafiq aparece com Janice, a madrinha de Abu no AA.

— Não posso prometer nada, Sal — ela diz após eu lhe contar sobre a recaída de Abu. — Ele precisa querer ficar sóbrio. Mas, se ele for aos encontros, se ele se responsabilizar pelos próprios atos, então eu vou estar aqui para ajudá-lo.

Quando o corretor imobiliário aparece para avaliar o motel, uma semana mais tarde, Abu está sóbrio. Sete dias. O período mais longo em mais de um ano. Abu pede que eu me sente com eles — e, quando o corretor sugere um preço, ele pergunta o que eu acho.

Uma placa é colocada na fachada. Nosso corretor, sr. Singh, publica anúncios em jornais indianos, paquistaneses, chineses e coreanos.

— A maneira mais rápida de conseguir um comprador — ele explica. — Vamos esperar que alguém morda a isca.

No fim das contas, a oferta vem de um casal indiano meio hipster na casa dos trinta anos, desejando abrir uma pousada. Seus olhos brilham enquanto eles caminham pelo lugar. Eles passam batido pela tinta descascando, o forro do teto cedendo, o estacionamento esburacado.

— Adorei o nome — um deles diz. — Clouds' Rest é perfeito.

Eles veem o lugar do jeito que Ama via. Pelo que poderia ser. Sinto sua empolgação como uma facada. Mas isso me dá esperança, também, e uma das velhas canções de Noor — "Bitter Sweet Symphony" — ressoa em minha mente.

— Não vou vender se você não quiser. — Abu e eu sentamos para jantar depois que o sr. Singh nos liga para repassar a oferta. O karahi está salgado demais esta noite. Mas estou pouco me lixando, porque foi meu abu que o preparou para mim.

— Aquele casal é perfeito — afirmo antes de mudar de ideia. — Aceite a oferta. O julgamento começa daqui a uma semana, de qualquer forma. Você não tem como administrar este lugar sozinho.

— A sua mãe administrava — diz Abu.

— Ama era Ama — eu lembro. — Você é você. — Ficamos em silêncio por um longo tempo antes que eu fale de novo. — Me conte sobre ela, Abu — peço. — Me conte coisas que eu não sei.

Para minha surpresa, ele se recosta e sorri.

— A primeira vez que a vi — ele começa — foi em uma casa de chás. O irmão dela era o acompanhante. Eu estava tão nervoso...

Enquanto ele fala, penso em tudo que a minha mãe me ensinou. Como amar alguém incondicionalmente. Que a alegria pode ser encontrada nas pequenas vitórias. Que o perdão é um presente para a pessoa que o concede *e* para a pessoa que o recebe.

Mas então a raiva que parece permanentemente alojada em meu cérebro me faz lembrar de tudo que Ama não me ensinou. Que o amor incondicional nem sempre é o melhor para nós. Que pequenas vitórias nem sempre são o suficiente.

Que algumas coisas não podem ser perdoadas.

Quando Abu termina a história, peço que ele me conte outra e outra. Até ficar tarde e ele finalmente se levantar.

— Nós devíamos ir visitar Ama. Contar a ela que estamos abrindo mão do motel.

No dia seguinte, com flores e um Alcorão, e vestindo um shalwar-kameez que Ama sempre adorou, Abu vai visitar o túmulo dela.

Não vou com ele. Me manter distante é um hábito. E estou envergonhado. Não me tornei o que ela desejou para mim. Eu a decepcionei. Decepcionei Abu. Decepcionei Noor. Eu me decepcionei.

Não vou ao seu túmulo porque não quero que ela saiba disso a meu respeito. E porque uma parte de mim deseja que de alguma forma eu ainda possa consertar as coisas.

CAPÍTULO 57

Sal

No dia em que Martin faz sua sustentação de abertura, o tribunal de Friarsfield está um forno. O que eu deveria ter esperado, já que Noor, Khadija, Martin e eu estivemos todos aqui nos últimos dois dias para a seleção do júri.

Ainda assim, está pior do que ontem. O escrivão, o auxiliar, a plantinha na bancada do juiz Manuel Ortega parecem todos murchos.

Mesmo nas séries criminais, em que tudo deve parecer realista, os tribunais têm aquele verniz do cinema. Este tribunal é realista de um jeito mundano, cotidiano. Sem glamour e um tanto triste.

O juiz Ortega não parece se afetar com isso. Ele é um homem grande, e as luzes fluorescentes refletem um brilho opaco em sua careca marrom. Quando ele adentra o recinto, todos ficam em silêncio, e, quando ele vai falar, todos prendem a respiração.

O que me deixa mais nervoso ainda. A bancada do juiz fica apenas dois degraus acima de onde Martin e eu nos sentamos. Mas daqui ele parece uma espécie de semideus, preparado para impor uma justiça impiedosa.

Eu me sento sentindo uma coceira miserável neste terno e olhando fixamente para o enorme selo dourado do estado da Califórnia na parede dos fundos, tentando parecer calmo e responsável enquanto o promotor, sr. Mahoney, apresenta o caso contra mim e Noor em detalhes humilhantes e contundentes. Mahoney sempre entra no tribunal usando um sobretudo por cima do terno amarfanhado, não importa o clima que esteja fazendo, e hoje não é diferente. Isso o faz parecer inofensivo e avoado. Ele é qualquer coisa menos isso.

Abu senta atrás de mim na galeria. Nunca me senti tão feliz por não poder ver seu rosto.

A defesa inicial da irmã Khadija — que é na maior parte sobre como eu sou um criminoso impenitente que ferrou com a vida de Noor — passa em um borrão.

Então Martin se levanta e fala sobre a minha história, sobre a morte de Ama e a minha amizade com Noor. O júri observa Martin com a mesma atenção que observou Khadija e o sr. Mahoney. Tento não olhar para eles. Se eu estivesse lá decidindo o futuro de alguém, não iria querer que essa pessoa me fizesse suar.

— O meu cliente tem um problema com drogas. — O terno preto e a gravata azul-escura de Martin o fazem parecer quase sombrio enquanto ele fala. — Para o qual ele deveria receber tratamento. Mas a maior parte das drogas encontradas no veículo dele estava embaixo do banco da srta. Riaz. Embaixo da mochila da srta. Riaz.

Que merda é essa?

As costas de Noor se tensionam. Khadija coloca uma mão apaziguadora sobre seu pulso, mas ela olha fixamente para a frente, sem expressão alguma.

— O Estado dirá que o meu cliente confessou seus supostos crimes enquanto falava com a polícia — diz Martin para o júri. — Mas eu digo que a srta. Riaz tirou vantagem dos longos anos de amizade entre os dois na tentativa de fazer Salahudin Malik levar a culpa. Que ela manipulou um garoto que tinha acabado de perder a mãe para fazer parte do seu esquema lucrativo.

Noor vira para mim, e sua raiva é crua e incandescente.

— Martin — sibilo para ele. — Você disse que não ia pôr a culpa nela...

— Meu trabalho é defender você, Salahudin — ele sussurra enquanto o juiz folheia uma pilha de papéis. — Mesmo que isso signifique defender você de si mesmo. Me deixe fazer o meu trabalho.

Ortega diz algo para o sr. Mahoney, e já vi o suficiente de *Judge Judy* para saber que causar uma confusão enquanto o juiz está falando é uma ideia idiota.

Olho de relance para Noor, engolindo em seco diante da fúria em seus olhos.

Não desvio o olhar. *Você acha que eu não posso consertar isso*, penso, *mas eu posso. Eu vou consertar. Juro.*

No dia seguinte aos argumentos de abertura, as provas são apresentadas e as testemunhas chamadas. O processo parece interminável, pois o sr. Mahoney, Khadija e Martin têm todos um bilhão de perguntas.

Oluchi, a chefe de Noor no hospital, aparece como testemunha de caráter. O sr. Mahoney tenta fazê-la afirmar que é possível que Noor tenha roubado remédios sem que ninguém percebesse. Oluchi não cai nessa, no entanto.

— Quantas vezes eu preciso dizer que não? — ela se irrita. — Noor Riaz não tinha acesso aos medicamentos. Ela é uma ótima auxiliar no hospital. E um dia vai ser uma médica excelente.

A policial Ortiz, que revistou Noor, testemunha com o policial Marks. Ortiz é bastante direta, mas Marks consegue me tirar — e a Khadija — do sério.

— Como você descreveria a srta. Riaz assim que ela saiu do carro? — Mahoney pergunta a Marks.

— Evasiva — diz ele. O microfone zune de modo desagradável enquanto ele fala. — Ela definitivamente estava escondendo alguma coisa.

Khadija suspira, e até Martin revira os olhos.

— Protesto, Excelência — diz Khadija. — Especulação.

— Aceito. Os fatos, policial.

Em pouco tempo, as duas únicas pessoas que restam para testemunhar são Noor e eu — e ela vai primeiro. Eu não esperava que Noor testemunhasse. Ela gosta de falar em público tanto quanto eu de estar na lavanderia.

Mas Noor está calma quando o juiz a chama. Ela parece confortável no tailleur preto que está usando sobre a camisa rosa-clara. Às perguntas de Khadija sobre a escola, as notas e sua vida em casa, Noor responde lindamente serena.

— Há quanto tempo você conhece Salahudin Malik?

— Desde que eu tinha seis anos — responde Noor. — Nós nos conhecemos no primeiro ano da escola. Eu não falava nada de inglês e ele era a única criança que não parecia se importar.

— Você diria que eram melhores amigos?

— Excelência. — O sr. Mahoney se levanta, provavelmente porque faz ao menos trinta segundos que não diz nada e ele sente falta do som da própria voz. — Qual a relevância dessa linha de questionamento?

— Estou estabelecendo a relação entre a minha cliente e o acusado, Excelência — Khadija responde com elegância.

— Vou permitir — diz Ortega.

— Nós éramos melhores amigos. — Noor segue contando a história da prisão sob o seu ponto de vista. Mahoney a pressiona, perguntando sobre os hematomas e cortes no seu rosto na noite da prisão. Perguntando se eu era abusivo. Perguntando quem abusava dela.

Noor declara mais uma vez que não fui eu quem a machucou. Mas não desenvolve o assunto. O juiz Ortega não a força a isso. É o único momento em que ela fica visivelmente nervosa.

Isso me faz odiar Riaz novamente.

Quando Noor enfim volta para o lugar, solta o ar devagar e longamente.

— Você foi perfeita — murmura Khadija.

A atenção de Noor se desvia para mim, como um carro passando por uma faixa que não deveria. Ela olha para a frente de novo, rápido, mas não antes de eu ver seus olhos.

Eu não tinha percebido quando ela estava testemunhando. Mas percebo agora. Sua ira, sua resistência — não estão mais contidas. Agora estão livres e canalizadas em intenção pura. Ela está possessa. E não vai cair sem lutar.

Se eu tivesse direito disso, estaria orgulhoso dela.

— É a sua vez, Salahudin — sussurra Martin. — Está pronto?

Não cruzo o olhar com o dele enquanto assinto. Se ele soubesse o que eu vou fazer, jamais me deixaria testemunhar.

Só que foi ele mesmo quem disse: *A não ser que haja uma intervenção drástica, Noor Riaz vai ser presa.* Esta é a minha intervenção drástica.

Seja corajoso. Encontro a minha coragem na lembrança de Noor gritando comigo, derramando sua raiva como veneno. Eu mereci. E isso não muda o fato de que eu amo a Noor. Nada que ela possa fazer mudaria isso.

O que mudou é que eu não espero o seu perdão. Não mais.

O juiz chama meu nome. Ele soa como se estivesse vindo de um túnel. Respiro fundo. *Cinco segundos inspirando. Sete expirando.* Uma lembrança passa em minha mente: uma sala branca com adesivos de peixes cor de laranja nas paredes, o rangido de papel sob a cadeira em que eu estava. A dra. Ellis em um banco e Ama com uma mão quente em meu peito, a outra em minhas costas.

— *Assim?* — ela perguntou à dra. Ellis, que anuiu. — *Tudo bem, Putar.* — Ama sorriu para mim de maneira que eu soubesse que havia algo de certo no mundo, mesmo que tudo em minha cabeça estivesse uma confusão. — *Respire. Cinco segundos inspirando, Salahudin. Sete expirando.*

O garotinho em mim se pergunta sobre Ama enquanto avanço em direção ao banco das testemunhas. Se pergunta se ela está observando de algum lugar. Se ela está comigo. Ou se estou sozinho.

— Você jura sob a pena de perjúrio que o testemunho que está prestes a dar será a verdade, toda a verdade e nada mais que a verdade?

Eles não dizem "que Deus o ajude", como eu achava que diriam. Mas eu o digo em pensamento, por Ama.

— Eu juro.

O juiz anui.

— Então vamos começar.

CAPÍTULO 58

Noor

A irmã Khadija se manteve confiante durante todo o julgamento. Os ombros para trás. A voz clara. Mas onde ela parecia demonstrar seu humor de maneira mais óbvia era com seus hijabs.

— Vermelho-escuro quando é hora de lutar — ela me disse esta manhã, a caminho do tribunal. — Roxo para quando preciso mandar. E vermelho, branco e azul...

— Para os Estados Unidos da América?

— Para a vitória — disse Khadija.

Ela está vestida assim hoje. As cores se fundem umas nas outras, o azul combinando com seu delineador escuro.

No entanto, quando Salahudin se levanta para ir até o banco das testemunhas, Khadija não parece vitoriosa. Ela parece preocupada. Shafiq, atrás de nós na galeria, estende a mão. Um toque no ombro dela, como a dizer *Estou aqui*.

Enquanto Salahudin declara suas informações básicas, penso na minha família. Invento coisas sobre eles em minha cabeça: meu pai tinha olhos bondosos, arredondados como os meus. Ele cantava antigas canções em punjabi para mim quando eu não conseguia dormir. Minha mãe tinha um cabelo comprido que descia até a cintura em uma trança grossa. Ela me ensinou a jogar Ludo e Cobras e Escadas.

Apenas histórias. Lembranças inventadas. Eu não sei nada sobre os meus pais. Quais eram suas esperanças para mim? O que eles sonhavam?

Não isso. Meu rosto esquenta. Talvez eles estejam observando de algum lugar. Olhando para baixo e se perguntando o que aconteceu.

Deixo o passado para trás para que eu possa escutar Salahudin. Ele conta para o tribunal há quanto tempo me conhece, naquela sua voz grave e convicta que só agora parece combinar com sua estatura.

— Eu tenho uma declaração que gostaria... gostaria de ler. Se não for um problema.

Salahudin engole em seco. Seu advogado, Martin, ergue as sobrancelhas.

— Sr. Malik, depois, quem sabe — diz Martin. — Vamos falar sobre a noite em quest...

— Eu realmente gostaria de ler a declaração. — Salahudin tira uma folha de papel dobrada do bolso do terno. — Vai poupar um monte de tempo. Para todo mundo.

Ele olha ostensivamente para o relógio. São quatro e quinze da tarde. As sessões normalmente terminam às quatro. Um longo dia.

— Sr. Malik — diz o juiz Ortega. — Responda à pergunta que o seu advogado está fazendo.

— Por favor... vocês poderiam simplesmente me ouvir? — pressiona Salahudin. Sua voz não soa tão firme agora.

O juiz Ortega suspira.

— Sr. Chan — ele diz —, o senhor gostaria de um momento com o seu cliente?

— Eu comecei a vender drogas algumas semanas depois que a minha mãe faleceu. — Salahudin abre o papel e começa a ler. — Depois...

— Protesto — diz Martin. — Talvez o meu cliente não se dê conta...

Ortega balança a cabeça.

— Agora ele captou meu interesse. Deixe-o fazer a declaração, advogado — ele ordena. — Siga em frente, sr. Malik.

— Depois que Ama morreu, eu me dei conta de que iríamos perder o motel ao qual ela dedicara toda a sua vida. E me senti muito mal com isso. Eu não a salvei da sua doença. Então achei que poderia ao menos salvar o motel. Foi por isso que comecei a vender drogas. Mas foi um motivo errado. Eu devia ter aceitado que às vezes perdemos coisas na vida. Pais. Lugares. — Ele para. — Amigos — diz após uma longa pausa. — Na noite em que eu fui preso, tinha toda a minha reserva de drogas comigo. Nada daquilo pertencia a Noor Riaz. Tudo pertencia a mim. Eu não contei para a Noor que estava vendendo drogas. Ela não sabia de nada. Eu entrei em pânico porque sabia que, se eu fosse tirado do carro e revistado, estaria encrencado. Passei para ela o que estava nos meus bolsos e pedi para ela enfiar tudo debaixo do banco. Mesmo nesse momento, ela não sabia o que eu estava passando para ela. Não havia como ela saber. Foi só quando... — Ele suspira. — ... quando os policiais revistaram o meu carro que ela finalmente percebeu o que tinha acontecido. O que... O que eu fiz.

O cabelo de Salahudin cai sobre os olhos e ele olha para o papel. Suas mãos tremem. Olho para baixo e vejo que as minhas também.

— Eu escolhi vender drogas — ele diz. — Foi uma decisão minha e um erro meu. Na noite em que fomos presos, Noor Riaz cometeu um erro também. — Ele olha de relance para o júri. — Não foi vender drogas. O erro dela foi confiar em um amigo que ela conhecia desde a infância. O erro dela foi... foi pensar que me conhecia. Acreditar no melhor de mim. Se importar comigo. Ela estava errada... Ela não devia ter confiado em mim. Ela não devia ter pensado o melhor de mim. Mas esse não é um erro pelo qual ela deva ser presa.

Ele limpa a garganta com um ruído, quase raivosamente.

— É isso. Essa é a declaração. Obrigado por... por ouvirem.

O tribunal está em silêncio. Então Martin, o sr. Mahoney e Khadija estão todos falando ao mesmo tempo, cada um tentando se fazer ouvir por cima do outro. O juiz Ortega olha fixamente para Salahudin por um segundo. Quase surpreso. Então bate o martelo.

— Advogados — diz Ortega. — No meu gabinete.

Salahudin segue no banco das testemunhas, incerto sobre o que fazer. Ele dobra e abre o papel até o escrivão avisar que ele pode voltar para o seu lugar. Sem nossos advogados entre nós, eu poderia alcançá-lo se quisesse. Tocá-lo.

Mas estou chocada demais. Estou com raiva dele, mas também grata. Não sei o que pensar. O que sentir. Pela primeira vez em semanas, só quero que ele olhe para mim. Mas ele não olha.

A porta do gabinete se abre. O rosto de Martin está pálido. O sr. Mahoney parece irritado. Khadija... Não sei dizer o que ela está pensando.

— Diante do testemunho da srta. Riaz — anuncia o juiz Ortega quando está de volta à sua bancada —, assim como da declaração do sr. Malik, a promotoria decidiu retirar as acusações contra Noor Riaz. As declarações finais no caso do Estado da Califórnia versus Salahudin Malik ocorrerão pela manhã, como planejado. Sessão encerrada.

Ele bate o martelo e eu encaro Khadija.

— O que isso... quer dizer, Khadija?

Ela me abraça forte. É quando me dou conta de que ela está chorando. O que me confunde, pois, se ela está chorando, provavelmente não é algo bom.

— O que isso quer dizer, Khadija?

— Quer dizer — ela explica — que você vai cair fora de Juniper e vai ser uma médica um dia, Noor Riaz.

Ela vira para Shafiq, e Salahudin e eu nos olhamos fixamente. Ele parece perdido. Assustado. Ainda não sei o que pensar ou dizer. Então deixo a tia falar por mim.

— Se estamos perdidos — sussurro —, Deus é como a água, encontrando o caminho incognoscível quando não conseguimos.

Algo brilha em seus olhos. Mas não tenho tempo para interpretar o que é. Khadija está me apressando porta afora em direção ao corredor, e eu olho sobre o ombro para Salahudin um instante antes de as portas do tribunal se fecharem.

PARTE VI

∞

— Mesmo perder você (a voz, o riso etéreo que eu amo) não muda nada. Pois é evidente que a arte de perder não chega a ser mistério por muito que pareça (*Escreve!*) muito sério.

— *Elizabeth Bishop*,
"Uma arte"

CAPÍTULO 59

Misbah

Fevereiro, antes

Com que rapidez um corpo pode trair uma pessoa. Ele carrega você a vida inteira, e subitamente... terminou. Ele não carregará mais a sua alma.

Será que a alma cansou demais o corpo? O corpo cansou demais a alma? Foi uma traição dos órgãos e tecidos, tendões e células?

Ou a traição foi minha, que não cuidei do meu corpo do jeito que deveria? Quando eu sabia que meu corpo estava gritando por ajuda, eu o ignorei, a serviço do que a alma queria, que era o conforto da rotina e da familiaridade.

Quem foi o traidor, de verdade? O corpo? Ou a alma?

Eu não estava no Paquistão para a morte do meu baba, ou da minha mãe. Nunca visitei seus túmulos. E me arrependi, pois como poderia esperar que meu filho lesse as orações em meu túmulo e oferecesse conforto à minha alma se não fiz o mesmo por meus pais?

Onde estava Toufiq?

Essas eram questões que ele compreenderia. Onde estava ele?

Lembrei do meu baba, então. Ah, Baba... eu gostaria de poder ver o seu rosto uma vez mais. Estou com medo, Baba.

Onde estava meu corpo?

Onde estava minha alma?

— Tia Misbah.

Abri os olhos e vi minha filha, minha menina. Eu precisava falar com ela. Eu precisava dizer que ela merecia algo melhor do que aquele vilão que ela chamava de Chachu.

— Pani. — Pedi água para conseguir falar claramente. Havia tanto a dizer. Que eu a amava. Que deveria ter feito mais por ela. Que eu queria ser uma mãe para ela, e um pai. Um avô e uma avó. Uma irmã. Um irmão. Eu queria ser tudo que ela havia perdido, e eu tentei, mas este corpo... este maldito corpo.

Noor disse que Salahudin estava vindo. Meu filho. Eu gostaria de poder dizer a ela como ele olhou para mim quando nasceu. Eu jamais estive tão perto do céu quanto naquele momento, quando o tecido entre este mundo e o próximo foi rompido por um momento inefável enquanto eu mirava os olhos do meu filho pela primeira vez.

Um ruído estranho encheu minha cabeça, alto e incessante. Como uma enchente, como o farfalhar das asas de um bando de estorninhos. Eles pousavam perto dos canais ao lado da casa do meu baba às vezes.

— Das pathar thoreingeh. Ake pathar katcha. Hiran ka bacha. Hiran gaya pani meh...

Uma antiga canção de ninar.

Dez pedras quebraremos

Uma pedra macia e pura

Filhote de um veado!

Ela fugiu para a água.

Fuja, Noor. Fuja como o veado.

— Você não pertence a Juniper, meri dhi — sussurrei.

As mãos dela eram fortes, quentes. Eu pensei: Ela vai dar uma boa médica um dia, minha menina. Mas primeiro ela precisa ir embora. Ela precisa saber o seu valor.

— Noor — sussurrei. Eu preciso dizer a ela. Preciso. — Noor.

Significava "luz", o seu nome. Será que já contei isso a ela? Como eu poderia compensar todas as coisas que deveria ter feito, mas jamais farei agora?

Baba. Ajude-me. Baba, estou com medo.

— *Noor. Noor.* — Você é luz. Você é bondade. Você é melhor do que aquilo que lhe foi dado. Eu deveria ter feito mais por você. Eu deveria ter feito mais. Ah, perdoe-me, minha filha. Aqui, enquanto finalmente vou ao encontro de Deus. Por favor... por favor... por favor...

— *Perdoe...*

Me.

CAPÍTULO 60

Sal

Julho, agora

Um dia após as acusações contra Noor serem retiradas, sou considerado culpado de todas as acusações.

O veredito é dado de maneira sucinta. Nem o escrivão, nem o juiz, tampouco qualquer um dos membros do júri olha para mim.

Eu já esperava por isso. Mas sinto como um soco no estômago de qualquer forma. Parte de mim ainda tinha esperança de que o júri pegasse leve no meu caso.

Pelo menos Noor está bem. Livre. Longe de Riaz e a caminho da vida que ela deve ter.

O juiz Ortega lê minha sentença logo após o veredito, a pedido de Martin. Meu advogado mudou de rumo tão rápido quanto eu, concentrado agora em conseguir a pena mínima possível para mim.

Enquanto o juiz olha para seu notebook, eu me pergunto se ele já salvou a vida de alguém. Se já condenou alguém à morte.

Atrás de mim, Abu tosse. O imã Shafiq está a seu lado.

— Eu sou juiz há vinte e cinco anos, sr. Malik — diz o juiz Ortega. — Já vi pessoas mentirem para mim, mentirem para si mesmas, mentirem para seus advogados... tudo para não ser presas. É raro, incrivelmente raro, testemunhar uma admissão de culpa tão clara como a que ouvi de você. O fato de você ter feito isso, ainda que negar as acusações pudesse salvá-lo da prisão, torna o seu caso ainda mais interessante. Altruísmo não é algo que eu veja com frequência, dentro ou fora do tribunal.

Ele junta as mãos e seu queixo endurece — só um pouco. O suficiente para que eu tema o que está por vir.

Assim que Noor e eu fomos presos, me senti simultaneamente bravo com Ama por ela ter morrido e aliviado por ela não ver nada disso. Agora eu gostaria que ela estivesse aqui, em algum lugar. Ao lado de Abu, ou mesmo lá no motel, esperando para saber o que aconteceu. Apenas saber que ela estava no mundo, ouvindo, torcendo, rezando por mim, seria um conforto neste momento em que me sinto tão sozinho, como um garoto perdido no escuro.

— As acusações contra você são muito sérias — diz o juiz Ortega. — A promotoria está recomendando que você cumpra a pena máxima, de sete anos e oito meses atrás das grades. No entanto... — Ele considera. — Eu vejo muito potencial em você, sr. Malik.

As palavras dele me atingem como um raio. Ama me disse praticamente as mesmas palavras há alguns meses. Será coincidência? Talvez.

Ou talvez não.

— Em relação à posse de fentanil para venda, o tribunal suspende a sua sentença — lê o juiz Ortega. — Em relação ao transporte e venda de fentanil, o tribunal suspende a sua sentença. Em relação à posse de Oxycontin para venda, o tribunal suspende a sua sentença. Em relação ao transporte e venda de Oxycontin, o tribunal suspende a sua sentença. Em relação à posse de heroína para venda, o tribunal suspende a sua sentença.

Martin está anuindo ao meu lado, pensativo. Então ele olha para cima.

— Em relação ao transporte e venda de heroína. — O juiz Ortega olha para mim agora, o olhar duro. — O tribunal sentencia você a um mínimo de cinco anos: três anos em prisão estadual e dois em supervisão mandatória.

Momentos mais tarde, o juiz deixa a sala do tribunal. Martin está falando:

— ... pervisão mandatória é como liberdade condicional. Os três anos vão significar dezoito meses cumpridos, desde que você mantenha a cabeça baixa. Você vai se sair bem, Salahudin.

Poderiam ter sido quase oito anos, digo a mim mesmo. *Oito malditos anos. E você vai sair em apenas dezoito meses.*

— Salahudin, você está bem? Eu sei que parece muito tempo. — Martin acha que eu não estou falando porque estou preocupado, assustado ou bravo.

Mas não é nada disso. Eu me sinto grato. E, pela primeira vez desde a minha prisão, eu me sinto em paz.

CAPÍTULO 61
Noor

Setembro, agora
LOS ANGELES, CALIFÓRNIA

Isto é o que eu sei sobre a minha colega de quarto:

1. O nome dela é Neelum.
2. Ela é meio indiana e meio coreana.
3. Ela trouxe um micro-ondas.

Quando entro no quarto no dormitório da UCLA, ela está ali sozinha. O que é estranho. Todo mundo está aqui com os pais e uma caminhonete carregada de coisas. Edredom, bicicleta, skate. Um sujeito ajuda a filha a carregar um aparelho de toca-discos.

Eu tenho uma mala e um cartão-presente da Target que Khadija me deu na rodoviária de Friarsfield.

— Simplesmente encomende tudo que você precisar — ela disse. — Não tem por que carregar toneladas de coisas no ônibus. — E me abraçou longamente. Eu a segurei apertado, tentando colocar toda a minha gratidão no abraço. *Obrigada por falar com o reitor por mim. Obrigada por me ajudar a conseguir um trabalho no campus. Obrigada por me amar. Obrigada por me orientar.*

O quarto do dormitório é dividido igualmente. Cada lado tem uma cama alta, uma escrivaninha, um guarda-roupa e uma janela enorme.

Neelum demarcou o seu lado com um pôster do *Crown of Fates* e alguns cartazes de shows. The National. Kendrick Lamar. BTS. Little May.

Enquanto caminho pelo ambiente, ela está enchendo a prateleira da sua escrivaninha com livros. Conheço vários deles. Da mochila de Salahudin, ou de sua escrivaninha no Clouds' Rest. Os dele na verdade eram da biblioteca, mas os títulos são os mesmos. *É assim que se perde a guerra do tempo*, *War Girls*, *Legend*, *Os dois morrem no final* e *The Beautiful*.

Neelum se vira. Observa minha única mala enquanto eu noto suas meias do R2-D2. Ela olha para a fita isolante em torno dos meus Doc Martens enquanto eu admiro o azul em seu cabelo curto e escuro.

O olhar dela pousa na minha camiseta preta, com o que parece tinta preta pingando.

— Jónsi? — ela diz. — O disco *Go* é icônico.

Assinto e desligo a minha música.

— O que você está ouvindo? — ela pergunta, quase hesitante.

— Hum... "Broadripple Is Burning", do...

— Margot & the Nuclear So and So's — ela completa, quase reverente. — Posso ver?

Estendo meu celular para ela e Neelum desliza o polegar sobre a minha playlist, murmurando para si mesma:

— Aqualung... Hozier... 2Pac... Kendrick... Tori Amos...

Ela ergue o olhar.

— Eu sei que acabamos de nos conhecer e o que eu vou falar pode consolidar a minha imagem de perdedora no seu cérebro pelo resto do ano — ela aponta. — Mas eu tenho duas entradas para a Filarmônica de Los Angeles tocando a trilha sonora completa de *Crown of Fates*. Só que é hoje à noite e tecnicamente nós temos a reunião do dormitório...

— Está de brincadeira? — respondo. — *Crown of Fates*. Sem dúvida.

Neelum me pega pelos ombros.

— Eu estava esperando você — ela afirma. — A minha vida inteira. Me diga que você vai fazer inglês.

Eu rio.

— Biologia molecular.

— Você lê, pelo menos? — Ela parece preocupada agora, como se soubesse que eu era boa demais para ser verdade e achasse que estou prestes a criar uma segunda cabeça que vai gritar fatos científicos para ela o dia inteiro.

— Não muito — respondo. — Mas... — Olho de relance sobre o ombro dela para os livros. — Talvez eu possa começar. Você pode me recomendar alguma coisa? Alguma coisa que seja... uma fuga?

Neelum avalia a estante e pega um exemplar de capa preta.

— *The Bird King* — ela diz. — De G. Willow Wilson. Fuga total.

Leio a orelha do livro. Me faz pensar em Salahudin. Quase o devolvo. Mas me forço a sorrir para Neelum, que me observa, ansiosa.

— Perfeito — respondo e aponto com a cabeça para o pôster de *Crown of Fates*. — Então, quem você acha que vai morrer na última temporada?

CAPÍTULO 62

Sal

Outubro, agora
FRIARSFIELD, CALIFÓRNIA

A maneira casual como as pessoas tocam você é a pior parte da prisão. Um guarda me agarrando para me direcionar para uma fila diferente. Alguém esbarrando em mim para chegar mais rápido ao refeitório. Um colega de cela me empurrando se acha que estou no caminho.

Mas a linguagem que sempre odiei a respeito de mim mesmo tem sua utilidade. Quando dois caras tentam roubar meu colchão enquanto estou de costas, eu os sinto atrás de mim e nocauteio um deles. No dia seguinte, quando o sujeito que eu não havia pegado tenta me emboscar no banheiro, eu o acerto antes que ele possa cerrar o punho.

Eu não queria ter batido em nenhum deles. Mas, depois disso, os outros caras na cela coletiva me deixam em paz. É perturbador saber que a violência também é uma linguagem. Uma linguagem que Riaz falava. Uma linguagem que eu falo agora.

Abu faz questão que eu tenha dinheiro em minha conta na prisão, mas eu não telefono para ele e ele não me visita. Não quero que ele veja a cerca elétrica, as torres de guarda, as palavras SISTEMA PRISIONAL DA CALIFÓRNIA gravadas na minha camiseta. O imã Shafiq disse pelo telefone que Abu arranjou um apartamento e tem ido às reuniões do AA. Mas não é fácil. Este lugar seria demais para ele.

Às vezes é demais para mim. Controle... escolha... são um sonho distante aqui. Ocasionalmente eu os encontro em pequenos rituais. Treinando. Rezando. Caminhando em círculos no pátio, sentindo falta do cheiro do vento do Mojave e da maneira como a Sierra Nevada transformava cada pôr do sol em um poema

Na maior parte do tempo, eu conto as horas até a liberdade.

Três semanas depois de iniciar o cumprimento da pena, recebo uma visita. Presumo que seja o imã Shafiq, já que ele é o único que me visita regularmente. Mas, quando chego à cabine de visitação, fico tão surpreso em ver a mulher de cabelos grisalhos esperando por mim que levo um momento para reconhecê-la.

— Dra. Ellis — digo ao telefone para a minha pediatra da infância. — Olá?

— Salahudin — ela diz. — Obrigada por me receber.

— Não há muito mais para fazer aqui, dra. Ellis. Como está? Como vai a sua esposa?

— Eu liguei para você depois que nos falamos no hospital. — Ela ignora minhas perguntas.

Mas no dia seguinte eu fui preso e meu telefone foi apreendido pela polícia.

— Temo não ter sido muito clara com você naquele dia, Salahudin. Peço desculpas. Isso tem me incomodado. Eu quis vir aqui para me explicar. — Ela cai em um silêncio, mas não do tipo que convida a uma resposta, então eu espero. — Antes de a sua mãe falecer — diz a dra. Ellis —, ela pediu que eu a aconselhasse a respeito de uma pessoa com quem ela estava preocupada, e no curso dessa conversa você foi citado. Eu perguntei se ela planejava compartilhar o seu histórico médico tão específico com você. Ela disse que não. Isso me preocupou, porque a sua mãe indicou que você vem tendo algumas questões com o toque através dos anos. Mas você nunca se consultou regularmente com um terapeuta. Salahudin, quando você era muito pequeno...

— Pare.

Ela para imediatamente, como se eu tivesse pressionado um botão de mute.

— Minha mãe não estava certa o tempo todo — digo, tentando evitar soar amargo. — Ela errou bastante. Mais do que me dei conta enquanto ela estava viva. Mas acho que ela estava certa a respeito de não compartilhar... o que quer que você queira compartilhar.

— Lembrar é o primeiro passo para a cura.

O cheiro da lavanderia invade o meu cérebro e por um segundo fico tonto. Então me recupero e a encaro.

— Meu corpo lembra que algo ruim aconteceu, dra. Ellis — admito em voz baixa. — Minha mente não precisa lembrar.

As palavras abrem uma porta em minha cabeça, e o quarto vazio que existiu ali por tanto tempo começa a desmoronar, abrindo espaço para outras coisas, mais importantes. Como perdoar a minha ama. E perdoar a mim mesmo.

— É claro. — A dra. Ellis desvia o olhar. — Se você não quer falar sobre isso, não deve ser obrigado. Você pode buscar terapia somática, talvez. Ou fazer exercícios de respiração ou meditação. Porque você está certo. O corpo se lembra. — Os olhos gentis dela encontram os meus. — Mas o corpo se cura também, Salahudin. Prometa para mim que vai dar uma chance para o seu.

Não sei se vou dar. Se vou conseguir. Mas ela lembra Ama neste momento. Esperançosa. Então eu assinto.

— Prometo.

∞

Um mês preso e ainda estou na cela coletiva. Qualquer dia devo receber a minha designação de cela permanente, mas quero escalar as paredes do tédio e escapar da aflição peculiar de estar cercado por tantas pessoas há tanto tempo sem um momento sozinho.

É quando chega o primeiro livro.

Novinho, de alguma megaloja online — não é permitido receber livros usados aqui. O título é *The Bird King*, de G. Willow Wilson. E a primeira linha: "Hassan rezava profundamente".

Não há endereço de devolução ou um bilhete qualquer. Shafiq me diz que nem ele nem Khadija o enviaram. E isso não ocorreria a Abu. Pode ter sido Ashlee ou a sra. Michaels, mas duvido.

O que faz sobrar uma pessoa.

Mas não ouso ter esperança.

Minha vontade é ler o livro em um dia, mas o aproveito lentamente. Outubro está dando lugar a novembro, e o frio deixa todo mundo de mau humor. O livro é uma fuga para outra época, outra vida. Eu o saboreio em três semanas, e, bem quando começo a lamentar o fato de que está quase terminando, outro livro chega.

Este se chama *Sete minutos depois da meia-noite*, de Patrick Ness. Eu o abro na primeira página. "O monstro aparece logo após a meia-noite. Como é típico deles." Termino em um dia, porque é curto e lindo. Então o releio. Ama teria adorado.

Se eu estivesse em casa, teria chorado de me desmanchar enquanto lia o fim de *Sete minutos depois da meia-noite*. Mas tive que aprender a controlar minhas expressões aqui. Meu corpo. Então leio com os olhos secos. Ainda assim, não paro de pensar nele por duas semanas — quando chega o livro seguinte. *West with the Night*, de Beryl Markham. Acabei de abri-lo e ler a primeira frase — "Como é possível ordenar a memória?" — quando o agente carcerário entra na cela coletiva.

— Hora de se mudar — ele me diz. — Pegue as suas coisas.

Se o agente colocasse algemas em mim neste instante, elas escorregariam, de tão nervoso que estou. As pessoas aqui me contaram histórias de terror sobre antigos colegas de cela: caras que acordavam gritando no meio da noite; caras que queriam matar o companheiro de cela; caras que não paravam de falar.

Eu sigo o agente por um longo corredor. Alguns dos presos, de quem não me tornei amigo exatamente, mas amigável, fazem um sinal com a cabeça enquanto passo. Todos são muçulmanos, porque, se tem uma coisa que os filmes acertaram sobre a prisão, é que as pessoas ficam com seus pares.

Recito na mente uma oração que Ama me ensinou, enunciando cada palavra e tentando encontrar o poder nelas. Mas a abandono no meio. A oração não ajudou Ama. Por que me ajudaria?

Alguns dias aqui são assim. Não importa o que eu diga a mim mesmo, eu me sinto um fracasso. Meu abu está lutando a sua batalha sozinho, por minha causa. Minha ama perdeu o bem no qual ela investiu a sua alma, por minha causa. A garota que eu amava — ainda amo — seguiu em frente. Os pensamentos andam em círculos e se repetem, um refrão maldito.

Não consigo escapar da minha cabeça.

Quando o agente enfim para diante de uma cela, me certifico de que a minha cara de assassino esteja no lugar antes de entrar.

Apenas para encontrar meu novo colega de cela de pé, surpreso e sorrindo.

— Ah, merda — ele diz. — Pelo visto pegaram você, garoto.

Faço um esforço para me lembrar de onde o conheço. Então vejo a tatuagem em seu braço. *Eclesiastes 1,14.*

— Santiago — digo. — Certo?

— Você se lembrou — ele ri. — Mas acho que não se lembrou do que eu disse sobre os policiais.

O agente tranca a porta com uma batida. Eu rio.

— É... — Vou tirando meus livros. — Eu devia ter escutado você. Meu nome é Salahudin. Sal.

— Sal? Que nada. — Ele volta para o beliche. — Faça as pessoas te chamarem pelo seu nome. Se elas podem dizer Santiago, Alexander, Demetrius e — ele ergue o braço — Eclesiastes, então podem dizer Salahudin.

— Minha mãe falava isso.

— Uma senhora inteligente.

A raiva, com quem já estou tão acostumado, sobe à minha mente.

— Não tenho tanta certeza. — Olho para sua tatuagem. — Esqueci de pesquisar sobre isso.

— É da Bíblia — diz Santiago. — "Tenho visto tudo que é feito debaixo do sol; tudo inútil, como perseguir o vento."

— Parece amargo.

Santiago dá de ombros.

— A maioria dos livros religiosos é assim, concorda? Perdição, fogo do inferno e tudo o mais. Mas essa frase me pegou. Meu pai era pastor. Ele dizia que o Livro de Eclesiastes inteiro fala que damos muito valor às coisas materiais... posses ou lugares. Coisas que não são permanentes. Para ter sentido na vida, você precisa encontrá-lo em algo maior.

— Tipo, se você não tem Deus, qual é o sentido?

— Só que eu não sou religioso — esclarece Santiago. — Sou agnóstico. Já ouviu Johnny Cash?

Sorrio, pensando em Noor, e anuo.

— Tem uma música que ele gravou com o U2 — continua Santiago. — Velha pra caramba. Mais velha que você! Se chama "The Wanderer". É uma coisa pós-apocalíptica. Enfim, ela foi baseada em Eclesiastes. Fala desse cara que procura sentido em tudo e não encontra...

Santiago segue falando, mas minha mente reduziu a marcha e parou, fixada no que ele disse em primeiro lugar. "The Wanderer." De todas as canções que ele poderia ter mencionado, quais eram as chances de mencionar esta?

Penso em Noor na manhã em que Ama morreu, com "The Wanderer" se derramando de seus fones de ouvido.

Ouvindo a canção juntos no funeral.

Ela me perguntando se eu lembrava da música quando contei de quanto dinheiro precisava para o motel.

Vendo a tatuagem de Santiago, meses atrás.

E de alguma maneira o encontrando de novo, como que por milagre, apenas para ele me dizer o que eu precisava desesperadamente ouvir. O que Noor estava tentando me dizer. O que Ama estava tentando me dizer.

Cada momento se conecta ao próximo, um murmúrio de estorninhos explodindo das vigas da minha mente em direção ao céu, movendo-se como um, revelando um propósito maior.

— A vida é mais do que as coisas que estão na nossa frente — Santiago arremata, e agora, finalmente, eu ouço. — Às vezes nos apegamos a coisas que não devíamos. Pessoas. Lugares. Emoções. Tentamos controlar tudo isso, quando o que devíamos fazer é confiar em algo maior.

— Se estamos perdidos, Deus é como a água, encontrando o caminho incognoscível quando não conseguimos — sussurro.

— Quem disse isso? — pergunta Santiago.

Sorrio.

— Uma senhora inteligente.

∞

Nesta noite, reflito sobre a minha raiva em relação a Ama; há tanto tempo me apeguei a ela. A raiva pode servir de combustível. Mas o luto devora você por dentro lentamente, um cupim roendo a sua alma até você não passar de um sussurro do que costumava ser.

Eu não queria enfrentar o luto. Ainda não quero. Mas acho que tenho que tentar.

Eu começo a escrever. Escrevo para fugir. Escrevo para encontrar aquele sentido maior sobre o qual Santiago falou. E escrevo para compreender. Para perdoar. Fragmentos em um primeiro momento, depois frases, parágrafos, páginas.

As nuvens sobre Lahore estavam arroxeadas como a língua de uma fofoqueira no dia em que minha mãe me disse que eu iria me casar...

A vidente sinalizou para que eu me sentasse do outro lado de uma mesa de madeira instável e pegou minhas mãos...

— *Clouds' Rest* — sussurrei para ele. — *Vamos chamá-lo de Clouds' Rest Inn Motel.*

Exploro minha mente em busca de tudo que sei sobre Ama, tudo que Abu me contou, cada anedota que ela compartilhou, e entrelaço as histórias para evocar as coisas que ela não compartilhou. Eu conto a história dela, a minha história, a história de Abu. A nossa história. Dia após dia. Semana após semana. Mês após mês.

No entanto, quando chego ao fim da história, quando encontro as palavras para finalmente falar da morte de Ama, sua última palavra — *perdoe* —, me dou conta de uma coisa.

A história ainda não chegou ao fim.

CAPÍTULO 63
Noor

Não falo sobre Salahudin. Por semanas ainda sinto raiva. Raiva pelo que ele me fez passar. Raiva por ele ter conseguido destruir a própria vida. Minha raiva é fresca, fria e sem brilho. Tem dias em que eu acho que vou carregá-la para sempre.

Eu digo a mim mesma que a história entre Salahudin Malik e eu está terminada.

Mas eu nunca fui muito boa em permanecer brava. Minha memória vai desgastando as bordas da raiva aos poucos. A ira dele em relação a Chachu, como o sujeito em "Black", do Okkervil River, não querendo nada além de destruir o homem que me machucou. Como ele olhava para mim quando eu ria. O clube estranho e maravilhoso que eu formava com ele e tia Misbah.

Um dia, no refeitório da universidade, ouço "With or Without You", do U2, baixinho e distante. Nunca foi a minha canção favorita do U2 porque, tipo, escolha um lado. Você quer ficar com ela ou não?

Mas agora eu entendo.

E então a raiva desaparece. Mais rápido do que eu achei que iria. Perguntas a substituem. Ele está dormindo bem? Está entediado na prisão? Está seguro? Ele mudou? Ele pensa em mim?

É quando começo a enviar livros para ele.

É também quando começo a imaginá-lo ao meu lado. Andando comigo pela Los Angeles ensolarada, caminhando para o meu trabalho no campus ou para a minha aula de química orgânica. Sussurrando para mim enquanto escrevo minha primeira redação para a aula de inglês e durante meu primeiro show de rock com Neelum.

Ele está ao meu lado durante o Natal com Khadija e Shafiq, embora eles não o mencionem. Ele estuda comigo nas sombras do Royce Hall na primavera e me faz companhia ao longo do verão, durante meu estágio no laboratório do campus.

Quando Khadija me conta que Chachu foi preso por violência doméstica após bater em Brooke, Salahudin está segurado as minhas mãos, dizendo que tudo bem eu chorar sem saber por quê. No dia seguinte, ele está ali quando vou ao centro de apoio da UCLA e marco a minha primeira consulta com um terapeuta.

E, quando fico sabendo que o meu tio não foi condenado à prisão — apenas liberdade condicional e terapia mandatória —, é Salahudin quem me leva para uma aula de kickboxing e me incentiva enquanto deixo minha raiva no saco de areia.

Mas eu não escrevo para o Salahudin real. Ele não escreve para mim. Eu não o visito. Ele não telefona.

Ele é assunto encerrado para você. Você é assunto encerrado para ele.

Penso nas coisas horríveis que eu disse a Salahudin no dia em que ele me contou que eu havia sido admitida na UCLA. Penso que não sou só eu que precisa perdoá-lo; ele também precisa me perdoar.

Eu conheço garotos que gostam de mim. De quem eu gosto também. Vou a jantares, encontros em cafés, cinemas. Nunca é o suficiente para me fazer esquecê-lo.

Uma noite, já no segundo ano na universidade, caio na cama com uma das playlists de Neelum a todo o volume. "Turn", do The Wombats, começa a tocar. É sobre um sujeito que não sabe o que quer em uma relação. Ele só sabe que sente falta da outra pessoa. A música começa um tanto tímida e então acelera, atingindo um crescendo. O cantor quer o seu amor perdido de volta, do jeito que vier.

Em algum ponto entre a primeira vez que ouço a canção e a décima, percebo que não quero ficar com nenhum outro garoto. Nunca quis. A única pessoa que eu quero é Salahudin. Os únicos braços que eu quero ao meu redor são os dele. Os únicos lábios que eu quero nos meus são os dele. A única voz que eu quero perto do meu ouvido é a dele.

O corpo de Salahudin é o que eu quero explorar. A risada dele é a que eu quero compartilhar.

Mas ele é assunto encerrado para você.
Certo?

CAPÍTULO 64

Salahudin

O cemitério de Juniper está silencioso e vazio, mas de alguma forma não é assustador. O zelador me vê e pergunta se preciso de ajuda para encontrar alguém.

Mas eu sei onde ela está. Onde está há algum tempo. Esperando.

A lápide de Ama brilha no sol do inverno, a área em torno dela livre de ervas daninhas e mato. Um único girassol, ainda reluzente, repousa sobre a grama. Abu vem aqui duas vezes por semana. Ele me contou quando me trouxe para casa da prisão, alguns dias atrás. Hoje eu pedi que ele me deixasse visitá-la sozinho.

>MISBAH MALIK
>MÃE. ESPOSA. AMIGA.
>NÓS PERTENCEMOS A DEUS
>E A DEUS VOLTAREMOS.

Eu me sento aos pés do túmulo e recito cada oração que ela me ensinou e algumas que aprendi na prisão. Então pego a garrafa térmica que trouxe comigo e as xícaras, e sirvo uma xícara de chá para cada um.

O chá de Ama solta vapor ao lado de sua lápide, e eu bebo o meu lentamente. O calor da xícara, o cheiro do cardamomo me fazem lembrar de suas mãos buscando as minhas, sempre tão cuidadosas, tão carinhosas. Fecho os olhos e me deixo relembrar.

— Me perdoe, Ama. Eu demorei demais — digo finalmente. — Temos muito para conversar.

Quando eu tinha um dia ou uma semana ruim, quando estava perdido ou simplesmente triste por razões que não compreendia, Ama sabia. Ela se sentava na minha cama com seu chá, ou se empoleirava em um banco na cozinha.

— Bol — ela dizia. *Fale.*

Então, embora eu tenha certeza de que, em algum lugar, ela já sabe, conto tudo, do dia em que ela morreu até ontem, quando me sentei pela primeira vez com o psicólogo que a dra. Ellis indicou.

Minha xícara está vazia quando termino, e o horizonte montanhoso desaparece no esplendor escarlate do deserto, como se alguém tivesse espalhado papoulas pelo céu. O vento aumenta, ainda frio. Esqueci meu casaco. É melhor eu ir embora.

— Eu volto — prometo a Ama. — Com Abu. Ele está indo bem, Ama. Está até trabalhando de novo. Você teria orgulho dele.

Estou fechando a garrafa térmica e me levantando quando sinto alguém atrás de mim.

— Eu...tenho uma música que estava guardando para hoje. — A voz de Noor é rouca, quase um sussurro. — Quer ouvir?

Faço que sim com a cabeça, mas não me viro, porque estou com medo de que, como em um sonho, ela desapareça assim que eu olhar mais de perto. Sinto sua respiração, leve em meu pescoço, e então o plástico frio de um fone de ouvido.

Uma guitarra toca, um homem canta, e não é uma canção Noor, e também não é uma canção Salahudin. É uma canção nós. Sobre resplendor, começos, amor, esperança e tudo o mais que eu costumava achar que não merecia.

Ela dá a volta e fica de frente para mim agora, o cabelo voando em uma nuvem escura em torno de seu rosto. A mão dela é macia contra a minha pele e ela seca as minhas lágrimas. Faço o mesmo por ela e nos inclinamos para a frente, testa contra testa, inspirando um ao outro.

— Me perdoa? — eu sussurro.

— Sempre — ela responde. — Me perdoa?

— Depende — digo. — Só se você parar de tirar sarro das minhas piadas.

— Aff. Aprendeu alguma boa na prisão?

— Você quer dizer... na *pensão*?

Ela dá uma risada, aguda e bela, e então está me beijando, e eu a estou beijando, e não há monstros à espreita, não há dor, não há raiva. Apenas a euforia do reencontro, da redescoberta. O sentimento de que qualquer coisa é possível porque, apesar de tudo, nós estamos aqui, juntos, um com o outro. Nós sobrevivemos.

Quando finalmente nos soltamos, tiro um papel do bolso.

— Tem uma coisa que eu quero te mostrar — digo. — Lembra daquele dia na casa do imã Shafiq, quando você descobriu sobre a UCLA?

Noor fecha os olhos, chateada.

— Eu sinto tanto...

— Não — digo. — Não se desculpe. É só que você me contou sobre a última palavra da Ama. A prisão é um tédio só, então eu fiquei pensando muito nisso. Me perguntando se talvez você não entendeu errado. E... bom... aqui.

Passo a ela o papel, datado de alguns meses atrás, e observo enquanto ela lê.

Caro Salahudin,

Obrigada por sua carta. Eu estava preocupada que a minha visita tivesse perturbado você.

Para responder à sua pergunta, no dia em que a sua infância foi discutida, a sua mãe na realidade havia me procurado para falar sobre as preocupações dela com outra jovem, que ela acreditava estar sendo abusada. Isso foi quando ela já estava bastante doente. Ela estava preocupadíssima com a situação e queria fazer algo a respeito. No entanto, a doença dela progrediu rapidamente depois disso.

A sua mãe era uma boa pessoa. Sinto saudade dela.

Atenciosamente,

Ellen Ellis

Noor balança a cabeça.

— Eu... Eu não entendo.

— Ama sabia que Riaz estava te machucando, Noor. — Levo as mãos ao rosto dela. — Mas ela não teve tempo para fazer algo a respeito. Isso a corroía por dentro. Percebe? Quando estava morrendo, ela não pediu para você perdoar. Ela estava pedindo o seu perdão.

CAPÍTULO 65

Misbah

Nesta branquidão sem fim, eu sinto meu filho. Eu sinto Salahudin. Ele é uma presença pesada, oprimida pelo arrependimento. Mas então ele começa a conversar comigo. Sua voz é mais profunda agora, cuidadosa e moderada. Um pouco como a do pai — mas temperada por uma corrente de calma. É como se, em seu cerne, ele fosse um carvalho alto e robusto, ancorando-se à terra.

Meu filho fala, e meu espírito vibra enquanto ele se livra do seu fardo. Uma mãe carrega a inocência do filho em sua memória. Não importa o que ele se torne. Nós carregamos nossas esperanças e sonhos por eles, e essas coisas ficam entretecidas em nossa alma como Deus está entretecido nas fibras desta terra.

Meu filho está sozinho por um tempo.

E então não está mais.

Assim como ele é um carvalho firme, Noor Riaz é uma brisa quente, poderosa e delicada, que vem entretecer sua canção na dele.

Mas eu me encolho para longe dela, e a branquidão aumenta. Eu não a ajudei. Eu não a salvei. Não consegui acertar isso.

Tão logo o pensamento se forma, sinto o amor dela por mim, o amor de uma filha. Puro e generoso como uma manhã no deserto, firme como a batida de um dholak. Eu sinto seu perdão.

Ah, meus filhos. Meus pequeninos. Eu tenho tantos sonhos para vocês dois. O mundo está certo, finalmente. Pois aqui, nesta noite doce e profunda, eu vejo agora que vocês sempre foram duas metades de um todo, *duas mãos entrelaçadas, duas vozes elevadas para uma melodia cantada no tempo.*

Sejam testemunhas, então, da beleza da vida um do outro. Sejam testemunhas e brilhem reluzentes como um só.

O branco à minha volta enfraquece, um abraço delicado. Meu baba, seus olhos escuros gentis, aparece do nada. Ele me oferece a mão.

— Vem, borboletinha — ele diz. — Hora de dormir.

Agradecimentos

Minha estima mais profunda a:

SLM, pela amizade em um parquinho solitário muito tempo atrás.

Mamãe e papai, que batalharam uma vida a partir da poeira de um lugar árido e a tornaram bela.

Kashi, por saber.

Mer, por mais do que eu poderia expressar. Boon, pela música que ilumina o caminho.

Alexandra Machinist, que disse: "Escreva isso".

Lauren DeStefano, que me fez chegar à última linha.

Na Penguin, Jen Loja, Jen Klonsky, Ruta Rimas, Casey McIntyre, Shanta Newlin, Felicity Vallance e Carmela Iaria, o time dos sonhos, pelo qual sou grata todos os dias.

Meu esquadrão de maravilhosidade marrom: Samira Ahmed, Aisha Saeed e Sajidah Ali. Minha segunda família: Nicola Yoon, Abigail Wen, Renée Ahdieh e Adam Silvera. Minhas irmãs de fé: Tala Abbasi, Heelah Saleem, Lilly Tahir, Haina Karim, Nyla Ibrahim, Sana Malik, Zuha Warraich, Tahereh Mafi e Somaiya Daud. Minhas queridas amigas: Marie Lu, Leigh Bardugo e Victoria Aveyard.

YAC, levado embora cedo demais.

Os advogados, médicos e policiais que responderam pacientemente às minhas perguntas: Ben Azar, dra. Monika Goyal, dr. Scott Gremillion, dr. Ajit Mahapatra, capitão Saul Jaeger e o MVPD. Michael Shepard e Sonia de Assis, por me ajudarem a entender a história e o significado do Eclesiastes. Daniel José Older, pela conversa sobre técnicas de emergência médica e Narcan. Michael Phillips, por responder o e-mail de uma antiga aluna sobre uma peça que lemos mais de vinte anos atrás. Professores de inglês são realmente os melhores.

Os muitos outros que concederam entrevistas, mas não quiseram ter seus nomes citados. Obrigada.

Todos os artistas cujas canções foram mencionadas neste livro, especialmente Smashing Pumpkins, por "Bullet with Butterfly Wings"; Benjamin Frances Leftwich, por "Look Ma!"; Anna Leone, por "Once"; U2 e Johnny Cash, por "The Wanderer"; The Game, por "My Life"; Radiohead, por "Street Spirit (Fade Out)"; Masuma Anwar, por "Tainu Ghul Gayaan"; The Wombats, por "Turn"; The Decemberists, por "The Beginning Song"; e Florence and the Machine, por "Shake It Out".

Meu agradecimento final, como sempre, a Ash-Shaheed, que a tudo testemunha.

Impresso no Brasil pelo Sistema Cameron da Divisão Gráfica da
DISTRIBUIDORA RECORD DE SERVIÇOS DE IMPRENSA S.A.